KB052177

난지도
파소도블레

난지도 파소도블레

2015년 11월 1일 1판 1쇄 펴냄
글 | 이현진, 최규화, 김지현, 이주영

편집 | 유이분
영업 | 정인열
디자인 | DNC 02-792-5444
인쇄 | 석천 P&B

펴낸 이 | 안건모
펴낸 곳 | (주)도서출판 작은책
출판등록 | 2005년 8월 29일(서울 라10296)
주소 | 서울시 마포구 동교로 114 태복빌딩 5층
전화 | 02-323-5391
전송 | 02-332-9464
누리집 | http://www.sbook.co.kr | 전자우편 sbook@sbook.co.kr

값 13,000원

ISBN 978-89-88540-20-6 03800

이 도서의 국립중앙도서관 출판예정도서목록(CIP)은 서지정보유통지원시스템 홈페이지(http://seoji.nl.go.kr)와 국가자료공동목록시스템(http://www.nl.go.kr/kolisnet)에서 이용하실 수 있습니다.(CIP제어번호: CIP2015025787)

난지도
파소도블레

이현진 / 최규화 / 김지현 / 이주영 지음

작은책

소인배 통신
이현진

목차

과민성 유부청년 최규화

목차

취미는
오지랖
이주영

난지도,
여기서도 꽃은 피더라

　〈난지도 파소도블레〉라는 제목만 보고 책을 집은 분들에게는 미안하지만, 이건 상암동에서 이름난 춤 선생의 댄스 스포츠 이론서가 아니다. 상암동에 있는 한 언론사의 동료였던 우리 넷은 회사 앞 조개구이 집에서 팀 블로그를 하기로 뜻을 모았다. 디지털미디어시티로 포장되기 전 이 지역의 상징적인 공간은 '난지도'. 오랫동안 쓰레기 매립장이었지만 생태계가 살아난 땅처럼, 궁상맞은 이야기들을 모아 꽃을 피우겠다는 쓸데없이 깊은 의미를 담아 그 명칭을 빌렸다. 그리고 뭔가 있어 보이는 춤의 이름도 가져다 붙였다. 물론 우리 중에 라틴댄스인 파소도블레를 출 수 있는 위인은 없다.

　또한 노파심에서 말하건대, 이 책은 언론사 지망생들에게 하등 쓸모가 없다. 우리의 공통점이 '기자'였다는 것일 뿐(심지어 관둔 사람도 있다), 언론인이 되고 싶은 이들에게 어떤 조언을 주지 못할 것이다. 저자 소개에서 기자를 '잉여'로 바꾼다 해도 큰 문제가 없을 정도로, 모자란 것 많은 사회 초년생 네 명이 살아왔고 살아가는 게 내용의 전부다. 말과 글을 업으로 삼으면서도 정작 하고 싶은 이야기는 따로 있었던 우리는 여기서 수다를 떨기로 했다. 기사의 필수 요소인 육하원칙을 신경 쓰지 않고, 그놈의 뉴스! 뉴스에서 해방되어 자판 두들기는 대로 쓰다 보니 내용도 중구난방이다.

뜻 깊은 교훈이나 무턱대고 희망적인 메시지를 발견하기도 어렵다. 사실 우리는 누구를 위로할 만큼 여유롭지 않다. 나 살기도 버겁다. 다만 남보다 좀 더 느리고, 소심하고, 게으르지만 이렇게 살아도 괜찮지 않느냐고 말하고 싶다. 누군가를 제치고, 누르고, 이겨 내지 못해서 느끼고 보이는 것들을 기록하다 보니 책이 되었다. 떵떵거리며 살지는 못해도 떳떳하게 살 수 있다면 궁극적으로는 좋은 기자, 좋은 사람이 되는 길이라고 순진하게도 믿는다. 그 과정이 좀 지질하기는 해도 나름대로 어여뻐서 웃음이 났으면 좋겠다. 애초에 난지도는 난초와 지초로 가득 찬 아름다운 섬이라는 뜻이니까.

글쓴이들의 대표로 이현진이 씀

애니메이션 전문지 <애니메이툰>과 <오마이뉴스> 연예부를 거치며 7년째 기자로 일하고 있다. 부업은 먹는 일이다. 아침을 먹기 위해 일어나고, 점심을 먹기 위해 일하고, 저녁을 먹기 위해 버틴다. 잘 먹고 싶어서 잘 살고 싶다. 그래서 다른 사람들도 잘 먹고 잘 살았으면 좋겠다.

채식 두 달째,
이효리가 되지는
않았지만

고기를 먹지 않은 지 두 달이 좀 넘었다. 2년 정도 흐른 것 같은데, 아직도 두 달이다. '나의 사랑, 너의 사랑, 고기!'를 외치며 살았던 시절의 섭취량으로 따지면, 족히 소와 돼지 네댓 마리는 목숨을 건졌다. 닭은 말할 것도 없다.

아이러니한 게, 나의 어쭙잖은 채식 때문에 해산물은 더 많이 희생됐다. 나는 아직 비건의 단계에 이르지 못한 채 '페스코 채식'이라는 이름으로 유제품과 계란, 해산물까지 먹고 있다. 육식 인간이 하루아침에 초식 인간이 될 수 없는 노릇이기에, 영양소가 부족하다는 핑계로 열심히 바다 속 생물들을 긁어 먹었다.

사실 내가 육식을 금하는 데 가장 큰 동력은 감정을 호소하는 눈코입이 있는 '얼굴'이었다. 그래서 생선을 먹을 때면 '넌 육지로 나오는 순간, 죽었을 테니 아픔은 없었을 거야'라는 합리화하고, 조개를 먹을 때면 '넌 얼굴이 없으니까'라고 아예 무생물 취급을 했다. 아직까지는 '너희들까지 포기할 수 없다'는 심정으로 페스코 채식에 머물러 있는 것이다.

물론, 이마저도 힘들다. 몇 번의 위기가 왔다. 사실 난 위기가 오리라는 것을 훨씬 전부터 알고 있었기 때문에 혹독한 트레이닝을 해 왔다. 집에 갈 때면, 한 정거장 먼저 내려 고기 집이 즐비한 골목을 통해 귀가했다. 당당하게 코와 입을 열고 노릿하게 구워지는 고기 냄새를 맡았다. 오라, 나는 먹지 않을 테다! 가장 난코스인 곱창집을 지날 때면, 늘 실성한 것처럼 그 집에 뛰어 들어가 '아저씨 한 입만'을 외치는 나를 상상하며 제동을 걸었다.

트레이닝이 아직 한창일 무렵, 첫 시험대에 올랐다. 삼겹살 회식이다. 그것도 내가 가장 좋아하는 떡쌈! 나는 금연한 지 두 달 된 애연가가 흡연실에서 폐부를 유혹하는 니코틴에 괴로워하는 심정으로 떡쌈과 마주했다. 선배들이 따로 시켜 준 김치치즈볶음밥으로 참아 보려 했으나, 기어이 불판에 손을 대고 말았다. 돼지기름으로 잘 구워진 김치를 한 포기 정도 먹었을 때, 난 이미 삼겹살 삼 인분을 섭취한 듯한 죄책감에 시달려야 했다. 집으로 오는 내내 불편했다.

채식을 하면서 가장 힘든 건, 개인적인 욕망이 아니라 여러 사람에게 양해를 구하는 것이다. 워낙 육식을 즐기지 않는 아빠는 차치하고서라도, 엄마는 하루아침에 몰래 고기를 먹어야 하는 신세가 됐다. 냉장고에는 내가 없을 때 구워 먹으려고 대기 중인 엄마의 오리고기가 생기를 잃어 가고 있었다. 찌개와 국은 무조건 해산물 베이스로 끓였다. 나 때문에 다들 이 무슨 생고생이란 말인가.

자연히 엄마 아빠보다는 양해를 구하기가 어려운 회사 사람들이나 친구들과 밥을 먹기가 두려워지고 있다. 나 때문에 다른 메뉴로 방향을 틀어야 하는 것도 미안하지만, 트레이닝 한답시고 삼겹살집에 가서 마늘과 김치, 된장찌개로 연명하다가 평소보다 일찍 회식 자리에서 나와야 하는 내 자신이 싫었다. 고기를 포기했을 뿐인데, 나는 점점 어떤 공동체에서 밀려 나는 기분까지 들었다.

사실 채식은 박봉의 30대 직장인이 하기 수월한 운동이 아닌 것 같다. 제대로 하려면 모든 음식을 스페셜하게 조리한 것으로 먹어야 한다. 멸치액젓이 들어가지 않은 채식 김치부터 디저트도 계란과 우유가 들어가지 않은 채식 쿠키까지, 여간 까다롭지 않다. 아마 우리 할머니가 살아서 이 광경을 보셨다면, "지랄옘병을 한다, 아무 거나 처먹지"라고 했을 게 뻔하다.

정말 나는 석 달도 못 갈 도전에 쓸데없이 지랄옘병을 하고 있는 걸까. 그래서 가끔은 텔레비전에 나오는 이효리와 이하늬 같은 연예인들의 채식 스토리와 채식인을 위한 홈베이킹 같은 것이 그림처럼 보인다. 콩고기와 채식 라면을 때마다 구비해 놓기에 시간과 돈이 여의치 않고, 더더군다나 홈베이킹 같은 걸 할 여유도 없다.

그러니까 대체 그걸 왜 하냐고 물을 때마다 이유를 떳떳하게 말하지 못하겠다. '동물 사랑'이니, '환경운동'이니 하는 고결한 단어를 입에 올리기에 지금까지 살아온 삶의 행태가 우습고, 아직까지 의지도 박약하기 때문이다. 무엇보다, 침 튀겨 가며 빽적지근하게 '채식!'을 외치다가 고기 집에서 발견되는 사이비 교도 같은 말로를 걷게 될 것이 가장 무섭다.

하지만 이제는 좀 떳떳해져야 이 힘겨운 위장과의 싸움도 지속할 수 있을 것 같다. 사람도 죽어 가는 판국에 동물을 위한 봉사가 말이 되느냐는 논리의 참견으로는 이 세상 어떠한 운동도 앞으로 나아갈 수 없다는 생각에서다. 모든 일의 이익과 혜택을 인간 중심적으로 합리화하기는 싫지만, 결과적으로는 이 작은 환경운동이 나와 당신을 위해서도 좋다.

뭐, 근데 결론은 채식을 두 달이나 했는데도 이효리나 이하늬의 몸매가 되지는 않았다. 이 운동을 다이어트의 일환으로 버틴다면 두 달도 가지 못할 것이니 추천하지 않는다.

혼자 사는 단칸방,
매일 밤 그들을 죽였다

내 인생에는 잊을 수 없는 2년이 있다. 그중, 누군가와 매일 밤 전쟁을 치러야 했던 4개월은 좀 더 치열했다.

2008년. 졸업 후 1년간 백수로 놀다 보니 먹고 싸는 것마저 죄스럽게 느껴져 대기업 취업을 포기하고(라고 쓰고 '불가능하다는 걸 뒤늦게 깨닫고'라고 읽는다), 아담한 회사에 들어갔다. 일도, 함께 일하는 사람들도 마음에 들었지만 집과는 무려 두 시간 거리. 지하철에서 아무리 자다 깨도 목적지는 멀었다. 자리를 내주지 않기 위해 잠이 안 와도 자는 척하며 망부석 포즈를 유지하다 보니 출근하자마자 퇴근용 몰골이 되기 일쑤였다.

그래서 자취를 하기로 했다. 30년 동안 수학여행을 제외하고 집을 떠나 본 적이 없었기에 독립에는 대단한 결심이 필요했다. '500에 30'도 감당하기 어려운 박봉인지라 '무이자 엄마론'을 빌려 5천만 원짜리 전세방을 힘들게 구했다. 누우면 딱 행거 하나 놓을 자리가 남고, 야근하고 오면 온수가 끊겨 물을 끓여 씻어야 하며, 화장실 문은 습기에 불고 불어서 닫히지 않는 30년 된 아파트였지만 나만의 공간이 생긴 것에 감사했다. 그렇게 나는 도시 빈민이 됐다.

나밖에 없는 집에 누군가 살고 있다고 느낀 건, 이틀째 되던 날이었다. 퇴근하고 집으로 돌아와 형광등을 켰는데, 발 아래 은하수가 펼쳐져 있었다. 방바닥을 수놓은 것들은 하루살이의 사체. 나는 낙엽을 쓸듯이 하루의 인생을 마감한 녀석들을 쓸어 담았다. 다음 날 자고 일어난 이불 위에는 정체 모를 다리들이 떨어져 있었다.

나보다 먼저 그 집에 살고 있던 친구들은 종류도 다양했다. 하루살이는 먼지에 불과했다. 웬만한 가정집에서는 볼 수 없는 괴이한 생물체들이 발견됐다. 잘만 채집하면 〈파브르 곤충기〉를 능가할 수 있을 것 같았다. 하지만 난 이 세상에서 그 어떤 것보다 벌레를 싫어했다.

그중의 왕은 태어나서 한 번도 보지 못했던 돈벌레, 학명은 그리마. 다리가 무수히 많은 절지동물이다. 낌새가 이상하다 싶으면 어느샌가 벽에 떡하니 붙어 있었는데, 크기도 30센티미터에 육박해서 마치 거인의 눈썹 같았다. 녀석은 꼭 남자친구와 통화할 때 나타나 유인원 울음소리를 내게 만들었다. 한번은 놀러온 친구의 다리까지 기어 올라가 나를 난감하게 만들었다. 이건 뭐 애완견도 아니고.

얼굴 맞대고 사는 녀석과 좀처럼 정이 들 수 없었던 건, 수백 개는 돼 보이는 다리 때문이다. 심지어 죽을 때가 되면 그 무수한 다리들이 우수수 떨어진다. 돈벌레를 죽이면 가난해진다던데, 하루에 꼭 두 마리씩 해치웠으니 말년에는 알거지가 되는 건가. 부의 상징이라던 돈벌레는 나에게 가난의 증거처럼 보였다.

한번은 묘안을 냈다. 아무래도 이것들이 장판의 벌어진 틈새에서 출몰하는 것 같아 사방을 투명한 박스 테이프로 막았다. 퇴근 후, 나는 테이프에 몸이 낀 채 발을 동동 구르고 있는 안타까운 얼굴들과 마주했다. 졌다, 졌어. 방법이 없다. 차라리 바퀴벌레를 주세요. 개미를 키울까. 그냥 같이 살아볼까. 디지털 카메라 접사 모드로 돈벌레를 찍어 한참을 쳐다보며 정을 쌓아 보려 노력했지만, 그날 밤 천장에서 얼굴로 돈벌레가 낙하하는 꿈을 꾸고 모든 인정을 내려놓기로 했다.

어느 비 오던 날 밤. 집밖에서 세찬 빗물 줄기를 거슬러 헤엄치는 물뱀만 한 지렁이 떼를 목격한 나는 태초의 신비를 간직한 그곳을 떠나기로 결심했다. 꼭 4개월을 살았다. 이사 오겠다는 남자는 젊은 기러기아빠였다. 아담한 집을 싸게 구했다며 반색했다. 하지만 일단 내가 떠나야 한다는 이기적인 마음에 동거자들에 대해 말할 수 없었다. 가진 돈에 따라 택할 수 있는 삶의 질이 현격하게 다른 현실을 슬퍼하며 마음속으로 바랄 수밖에. 나보다는 벌레에 민감한 사람이 아니기를, 머지않은 미래에는 가족들과 더 깨끗한 집에서 행복하게 살게 되기를.

전단지 발로 차지 마라, 너는 누구에게 알바생이었느냐

세상에는 줘도 싫은 게 있다. 전단지와 스팸 전화. 하지만 내게 두 가지는 주는 사람과의 깨기 어려운 '약속'으로 묶여 있다.

웬만하면 전단지는 꼭 받되 눈앞에서 버리지 말고, 스팸 전화도 최대한 정중하게 끊자는 철칙을 세우게 된 건, 전단지를 뿌리치는 손과 수화기 너머에서 들려온 상욕을 직접 경험하고부터다. 오래도 아닌 딱 하루씩이었는데도 '거친 알바의 기억'은 강렬하게 남았다.

전단지의 내용은 '온라인 복권 사이트'였던 걸로 기억한다. 만 원한 장이 금쪽 같았던 대학 시절, 친구들과 함께 전단지 수백 장을 들고 찾아간 곳은 경마 영업장이 있는 빌딩 앞이었다. 복권이나 경마나 사행성 산업인 건 마찬가지니까, 나름 타깃을 선정한 셈이었다.

하지만 사람들은 대개 나의 손길을 거부했다. 함께 주는 부채는 취하고 전단지는 눈앞에서 분리수거해 버렸다. 발에 차이는 전단지를 다시 줍는 것이 나눠 주는 것보다 힘들었다. 해가 저물 때까지도 수십 장이 남은 전단지 뭉치를 들고 경마 영업장으로 들어간 나는 십여 장을 비상구 계단에, 나머지 십여 장을 화장실 라디에이터에 올려놓고 도망치듯 뛰어 나왔다. 그렇게 3만 원을 벌며, 앞으로는 남이 주는 전단지를 러브레터 받듯 하리라 결심했었다.

텔레마케터의 기억은 좀 더 진하게 각인돼 있다. "지난번에 팬티 3종 세트를 구입해 주셔서 홍삼 액기스 한 박스를 할인된 가격에 드리겠다"는 사기성 짙은 멘트를 서너 번 내뱉다 보니, 낚시에도 자신감이 붙었다. 열 명 중 한 명은 '개새끼' '소새끼' 퍼부으며 전화를 끊었지만, 생각보다 많은 사람이 "두 봉지까지는 뜯어 드셔도 환불이 된다"는 미끼에 속아 구매를 결정했다. 나는 신뢰를 주는 목소리로 일곱 건이나 주문을 받았지만, '팬티 3종세트' 싸게 사 보려고 했던 사람들을 꾀려니 아무래도 점심 먹은 게 얹히는 것 같아 일당을 포기하고 훌훌 집으로 와 버렸다.

남의 돈 버는 게 쉽지 않다는 걸 느낀 첫 알바는 가장 무난하게 접할 수 있는 '서빙'이었다. 그런데 막상 난관은 서빙 자체에 있지 않았다. 여름 특수를 노리고 백화점 앞 노점에 벌린 '하와이안 카페'는 유니폼부터 달랐다. 남자들은 그저 반바지에 꽃 남방이면 충분했지만, 여자는 좀 더 복잡했다. 꽃 남방은 기본이요, 의류라고 하기 애매한 화려한 무늬의 스카프를 몸에 휘감아서 스커트를 만들어 냈다. 밀짚모자를 썼고, 화룡 정점으로 꽃목걸이까지 둘렀다.

그 당시만 해도 일산의 랜드마크였던 백화점 한복판에서 나는 그런 명청이 같은 차림으로 음료를 날랐다. 시간이 지나면서 적응이 되는 건 순리. 주문을 받으러 갈 때 훌라 춤을 추지 않는 게 어디냐는 생각으로 그 유니폼을 받아들이기로 했다. 고등학교 때 좋아했던 남자애가 백화점 앞을 지나갈 때 주방 밑으로 몸을 숨기는 것 외에는 이제 거리낄 것도 없었다.

주방일도 번갈아 가며 했는데, 가장 만들기 어려웠던 메뉴는 음료보다 손이 많이 가는 팥빙수와 아이스크림이었다. 정작 나는 물 한 모금 마실 새도 없이 바쁜 와중에 "팥빙수 세 개랑 아이스크림 다섯 개, 빨리요"라고 주문하는 손님의 얼굴이 사탄처럼 보인 이후 그 아르바이트도 접었다.

손님이 없는 아르바이트를 해 보자고 찾은 건 모자 공장이었다. 니트 모자의 실밥을 정리하고 잘 접어서 비닐로 포장하는 것까지가 주요 업무였다. 우리를 괴롭히는 손님은 없었지만, 온갖 먼지와 "좀 더 빨리"를 외치는 사장님도 만만찮았다. 그래도 먼지를 너무 많이 먹은 날에는 삼겹살을 구워 줬고, 야근을 할 때면 중국 음식을 시켜 줬다. 조금만 더 했으면 '실밥 뽑기'의 달인으로 〈생활의 달인〉에 출연했을 테지만, 방학 내내 모자만 만지느라 지식이 모자랐던 나는 개강 후에 바보가 됐다.

뭐니 뭐니 해도, 백미는 대학 졸업 즈음에 했던 마지막 알바였다. 패션 행사에 초청된 귀빈들의 코트를 보관함에 넣고 빼기. 단 몇 시간만 하면 되는 일이었지만, 체력 대신 자존심이 고갈됐다. 제 옷을 장에 넣을 힘조차 없는 귀하신 분들은 '코트 셔틀'이 늦으면 인상을 썼다. 나는 귀중품이나 다름없는 고가의 코트를 상전처럼 날랐다. 이

태리 장인이 한 땀 한 땀 수놓은 그 코트들을 들고 가다가 엎어지면 차라리 내 몸뚱이가 먼저 땅바닥에 떨어지기를 바라는 심정으로.

대개 보람찬 직업이라기보다 '남의 돈 벌기 어렵다'는 깨달음과 차비 정도 남긴 저임금 밥벌이도 지나고 보니, 미담이 된 듯하다. 지금은 4대 보험에 노동조합까지 있는 회사에서 정직원으로 근무하고 있지만, '알바의 기억'을 '젊어 고생은 사서도 한다'는 식의 추억으로만 간직진 않으려는 최소한의 움직임으로 전단지를 받는다. 다들 먹고살자고 하는 짓인데, 무심결에라도 남의 밥상을 발로 차지 않기 위해서.

결혼에 '쿨'했던 엄마 아빠, 이럴 줄 몰랐다

지금 내 앞에는 누군가의 전화번호를 적은 종이가 놓여 있다. 이 번호로 전화가 와서 만남이 성사되면, 나는 아홉 살 때 내 머리를 쓰다듬던 아빠와 같은 나이의 남성과 미래를 논해야 한다.

참담한 것은 맞선남의 나이 때문이 아니다. 어쩌다가 우리 집이 '결혼 강권하는 사회' 운동에 참여하게 되었는지 이해할 수 없어서다. 작년까지만 해도, 부모님은 결혼에 대해 '쿨'했다. 명절이면 부모님과 친척들의 '노처녀 재판'을 피해 은신처를 알아봐야 했던 지인들을 위로해 줄 여유가 내게 있었다.

엄마도, 딸을 닦달하는 다른 엄마들 사이에서 "난 신경 안 써"라고 말할 수 있는 걸 자랑으로 여겼다. 약 6개월 전, 마흔 살의 선 자리가 내게 들어왔을 때 엄마와 아빠는 그야말로 노발대발했다. '반 백 살'이 다 된 아저씨를 어디다가 갖다 대냐는 것. 부모님은 "서른일곱도 많고 서른다섯 살이면 적당하지 않겠냐"며 꿈결을 헤매고 있었다.

정작 서른다섯 살의 남성은 서른두 살의 여성을 만나려 하지 않는다는 현실을 부모님이 인지하는 데는 오랜 시간이 걸리지 않았다. 엄마와 아빠가 "대기업에 다니고 연봉도 센데 착하기까지 하다"는 서른아홉 살 남성의 연락처를 내밀며, "네가 생각하는 서른대여섯 살은 너 안 만나"라고 말했을 때, 나는 이제껏 봤던 모든 영화와 드라마의 반전이 우습게 느껴졌다.

"데릴사위 아니면 안 돼"라고 까다로운 조건을 내걸었던 엄마와 "내가 어떻게 키웠는데"라는 강경한 입장을 내세웠던 아빠는 이제 없다. 내게 부모님은 "마지막 세일!"을 외치는 심정으로 유통기한이 얼마 남지 않은 상품을 팔아야 하는 안타까운 상인처럼 보였다.

정년퇴직한 아빠가 결혼식 하객이 줄어들까 고민하는 것을 모르는 건 아니다. 지금까지 나간 축의금을 회수하기 위해 곱게 쌓아 올린 청첩장을 봤지만 모른 척했다. 그런데 이제는 정말 모른 척하려야 할 수 없는 나이에 이른 나는 공양미 삼백 석을 앞에 두고 인당수로 다이빙해야 하는 심청이 된 것 같다.

'비즈니스'처럼 느껴지는 맞선을 기피하게 된 것은 역겨운 기억으로 남아 있는 언젠가의 만남 때문이다. 자동차를 연구하는 직업을 갖고 있었던 그는 한 시간 동안 K5와 포르테의 장단점에 대해 설명했다. 가방에서 계약서라도 나오는 게 아닌가 우려하고 있을 때, 그는 집안에 제사가 있다며 카페 앞에서 '택시까지 타고' 황급히 자리를 떴다. 조상님을 공경하는 예절 바른 그의 뒷모습을 보며 나는 나직이 속삭였다. 'ㅅㅂ'

집으로 돌아간 나는 잔뜩 기대하고 있는 부모님에게 그 모든 정황을 말했고, 두 분은 노발대발했다. 엄마는 '반짝이는 치아 교정기의 눈부심'을 탓했다. 이번 맞선을 피하기 위해 당시의 굴욕을 떠올리게 하는 충격요법을 사용했지만, 부모님은 그때의 분노를 잊은 듯했다. 단 하나의 문제라고 생각했던 치아 교정기를 제거했기 때문이다.

치아 교정기 때문에 남자를 못 만난다고 의기소침해 있었던 내게 베프는 다정하게 "교정기 때문 만이라고 생각하지는 마"라고 용기를 북돋워(?)주곤 했다. 맞아. 교정기를 뺀 지금도 나는 처음 만난 사람과 밥을 먹고 차를 마시는 짧은 시간 속에서 내가 왜 박봉으로 '저녁이 없는 삶'을 살며 주말에도 일해야 하는지를 설명할 자신이 없다. 구구절절 설명한다 해도, 내가 뭘 좋아하는지, 어떤 글을 쓰는지, 그러니까 어떤 사람인지를 알기 전에 택시를 타고 떠날지 모른다.

올 추석 열리는 '노처녀 재판'에 회부되기 전까지 나는 중형을 피할 만한 증거를 마련할 수 있을까. "이번에도 낌새가 이상하면 먼저 택시를 타고 나오라"는 아빠의 공격형 수비 전략이 귓가에 맴돈다.

정우성은 정말
커피만 마시고 갔을까

한동안 엄마가 엄청나게 싫어하던 광고가 있었다. 임수정과 정우성이 나오는 커피 광고. 밤늦게까지 집에서 함께 시간을 보내다가 "나 갈게"라며 일어서는 정우성의 손을 임수정이 의미심장하게 이끌자, "커피만 마시고"라고 음흉한 속내를 드러내는 그 광고 말이다.

그 뒤는 더 가관이다. 커피를 다 마신 정우성에게 임수정이 "갈 거야?"라고 넌지시 묻자, 정우성은 임수정의 허리를 뒤에서 감싸 안으며 "아니, 향기는 남아 있잖아"라고 가겠다는 건지 말겠다는 건지 알 수 없는 애매모호한 입장을 취한다. 고수다.

엄마는 항상 임수정이 "갈 거야?"라고 묻는 대목에서 "그럼! 가야지!"라고 정우성보다 빨리 답하곤 했다. 특히 여자가 먼저 음탕한 제안을 하는 듯한 상황은 엄마에게 '말세'로 여겨졌다. 이문세의 '옛사랑'을 배경 음악으로 이보다 로맨틱할 수 없는 두 남녀를 그린 CF가 이보다 더 불온할 수 없는 년놈의 막장 동영상으로 찍혔다.

이 CF가 나올 때마다 역정을 내는 엄마 때문에 나도 덩달아 긴장했고, 동서식품이 하루 빨리 다른 에피소드의 광고를 내주기만을 기다렸다. 이를테면 안성기 선생님이 나와 책장을 넘기며 '커피 한 잔의 여유'를 찾는, 성으로부터 완전 순결한 그런 '전체 관람가' 혹은 '공익 광고' 스타일.

자연히(결혼을 하지 않은) 연인이 사랑해서 물고 빠는, 그러니까 10분에 한 번 키스신과 베드신이 등장하는 〈로맨스가 필요해〉 같은 드라마를 엄마와 함께 보는 건 불가능하다. 길거리에서 고등학생들이 손잡고 걷는 장면조차 엄마에게는 놀라운 광경으로 비춰지곤 했다.

성향이 그렇다 보니, 맞선으로 만난 아빠와 세 번 정도를 더 보고 얼굴을 익히기도 전에 결혼했다는 엄마가 종종 신기하게 느껴졌다. 한때는 내 존재 자체가 의심스럽기도 했다. 혹시 나는 엄마가 달의 정기를 받아 잉태한, 암술과 수술이 만나 만들어진 씨앗보다 훨씬 순수한 성령의 자손이 아닐까 싶은 거다.

그 불일치 때문에 받았던 첫 충격은 아직도 생생하다. 초등학교 6학년 때까지 남녀가 결혼해 한 이불 안에서 숙면을 취하고 일어나면 아기가 생기는 줄 알았던 나에게 친구가 은밀히 진실을 알려 준 순간, 지구의 자전을 느낄 정도로 어지러웠다. 정색을 하고 친구에게 일갈했었다.

"우리 엄마 아빠는 그러실 분들이 아냐!"

다 커서는 엄마의 스토아학파도 울고 갈 금욕주의를 벗어나고 싶어서 '문란하게 살기'를 꿈꾸기도 했다. 비슷한 나이대의 엄마를 둔,

사정이 비슷한 친구들과 함께 '이제 그만 쾌락주의를 따라도 될 나이이지 않은가!' 봉기했을 때는 이미 스무 살 후반이 됐다.

서른이 된 어느 여름 날 새벽에는 그 친구들과 '맥주 한 병이면 전 세계 남자들과 하나가 될 수 있다'는 태국 방콕의 카오산로드를 부푼 기대로 찾았다. 하지만 맥주에 안주에 칵테일까지 다 마시도록 존과 스미스는 '써티 이얼즈 올드'한 우리에게 다가와 주지 않았다. 그리고 아주 고이 돌아왔다.

남녀가 등장하는 커피 광고 하나 마음 놓고 못 보는 현실과 마주할 때마다, 떠오르는 장면이 있다. 스무 살 초반, 백화점 앞 노천카페에서 아르바이트를 하고 있을 적에 그 오픈된 테이블에서 대놓고 키스를 하는 커플이 있었다. 난 돈 주고도 못 볼 장면을 신나게 감상했지만, 함께 일하던 남자애는 굉장히 부끄러워했다.

'아, 얘도 스토아학파 문하생이었군' 싶던 찰나, 부끄러운 와중에도 커플을 훔쳐 보던 그 애의 코에서 피가 쏟아지기 시작했다. 세상에. 〈드래곤볼〉에서 무천도사가 여자만 보면 코피를 흘리던 게, 리얼리티를 살린 설정이었다니. 그때 나는 깨달았다. 너무 억제하면, 사람이 피를 쏟을 수도 있다는 걸. 어쩌면 금욕주의는 자연의 섭리를 거스르는 것일 수도 있다는 걸.

적어도 난 키스신을 보며 코피를 쏟고 싶진 않다.

격투기 문외한,
나는 왜 표도르를
좋아했나

에밀리아넨코 표도르가 링을 떠난다. 한국 시간으로 22일 러시아 상트페테르부르크에서 열린 M-1 챌린지 대회에서 페드로 히조를 상대로 KO승을 거둔 표도르는 현지 언론과 한 인터뷰에서 "이제 끝내야 할 것 같다"며 은퇴를 선언했단다. 은퇴 이유 중 하나는 "딸들과 너무 오래 떨어져 있었기 때문"이다.

한때 나는 표도르 팬이었다. 정확히는 2007년의 마지막 날 열린 마지막 프라이드 대회 '야렌노카!' 전까지다. (2008년부터는 태어나서 처음으로 아르바이트가 아닌 밥벌이를 시작했기 때문에 모든 취미 생활에 소홀해졌다.) 하여튼 그의 팬을 자처하고 열심히 경기를 찾아본 그 즈음 메일 주소도 모두 그의 이름 Fedor를 넣은 것으로 바꿨다.

사실 나는 격투기에 문외한이다. 당시 내가 아는 지식이라고는, K-1은 서서 때리고 프라이드는 누워서도 때릴 수 있다는 것 정도였다. 어쨌든 두 사람이 치고받는 경기인데, 권투처럼 푹신한 글러브도 없이 거의 맨주먹으로 사람의 얼굴을 깨부술 것처럼 타격하고 종종 시뻘건 피가 하얀 경기장을 칠갑하는 모습이 되게 쇼킹했다.

그렇게 나는 유희왕 카드를 모으듯, 몇 명의 선수 이름을 외우는 것으로 '모자란 지식'을 메꿨다. 남자들 앞에서 안토니오 호드리고 노게이라나 세미 슐트 같은 이름을 줄줄 욀 때면 남자들만의 세계에 발을 디딘 신여성이라도 된 양 으쓱했다. 대개 '의외'라는 반응을 보이곤 했는데, 왠지 모르게 그런 시선을 즐겼던 것 같다.

하지만 이제 외웠던 이름도 가물가물, 밑천이 드러났으니 여기서는 격투기를 논할 생각이 없다. 격투기로 이 원고지를 다 채울 자신도 없다. 다만 표도르의 은퇴 소식을 들은 김에 '개뿔'도 모르는 격투기를 즐겨 봤던, 그중 표도르를 좋아하게 됐던 이유가 떠올랐다.

격투기를 보게 됐던 이유의 시작에는 '아빠'가 있었다. 내게 '무뚝뚝'이라는 단어의 산증인이었던 아빠는 말하는 것을 별로 좋아하지 않았다. 전화를 받는 것도 싫어했는데, 마지못해 받아야 할 때는 수화기를 입에서 멀리 떨어뜨리곤 했다. "아빠, 뭐 먹고 싶어?"라고 물었을 때 "웅웅"이라고 작게 답한 게 결국 "순대"였더라는 상황의 성대모사는 친척들 앞에서 실패한 적이 없는 어릴 적 내 개인기였다. 여하튼.

그런 아빠와 이례적으로 대화할 수 있는 시간이 바로 격투기를 볼 때였다. 물론 표면적으로는 대화라기보다 일방적인 관전평이지만, 들어줄 사람이 있기 때문에 아빠는 수다스러운 관객이 되곤 했다. 그러니까 아빠의 말벗이 되어 좀 더 친해지기 위해, 부모님께 효도를 하는 심정으로 격투기를 보다가 표도르를 발견했다.

모르긴 몰라도, 내 눈에 표도르는 남다른 스포츠맨이었다. 아무리 경기라도, 사람인지라 한 대 맞으면 분노가 표출되기 마련인데 표도르에게서는 링 밖을 벗어난 감정이 얼굴에 비치거나 주먹에 실리는 걸 본 적이 없다. 무섭게 얼음 파운딩을 꽂다가도 경기가 끝나면 먼저 다가가 악수를 청했다. 간혹 경기에 졌다고 악수를 거부하는 선수들과 달리, 표도르는 이겼을 때도 상대 선수를 생각해 크게 기쁜 내색을 하지 않았다. 그래서인지, 사람을 때리는 경기를 보면서도 최소한 악감정이 곁들여 있지 않음에 마음이 좀 편한 것도 있었다.

특히 링 밖에서는 한없이 푸근한 옆집 아저씨 같은 표도르의 '사적인' 얼굴은 상당히 이중적인 매력으로 느껴졌다. 아디다스의 삼선 츄리닝을 입은 표도르가 결연한 표정으로 아기 띠를 한 채 딸을 업고 있는 사진을 발견했을 때, 그의 부성에 내 마음은 테이크다운 당하고 말았다. 표도르가 딸을 위해 그렸다는 그림을 발견했을 때는 마침내 우심실이 초크를 당한 것처럼 벅찬 압박감까지 느꼈다. 그 솥뚜껑 같은 손으로 딸을 생각하며 그린 깜찍한 그림이라니.

그런 그가 "딸들이 내 보살핌 없이 자라고 있다"며 은퇴를 선언했을 때, 서운한 마음보다 고개가 끄덕여졌던 건 그 훈훈한 부녀 사이가 떠올랐기 때문이다. 그리고 고맙다는 말을 전하고 싶었다. 어쨌든 당신의 격투기 덕분에 이쪽 부녀 사이도 한 뼘 정도는 더 가까워졌으니까.

적어도 내게 표도르는 '60억 분의 1'의 파이터보다 "가족을 위해 싸운다"고 말했던 '아버지'로 더 오래 기억될 것 같다. 안녕, 표도르.

아흔넷 할머니의
일기를 훔쳐봤다

    연속 두 번이나 '할머니'에 대한 글을 쓰려니까 마치 노인대학 홍보팀이라도 된 기분인데, 이번에는 '외'할머니 이야기다. 지난 구정에 잠시 할머니를 외갓집에서 모셔 왔다. 3주간, 아흔넷의 할머니는 집에 있는 듯 없는 듯 존재하는 화초처럼 지냈다.

    우리 집으로 오던 날, 할머니는 뿔이 잔뜩 나 있었다. 표면적인 이유는 "귀찮으니 가지 않겠다"는 고집이었고, 보다 근본적인 이유는 아마도 당분간 돌봐줄 자식을 찾아 위탁되어야 하는 당신의 짐짝 같은 신세 때문이리라. 모처럼 여행을 떠나는 외삼촌과 외숙모에게 인사하라는 다른 형제들의 말에 할머니는 된밥을 목구멍으로 힘겹게 넘기듯이 많은 말을 삼키고, "댕겨오라!"는 한마디를 퉤 뱉어냈다.

    그리고 주차장으로 가는 턱에서 넘어졌다. 10센티미터가 되지 않는 낮은 높이였지만, 바닥으로 털썩 주저앉은 할머니는 비스듬히 한 번을 더 굴렀다. 일그러진 할머니의 얼굴에는 탐탁지 않은 상황에,

설상가상의 사고로 추가된 피로감이 그대로 담겨 있었다. 모두가 놀랐지만, 바로 뒤를 따르던 나 그리고 할머니를 부축하다가 함께 넘어진 엄마만 웃음이 터졌다. 아무래도 넘어지는 데서 그치지 않고 구르기까지 할 정도로 관성의 법칙이 적용될 만한 속도가 아니었기 때문이다. 곧 넘어진 '정도'에 대한 진정성에 의혹이 제기됐다. 할머니가 부러 몸을 굴렸다는 '할리우드 액션설'이 유력했다.

역시나 할머니의 몸에는 아무 이상이 없었다. 넘어진 것이 마음에 걸렸던 외삼촌이 전화해서 걱정하기에 집에 도착하자마자 다시 한 번 확인했지만, 할머니도 아픈 곳이 없다고 말했다. 그래서 그날 할머니가 넘어진 사건은 귀여운 자작극으로 마무리, 큰 웃음을 준 에피소드로 가족들 사이에서 회자됐다. 할머니의 일기장을 발견하기 전까진.

내가 할머니와 이야기를 나누는 건, 출근과 퇴근 때, 하루 두 번 정도였다. 회사 일 때문에 머리가 아프기도 했거니와, 내게 금쪽 같던 친할머니가 돌아가신 후 덩그러니 놓인 빈 방에 적응되어 가던 차에 다시 그곳에서 인기척이 나는 상황을 모른 척하고 싶어서였다. 그래서 이야기를 나눈다기보다 '갔다올게요' '다녀왔어요' 정도의 출입 신고성 인사를 건넬 뿐이었지만, 그때마다 외할머니는 "그래, 오늘은 춥다더라" "밥은 먹었니?" "밤에 늦게 오니?" 같은 걸 묻곤 하셨다. 한번은 밥 사 먹으라며 2만 원을 쥐어주려다가 실패, 다시 내 가방에 억지로 쑤셔 넣으려고 실랑이를 벌이다가 넘어질 뻔했다. 순간의 서운함이 얼굴에 스쳤지만, 별 다른 말씀은 없었다.

식사를 할 때와 화장실을 갈 때를 제외하곤, '마루에서 같이 텔레비전 보자'는 가족들의 권유에도, 할머니는 늘 방에만 계셨다. 하지만 굳이 내가 그 방을 찾고 싶지는 않았다. 할머니와 말을 섞으면, 오래 묵은 수다가 필요 이상으로 발목을 붙잡곤 했기 때문이다. '돌림노래' 같은 할머니의 이야기를 듣다 보면, 레퍼토리가 세 번쯤 반복될 때 늘 머릿속이 공허해지거나 처리해야 할 일들로 가득 차곤 했다. 어떤 의무감으로 방문했던 할머니의 방이었기 때문에 머리맡에 늘 신줏단지처럼 모셔져 있던 공책을 늦게 발견한 것일 수도 있다.

여유가 좀 있던 주말, 할머니가 주무실 때 그 공책을 열어 본 나는 곧 놀랍도록 촘촘하게 이루어진 할머니의 소 우주와 맞닥뜨렸다. 일정한 간격의 격자무늬로 그어 놓은 선 안에는 날짜와 소변을 눈 시각, 그리고 그날 있었던 일이 짤막하게 적혀 있었다. 그 일이란, 대개 할머니에게 중요하게 생각되는 '사건'에 대한 기록이다.

이를테면, 2월 24일 오후 5시 10분 이명박 전 대통령의 논현동 사저 복귀나 그 다음날 있었던 박근혜 대통령 취임식 같은 것. 뉴스를 전달하는 기자라는 직업을 갖고 있으면서도 내 지식은 할머니의 일기장보다 못했다. 천안함 사건은 침몰 당시부터 인양, 영결식까지를 날짜마다 상세히 적었다. 심지어 국제 뉴스까지 다루고 있었다. 지난해, 오바마 미 대통령이 몇 월 며칠 재선에 성공했는지를 정확히 기억하는 사람이 얼마나 있을까. 할머니의 기록에 따르면, 2012년 11월 7일이다.

내가 할머니의 일기장을 덮을 수 없게 만든 쪽은 보다 개인적인 뉴스였다. 재밌는 건, 대개 사실만 기록하면서도 그 당시의 감정을 읽을 수 있다는 점이다. '현진 아빠 빵 사옴'에서는 사위에 대한 고마움이 있고, '현진 출장감'에는 언제 돌아올까 고대하는 기다림이 있고, '애비 애미 콜프감'에서는 저그들끼리 놀러갔다는 심통 내지 푸념이 들어 있다.

하지만 가장 놀라웠던 문장은 2월 10일, 할머니가 우리 집에 오시던 날짜에 쓰여 있었다. '나는 밤에 일산 옴. 너머저(넘어져) 아프다' 토로할 곳을 찾지 못한 심경은 딱 두 문장으로 압축됐다. 이걸 본 엄마와 나는 서로 딱히 둘러댈 말을 찾지 못했다. 그전까지 깔깔대며 일기장을 넘기던 두 독자를 바라보며 할머니는 "이제는 글씨를 잘 못 쓰겠어. 잊어 먹지 않으려고 자꾸 써 보는 거야"라고 아이처럼 웃었다.

그날 나는 방에서 할머니와 예전보다 오랜 시간을 보냈다. 산파였던 할머니는 실력이 좋아서 돈을 곧잘 벌었단다. 신이 난 할머니에게서 같은 이야기를 세 번 정도 더 듣고, "여수 박람회에 가 봤니? 할머니가 돈 줄 테니 다녀와. 밸거밸거(별 것) 다 있대"라고 이미 작년 여름 끝난 행사를 두어 번 더 추천받았다. 당시 날짜를 찾아 일기장을 뒤적여 보니, 여지없이 주요하게 기록돼 있었다. 여수박람회 개막을 알리는 기사도 스크랩 되어 있었다. 아마도 할머니는 흐려지는 기억을 긁어모으고, 화수분같이 쏟아지는 말은 삼키고 삼켰다가 단 몇 문장으로 추려서 담기 위해 일기를 쓰는 모양이었다.

그날의 수다가 할머니의 일기장에는 어떻게 기록될지 무척이나 궁금했다. 하지만 그 다음날 내가 고모네 집에 간 사이에 할머니는 외갓집으로 돌아갔다. 방이 내 바람대로 다시 텅 비었는데도 마음이 개운하지 않았다. "할머니가 오실 때보다 단단한 걸음걸이로 기분 좋게 가셨다"는 엄마의 말이 조금 위안이 될 뿐이었다.

솔로 천국!
커플 비즈니스는
끝났다

　고딩 사촌동생이 만들어 준 팔찌가 끊어지기 일보직전이다. '끊어지는 날 남자친구가 생긴다'는 이야기에 '나도 네 나이 때 그런 거 믿었지' 재미 삼아 팔목을 맡겼는데, 같은 날 만든 동생과 고모의 팔찌가 한 달을 견디지 못한 채 끊어져 나가고, 동생의 남친이 몇 번 바뀔 동안 내 팔찌만 멀쩡했다.

　허허, 요 녀석이 언니를 놀리려고 안에 낚싯줄이라도 넣었나. 은근히 힘껏 당겨 봤는데 오직 순수한 실뿐인 팔찌는 그해 겨울과 이듬해 겨울도 너끈히 버텨 냈다. 제작자조차 고개를 가로 젓는 이 '쇠심줄 같은' 물건은 주인과 함께 2년이 넘도록 영욕의 세월을 살고 있다. 팔찌는 자신이 끊어졌는데도 남친이 생기지 않으면 내가 상처를 받을 것을 우려라도 하듯 '마지막 잎새'처럼 붙어 있었다. 그 기적이 나는 달갑지 않았다. 마치 이렇듯 질기게 혼자 살라는 불길한 징조인 것 같아서.

생각해 보면 이게 다 장삿속이다. 그동안 얼마나 많은 '커플 비즈니스'에 놀아났나. 이성에 눈을 뜬 초등학교 2학년 때부터 나는 각종 미신과 샤머니즘을 믿고 따르며 운명의 사람을 만나길 고대했다. 말이 '행운의 편지'지 불운의 압박감과 배포의 부담감을 남들과 함께 나누는 민폐 행위도 서슴지 않았고, 틈날 때마다 '남묘호렌게교'를 외우면 남친이 생긴다는 말에 종교의 벽을 쉽게 뛰어 넘었다. 하지만 부처님, 예수님, 알라신은 불쌍한 중생, 어리석은 어린 양의 변변찮은 기도에 응하지 않았다.

〈난지도 파소도블레〉에 내 소소한 일상을 털어놓은 지도 1년이 되어 간다. 어느덧 네 명이 쓴 글의 개수도 80편에 육박했다. 이쯤에서 우리도 이걸 한번 책으로 만들어 보자는 생각으로 기획안을 냈는데, 번번이 주제의 통일성이 문제가 됐다. 하긴 이름부터가 '난지도'인데다가, 무려 네 명의 온갖 잡다한 일상이 뒤섞여 있으니 한 권으로 묶는 게 쉬운 일은 아니다. 그래서 각자 써 온 글을 관통하는 주제라도 찾아보자 했는데, '이현진의 소인배통신'은 단박에 견적이 나왔다. 채식, 개똥, 노처녀로 점철된 '초식녀의 삶'.

오픈 국어사전에서 초식남의 뜻을 찾아보니, '초식동물처럼 온순하고 착하며 감수성이 풍부해 섬세한 요리나 패션, 쇼핑에 관심이 많은 남자'란다. 저 중에 내가 가져올 수 있는 수식은 '초식' 밖에 없다.

어쩌면 나는 '건어물녀'에 더 가깝다. 역시 사전적 의미를 찾아보니, '직장에서는 매우 세련되고 능력 있는 여성이지만, 일이 끝나면 미팅이나 데이트를 하는 것이 아니라 집에 와서 츄리닝을 입고 머리를 대충 묶고 맥주와 오징어 등 건어물을 즐겨 먹는 여성을 지칭'한 단다. 쓰다 보니, 우리 집에 CCTV를 달고 관찰한 누군가가 신조어를 만든 것이 아닌가 싶을 정도로 나를 꼭 닮은 모습에 얼굴이 화끈거린 다. 하지만 온 몸과 마음이 바싹 메말라 소금기만 남은 듯한 저 표현 을 붙여주고 싶지는 않았다. 그래서 아직까지는 감수성이 풍부하고, 고기를 즐기지 않으며, '불금'에도 개와 약속이 있어 집으로 달려가는 초식녀라 정의 내리기로 내 자신과 쓸데없이 치열한 논의를 끝냈다.

점점 일관된 삶의 양태가 글로 드러나다 보니, 나를 가엽게 바라보 는 사람들도 있다. '과민성 독거청년'에서 결혼과 함께 '유부청년'으 로 닉네임을 바꾼 최규화는 나에게 '독수공방의 아이콘'이라는 불명 예스러운 별명을 지어 주며 놀려댔지만, 나는 충분히 행복하다. 아, 텍스트라 잘 전달이 안 될지도 모르겠지만, 지금 울고 있지 않다. 단 언컨대, 요즘의 나는 자발적 솔로다.

그러니까 어떻게든 커플이 되고자 노력했던 바로 얼마 전까지 내 모습이 '훨훨 나는 꾀꼬리 암수 서로 정다운데, 외로워라 이 내 몸은 뉘와 함께 돌아갈고'였다면, 지금은 '이런들 어떠하리 저런들 어떠하 리 만수산 드렁칡이 얽혀진들 어떠하리'의 마음이랄까. 늘 둘이 되어 야만 완전체라고 생각하는 이들과 달리, 적어도 나는 혼자서도 잘 산 다. 사람이 젓가락도 아니고, 굳이 짝을 지어야 할 필요성을 못 찾겠 다. 혼자인 게 서럽진 않지만, 독거노인이 될까 봐 우려스럽다는 비 슷한 고민을 가진 친구와 말년을 챙겨 주기로 '기저귀 협정'도 일찌 감치 맺어 놨다. 서로 짝이 되어 협정이 깨질까 봐 조금 불안한 것을 제외하고는 혼자 남는 것에 대한 두려움도 이제 별로 없다.

커플 비즈니스의 노예가 되지 않아도 되니 이렇게 편할 수가 없다. 성 발렌티누스를 욕보이는 발렌타인데이와 화이트데이 등 각종 '마의 14일'을 거쳐 11월 11일 빼빼로데이까지, 대기업의 상술에 놀아나지 않아도 되니 자유롭다. 억지로 둘로 쪼개도 암수가 되지 않는 플라나리아, 남들은 곰팡이라 여기지만 알고 보면 3천 년에 한 번씩 피어나는 우담바라와 같은 초연하고 아름다운 삶을 살고 있는 것이다.

이제 엄빠도 반려자 대신 반려견을 데려온 나를 조금씩 이해(라고 쓰고 포기라고 해석)하기 시작했다. 사주를 공부하는 고모만이 "이번 달에 관 (직장운 혹은 남자)이 있어"라고 희망을 잃지 않고 있지만, 사주명리학마저 피해 가는 내 운명을 달갑게 받아들일 수 있다. 비록 엄빠와 고모들이 할머니 할아버지가 잠들어 있는 나무에 대고 "올해는 시집!"이라는 소원을 슬로건처럼 외치는 일까지 말릴 수는 없지만.

그렇다고 내가 독신을 부르짖는 건 아니다. 커플이 아닌 사람을 열성 인간으로 볼 이유가 없으며, 커플이 아니라고 이 봄에 울상을 지을 필요도 없다는 걸 깨달았을 뿐. 차가 끊겼다고 세상이 끝난 건 아니니 괜찮다. 어떻게든 혼자서 집으로 돌아갈 수 있다. 뭐, 그러다가 생각지도 못한 막차가 온다면 반가운 것이고. 근데 이왕 올 거면 '급행'이었으면 하는 바람은 있다.

이제는 팔찌를 가위로 잘라야 할 때가 왔다.

이렇게 예쁜 너를
누가 버렸니?

나는 지금 심각한 짝사랑 중이다. '한 발 다가가면 두 발 도망가는' 모습에 체념하려다가도 돌아서면 내 등을 툭툭 치는, 아주 얄밉지만 거부할 수 없는 치명적인 마력을 가진 녀석은 애견계의 '밀당녀'다.

내가 봉사를 다니던 평강공주 유기견 보호소에서 이 아이를 데려온 지 일주일이 지났다. 보호소에 있을 당시 이름은 아름이었지만, 우리 가족이 되었으니 새 이름을 지어 주고 싶어 밤비라고 했다. 가늘고 긴 다리, 흰색과 갈색이 적절히 섞인 털 색깔이 아기 사슴 밤비를 닮아서다. 하지만 400마리 넘는 개들 사이에서 남다른 미모가 처음부터 매력을 발산한 건 아니었다. 유난히 소심했던 밤비, 아니 아름이는 눈에 띄지 않았다. 똥을 치우러 견사에 들어가면 너무 반가운 마음에 내 엉덩이를 발로 차거나 무서워서 왕왕 짖는 개들과 달리, 애는 큰 기쁨도 두려움도 표현하지 않은 채 구석에 웅크리고 날 관찰했었다.

봉사 마치고 집에 오면 어쩌고 지내나 궁금해지고, 눈이나 비가 오면 걱정되는 심각한 중증에 이르기까지 몇 개월이 걸리지 않았다. 게다가 같은 견사를 쓰던 가을이를 친구가 입양하면서 아름이가 혼자 남겨진 후에는 더 갈급한 마음이 됐다. 결국 이 아이를 집으로 데리고 오기로 결심했다. 하지만 나 역시 엄빠^(부모님)에게 얹혀사는 신세에 군식구를 늘리겠다는 말을 꺼내기는 쉽지 않았다. 이제 엄빠가 늘리고 싶은 군식구는 오직 '사위'밖에 없는 노처녀에게 반려견은 마치 결혼이 더 늦어질 것을 암시하는 불온한 존재일 뿐이었다.

사실 엄빠도 개를 좋아한다. 단지 10년을 아들처럼 키웠던 찡이가 2007년 지병으로 세상을 뜬 이후 무엇에게도 정을 주지 않겠다고^{(쓰}고 자유를 누리겠다고 읽는다.) 반려동물 금지령을 내렸다. '애견인이었던 점을 공략하면 될 것'이라는 친구들의 응원에 힘입은 나는 치밀한 작업에 들어갔다. 감성 소구가 통하는 엄마에게는 예쁘게 찍힌 사진과 동영상을 은연중에 노출했지만, 아빠가 문제였다. 기회는 의외의 곳에서 찾아왔다. 마침 아빠는 노트북이 필요했고, 나는 발 빠르게 온라인에서 사양을 고른 후 결제까지 마쳤다. 당황한 아빠가 지불을 시도했지만, 나는 받지 않았다. 그렇게 밤비는 우리 집으로 올 수 있었다.

'사지 말고 입양하세요'라는 유기견 보호소 달력의 문구를 매일 보다시피 하며 살았지만, 그게 말처럼 쉽지 않다는 것은 밤비가 온 첫날부터 체감할 수 있었다. 좁은 견사가 세상의 전부였던 밤비는 흘러넘치는 자유를 어떻게 써야 할지 암담한 모양이었다. 내 방 안에서 꿈쩍도 하지 않았다. 사료랑 물을 방 안으로 넣어 주니 열심히 먹는 것 같더니만, 결국 새벽에 노랗게 게워 냈다. 다가가려고 하면 도망가고 멀찌감치 있으면 다가오지 못하고 힝힝 울었다. 사람이랑 닿지 않은 수년의 세월 동안 높이 쌓아올린 벽은 굉장히 견고하고 차가웠다.

데려오기만 하면 너도 나도 행복한 삶이 곧 시작될 것 같았지만, 먼저 책임감이 요구됐다. 물가에 어린 애를 떼어 놓고 온 것 같아 바깥에 나와 있으면 불안했다. 퇴근하자마자 내 마음은 버스를 직접 운전할 기세로 집으로 향했다. 친구는 "밤비가 걱정돼서 콧구녁으로 일하고 왔냐"고 했지만, 오히려 반대다. 일을 열심히 하게 만드는 동기는 열정보다 부양의 책임이라는 '가장의 진리'를 이렇게 깨닫게 될 줄이야. 나는 염치없이 엄빠 밥상에 숟가락 하나 더 놓더라도 밤비는 내 돈으로 번듯하게 키우겠다는 심정으로, 철없이 꿈꾸곤 했던 '백수'와 멀어졌다.

모든 약속을 취소하고 '칼퇴 주간'으로 정한 지난 주, 밤비에게서도 조금의 변화가 감지됐다. 둘째 날은 편안하게 잠을 잤고, 셋째 날은 대소변을 가렸으며, 넷째 날은 퇴근하는 나에게 꼬리를 흔들어 줬다. 이러다가 백일 밤쯤 자고 나면 두 발로 걷고, 나중엔 말도 하겠다 싶을 정도로 신통방통했다.

참 생각해 보면 엄빠에게도 미안한 노릇인 걸 안다. 남들은 아들 딸 낳아 안겨 주는 마당에, 정성껏 털을 빗기고 '반려견을 안정시키는 음악'을 검색하며 개똥을 얼싸안고 좋아하는 과년한 딸이 예쁠 리 있나. 한 술 더 떠서, 친구와 나는 "가을이가 기침을 해" "밤비가 밥을 안 먹어" "가을이는 하루에 오줌 몇 번 싸?" "우리 밤비가 오늘은 나를 보고 꼬리를 쳤어"와 같은 대화를 자정이 넘어가도록 카톡으로 주고받는 '극성 엄마'가 됐다.

나날이 적응하는 것 같았던 밤비는 여섯째 날, 기어코 마루에 한 강수 같은 오줌을 싸 놓았다. 반사적으로 "이게 뭐야!"라고 목소리를 높였는데, 혼비백산 도망간 밤비는 괴물을 본 것 같은 얼굴을 하고 방으로 숨었다. 그날 내가 퇴근할 때까지 방에서 꼼짝 않고 있었단다. 닷새 동안 힘겹게 열은 마음의 문이 단 한 번의 실수로 굳게 닫혔다. 아주 어릴 때부터 사람 손에서 귀하게 자란 찡이는 한 번 머쓱하고 말았을 일에도 밤비는 생각보다 크게 아파했다. 고작 일주일이었다. 출발점이 다른 아이에게 너무 많은 걸 바랐다.

인간에 대한 밤비의 신뢰는 마치 충전과 방전을 반복하는 밧데리 같았다. 30분 쓰다듬으면, 딱 30분 마음을 열었다. 돌아섰다가 다시 오면 무서워서 뒷걸음질 치는 식이다. 그럼 다시 30분 함께 시간을 보내야 한다. 밤에는 친해진 것 같은데, 다음 날 아침이 되면 다시 처음 보는 사람처럼 슬슬 피한다. 쓰다듬으려고 손을 올리기만 해도 몸을 낮추고 움찔한다. 누가 너를 이렇게 만들었을까. 이렇게 예쁜 너를 왜 버렸을까. 자세히 모르지만, 가히 따뜻하지는 않았을 밤비의 역사가 몸짓 하나하나로 읽혔다.

그래서 우리는 조바심 내지 않고, 매일 원점으로 돌아가는 것에 익숙해지기로 했다. 큰 소리나 움직임에 점프를 할 정도로 놀라는 밤비 때문에 우리 가족의 모든 행동은 늘어진 비디오테이프처럼 바뀌었다. 그렇게 일주일, 밤비는 이제 내가 옆에 앉아 있으면 앞발로 툭툭 치며 아는 척을 한 뒤 수줍어 한다. 스킨십을 좋아해서 쓰다듬으면 꼭 "줄 수 있는 게 이 손밖에 없다"는 표정으로 앞발을 건넨다. 유기견 입양은 쉽지 않지만, 한 뼘 다가가면 조심스럽게 반 뼘 앞으로 다가와주는 이 기쁨 역시 이들의 보호자가 되지 않으면 쉽게 경험할 수 없는 특혜다.

이제 다음 넘을 산은, 밤비를 위해 많은 걸 양보해 준 엄빠에게 내가 갚을 빚이 남았다는 거. 두 분은 이번에도 역시나 결혼을 놓고 딜을 해 왔다. 이제 밤비가 엄빠의 볼모가 됐으니 어쩔 수 없다. 반려견 줬으니, 반려자 내놓을 수밖에.

우리 아빠가
'개따남'으로 변했어요

내 어릴 적 장기는 아빠 성대모사였다. 가장 낮은 톤으로 웅웅거리는 소리를 내면 완성되는 '말하기 싫은 남자' 코스프레. 특히 엄마가 시장 가며 '뭐 먹고 싶은 거 있냐'고 물었을 때 아빠가 "웅웅"이라고 답한 게 실은 '순대'였더라는 에피소드의 흉내는 외가 친가를 통틀어 순회공연마다 실패한 적 없는 내 개인기였다. 할머니가 늘 "느 아빠는 왜 저렇게 말하기 싫대냐"고 끌탕을 하다가 끝내 답을 듣지 못하고 떠나셨을 정도로, 아빠는 반세기가 넘는 세월 동안 말과 담쌓고 살았다.

그러다보니, 자연히 나는 대변인으로서 해명하는 일에 익숙했다. 아빠에게 공손히 인사를 했다가 '씹혀서' 마음 상한 친구들에게는 사과를 했고, "맘은 그렇지 않은데 표현에 익숙지 않다"는 공식 입장이 늘 뒤를 이었다. 하지만 나는 안다. 실은 아빠가 친구들의 인사에 늘 "그래"라고 화답했다는 걸. 물론, 나만 알아들을 수 있는 저주파로.

그러니까 아빠를 통해 '무뚝뚝'이라는 단어를 아주 제대로 배운 나에게 무뚝뚝의 표본이라고 불리는 경상도 남자는 심지어 수다쟁이처럼 느껴질 정도였다.

그런 아빠의 반려자로 살아온 엄마를 다독이는 것도 내 몫이었다. 어른들은 아빠가 대쪽 같은 성격에 '여자를 모르고' 살아서 바람 피울 걱정은 없을 거라고 덕담했지만, '엄마도 모르고' 산 게 문제다. 10년 전인가, 아빠와 극장 한번 같이 가려고 했다가 온 집안이 풍비박산 나는 듯한 싸움을 경험한 후로 나는 부모님과의 동반 영화 관람을 포기했다. 적어도 내가 아빠를 보고 산 33년 동안, 아빠는 엄마와 데이트라는 걸 해 본 적이 없다. 그러니, 이전 글에도 썼던 것처럼, 나란 존재는 엄마가 달의 정기를 받아 잉태한 성령의 자손이 아닐까 싶은 의문이 드는 거다. 부모님의 신혼여행 사진에서 엄마의 어깨 위에 올린 아빠의 손을 합성이라고 의심하기도 했다.

게다가, 그나마 아빠의 표현은 희로애락 중 대개 '노여움'에 한정되곤 했다. 나는 아빠가 나머지 '희애락'의 감정을 드러내는 걸 거의 본 기억이 없다. 늘 거친 생각과 불안한 눈빛과 그걸 지켜보는 나, 그건 아마도 전쟁 같은 부녀지간이랄까.

하지만 그럼에도 불구하고 나는 아빠와 줄곧 비언어적, 아니 초언어적 소통을 해 왔다고 믿고 있다. 비록 늘 화를 내고 있는 아빠지만, 단 한 번도 '잘했다' '고맙다'는 말을 들어 본 적이 없지만, 그 남다른 표현 방식 안에 숨은 아빠의 매력을 누구보다 잘 안다. 돌아보면, 나는 아마도 아빠로부터 '사랑'이라 부를 수 있는 산물을 선사받은 유일한 사람인 것 같다. 어릴 때는 외동딸을 위해 선물을 사는 게 아빠의 소소한 낙인 것도 같았다. 비록 남들은 한창 마루인형과 소꿉놀이에 탐닉할 나이, 나는 아빠에게 헬리콥터를 수송하는 트럭 모형을 받았지만.

직접 공부를 가르쳐 주는 것도 '사랑'에 포함됐다. 아빠와 함께 풀었던 초등학교 탐구생활 문제 하나는 지금까지 생생하게 기억이 난다. '북극에서 생존하려면 어떻게 해야 할까요?' 따위를 물으며 그려져 있는 여러 아이템 중 개 한 마리를 두고, 모두가 '썰매견으로의 활용'이라는 모범 답안을 써 왔을 때, 아빠의 조언에 따라 "개를 죽여서 기름을 얻어 불을 피운다"라고 적어 온 사람은 나뿐이었다. 아빠가 거칠거나 차가운 사람은 아니었다. 남들과 다른 온도의 따뜻함을 가진 사람이었을 뿐이다.

그런데 요즘 나는 새로운 아빠와 조우하고 있다. 최근 아빠에게서 '희' 또는 '락'이라고 해도 좋을 만한 감정이 표출되는 것을 보았기 때문이다. 두 달 전 유기견 보호소에서 입양한 밤비가 그 상대다.

밤비가 온 이후로 아빠의 내 방 출입이 잦아졌다. 아직 겁이 많은 밤비가 내 방 안에서만 생활하고 있기 때문이다. 아빠는 종종 숨어서 밤비의 행동을 관찰하기도 하고, 가까이 다가와 대화를 시도하기도 한다! 두 달 동안의 갖은 노력 끝에, 가족 중 아빠를 가장 무서워하던 밤비도 조금은 마음을 열기 시작했다. 그런 밤비에게 손을 달라고 요청하는 게 아빠의 소일거리이자 즐거움이 됐다.

"밤비, 손 좀 줘 봐"라고 어르고 달래는 아빠의 목소리 톤은 세 옥타브쯤 뛰었다. 아마도 아빠가 낼 수 있는 가장 부드럽고도 자상하며 높은 음이 아닐까 싶다. 작은 단풍나뭇잎만 한 밤비의 손을 잡고 신통방통해하는 아빠의 뒷모습에서 내가 어릴 적에도 경험해 보지 못한 애정이 묻어 난다. 요즘의 아빠는 개에게만 따뜻한 남자, '개따남'이다.

"밤비가 한 시쯤에 밥 다 먹었다. 아빠가 여섯 시 삼십 분쯤에 집에 도착할 거 같다"

얼마 전, 아빠가 보낸 문자를 회사에서 받고 속으로 엄청 웃었다. 처음 아빠가 밤비 입양을 반대했을 때, 친구가 "아빠도 여성 호르몬이 증가할 연세가 되셨다"며 "조금 더 감성적으로 설득해 보라"고 조언했는데 그 말이 맞나 보다. 밤비에게 말시키기를 비롯해 일일드라마 보며 욕하기 등등, 자연히 아빠가 엄마와 함께 즐길 수 있는 일도 늘어났다. 비록 10년 전 포기했던 영화 관람까지는 감히 시도해 보지 못했지만, 유의미한 변화가 우리 집에서 일어나고 있다.

어제 아빠는 하루 일찍 어버이날 선물을 받았다. 얼마 전부터 갖고 싶어서 인터넷 쇼핑몰 창을 열었다 닫았다 하며 찜해 놓은 신발을 결제해 드렸다. 그게 어제 배송됐는데, 아빠는 그 자리에서 박스를 뜯어 신발 끈을 묶어 보고 신어 보고 했다. 거기, 어릴 적에 아빠가 사준 운동화를 신고 안방을 이리저리 걸어 다녔던 내 모습이 있었다.

'기레기'는
당신을 만나고 싶다

'엄마, 나중에 커서 할 일 없으면 기자 될래요.'

삼척동자도 조롱할 수 있는 인터넷 매체 기자를 업으로 삼은 덕분에 나는 생명 연장의 꿈을 이룰 수 있을 것만 같은 생각이 들었다. 게다가 누구나 '감 놔라 배 놔라' 할 수 있는 연예 기사를 써온 1년 반 동안, 살면서 먹을 욕을 엑기스만 모아서 들이마셨다.

인터넷 시대, 불특정 다수가 읽을 기사를 쓰면서 독자들의 욕 세례에 일일이 마음 상해서야 일을 할 수가 없다. 점점 무뎌지고는 있지만, 그래도 유쾌하지 않은 것은 사실이다. 이게 아무렇지 않아질 날이 오긴 오는 건지, 욕을 먹으면 장수하는 게 맞는지 의심스러울 정도로 나는 이 정신적, 감정적 노동이 종종 힘겹다.

제 스타를 칭찬하면 개념 기자가 되고, 그렇지 않으면 기레기(기자+쓰레기)가 되는 얄팍한 상대평가가 적용되기도 하는 이 바닥에서 욕이 무슨 의미가 있나. 하지만 나는 "그런 걸 뭘 신경 쓰냐"며 껄껄 웃을 수 있는 선배의 경지에 오르지 못했다. 포털사이트에 쌓인 댓글은 아직까지 클릭하기 두려운 판도라의 상자 같다. 더군다나, 대개 '무해무익'한 연예 기사에서는 온갖 상소리를 들어도 이를 방어할 수 있는 나름의 정의감이 작동되지 않는 편이다.

엊그제 누군가는 나에게 친히 '썅년'이라고 쪽지를 보냈다. 콕 집어 어떤 것인지도 가늠할 수 없는 내 기사가 그 사람을 로그인하게 만들었다. 아이디와 비밀번호를 적고 내 이름을 눌러 쪽지를 쓰고 전송까지 누르는 수고스러움을 마다하지 않은 사람의 마음은 어땠을까. 갑자기 그 모든 분노의 과정이 가시가 촘촘히 박히듯 전해졌다. 모니터 저편의 그 사람이 궁금해졌다.

정작 쪽지를 날린 그는 개운한 하루를 마무리하고 있을 밤에, 모니터 저편의 저주와 모욕은 내 잠자리까지 스멀스멀 기어 올라왔다. 그리고 내가 어떻게 살아왔는지를 돌아보게 만드는 찌질한 시간까지 마련해 줬다.

언젠가 누군가는 몇 시간을 할애해 내 트위터에 욕과 인신공격을 퍼부었다. 대체 어느 정도의 분노면 저렇게 오랫동안 남을 비난하는 데 열정을 쏟을 수 있는 건지, 밥은 먹고 하는 건지, 다른 할 일은 없는지 이해할 수 없어 한참 동안이나 얼굴 없는 그 사람에 대해 생각했다.

일방적으로 얼굴과 이름과 신분이 노출된 내 쪽에서 모니터 뒤에 숨은 사람을 상상하기란 쉽지 않다. 그래서 만나고 싶었다. 내 기사가 무결해서 억울하다는 이야기가 아니다. 적어도 나를 썅년으로 규정할 수밖에 없었던 이유, 고객이 육두문자를 입에 올리면서까지 불만을 토로한 내 상품의 어떤 문제에 대해 제대로 듣고 싶어서다.

우리 블로그 난지도 파소도블레에도, 방문자 수가 늘면서 자연스럽게 악플이 달렸다. 얼마 전 히트한 김지현 기자의 글에 달린 첫 악플에 우리의 기분은 반반이었다. 그만큼 블로그에 대한 관심이 조금은 증가한 것에 기뻤고, 그 악플이라는 게 우리에게는 상당히 진부한 '빨갱이' '개마이' 수준을 벗어나지 못한 욕플이기에 실망했다.

그래서 우리는, 소소한 일상다반사 이상의 뭣도 아닌 글에서 진영주의를 찾거나 우리의 인생까지 걱정해 주는 독특한 분들이 좀 더 늘어났을 때 벙개를 추진할 수 있기를 희망했다. 물론, 모니터 밖으로 나와서 얼굴 보고 소통이란 걸 할 수 있는 분들이라는 가정하의 이야기다.

'식탐 유전자' 가진 나,
천생연분 운동 만났다

요즘 볼 때마다 뜨끔한 광고가 있다. "그녀가 또 다이어트를 시작했습니다"라는 남친의 걱정(혹은 푸념)으로 시작되는 그 체중 조절 식품 CF. 그러니까 내 양심의 가책은 '다이어트'보다 '또'에 방점이 찍힌다. 나는 '또' 다이어트를 시작했다.

입사 이후 3년간 꾸준히 체중이 증가했다. 이상하게도, 채식을 시작한 이후 더 가파른 상승 곡선을 그렸다. "채식하고 살이 많이 빠졌죠?"라는 질문을 가장 많이 받는 게 무색하리만큼, '풀만 먹는 코끼리가 절대로 날씬해지지 않는 이유'를 과학적으로 증명이라도 할 것처럼 나는 동물성 지방 없이도 장대해져 갔다. 그러니 다시 한 번 경종을 울려야 할 때라고, 사뭇 밀착감이 달라진 바지가 귀띔하고 있었다.

"어디가 장대하냐"고, "니가 뺄 살이 어딨냐고"들 하지만(진짜 빈말이면 어쩌지), 그렇지가 않다. 특히나 나는 엄마에게 고스란히 하체 비만을 물려받았는데, 이게 참 사람을 헷갈리게 만든다. 100킬로그램에 육박한다 해도 살이 찌지 않을 얼굴과 상체만 보면 마른 것 같으면서도, 밑에는 반전이 기다리고 있다. 그러니까 늘 사람들은 "뺄 살이 어딨냐"로 시작해 시선이 아래로 가면서 "건강한 게 좋은 거야"라고 급하게 마무리 짓곤 한다.

내 직업상, 사진으로라도 매일 접할 수밖에 없는 사람들이 자기 관리 철저한 '연예인'들인지라, 만족스러운 몸매의 기준이 솔직히 좀 높게 잡혀 있기는 하다. 그렇다고 내가 우매한 매스미디어의 노예처럼 연예인 따라 하려고 무리한 다이어트를 하거나 집착하는 건 아니긴 뭐가 아니야, 고등학교 때 이소라의 다이어트 비디오 보며 따라하다가 온몸에 담이 들었을 때부터 난 줄기차게 선구자들의 몸매 관리 비법에 관심을 가져 왔다.

그러다 보니 운동한다고 마음을 다잡은 것만 골백번, 헬스도 숱하게 '등록'했다. 하지만 락커 안의 운동화만 열심히 운동하게 내버려 두고 가지 않는 헬스장을 왜 또 등록했느냐고 자책하느라 스트레스만 늘었고, '불타는 허벅지'라는 체조가 인터넷 상에서 한창 인기였을 때는 욕심 내서 하루 두 번씩 따라 하다가 관절이 불탔다.

시도해 본 식이요법도 셀 수 없지만 성공한 적은 별로 없다. '이것도 밥인가' 싶은 걸 그룹 식단은 내게 모욕감을 줬고, 야채만 푹푹 삶은 '마녀스프'를 삼시 세끼 먹다가 정말로 악만 남은 마녀가 되는 줄 알았다. 하루 두 번 2주 동안 도전하라는 '특별한 K' 시리얼을 아무리 먹어도 살이 찌기에 이상해서 박스를 다시 봤더니 '한 끼 40그램'이라는 문구는 왜 그제서야 보이는 걸까. 여태 나는 국그릇에 가득

담았다는 불편한 진실만 남은 채 비키니 몸매 도전은 허망하게 끝이 났다.

내 다이어트가 실패하는 가장 큰 이유는 '식탐'이다. 나는 근 15년 간 배부르게 먹어 본 적이 별로 없다. 고등학교 때부터 양껏 먹지 못하고 늘 부족한 듯 먹자고 내 자신을 억눌러 왔으니 자연히 반평생을 다이어트해 온 셈이다. 남들이 "배부르다"고 두들길 만큼의 양을 똑같이 먹어도 난 늘 배가 고팠다. 정확히 말하자면, 배는 부른데 뇌는 여전히 더 먹을 수 있다는 패기를 보이는 것이 문제다. 얼마 전, 뉴스를 통해 알게 된 '식탐 유전자'라는 몹쓸 것이 분명 내 안에 있을 것이라는 결론으로 이 미스터리한 식욕에 답을 내렸다.

생각해 보면 나는 최근 하나의 문화 현상이 된 '먹방'을 어릴 적부터 즐겨왔다. 그중 내가 가장 좋아했던 건 〈은하철도 999〉를 보면서 라면 먹는 일이었는데, 이 애니메이션에는 유난히 라면 먹는 장면이 자주 그것도 디테일하게 나와서 여러 번 봐도 질리지 않았다. 또, 요리책의 사진만 정독(?)하던 취미가 남아 있어서, 아직까지도 침대에 누워 스마트폰으로 빵 사진을 보다가 지쳐 잠이 들곤 한다. 3일 동안 500킬로칼로리만 섭취하며 쫄쫄 굶었던 지난 2주 전 건강검진 이브에는 검사가 끝나고 먹을 대망의 메뉴를 고르기 위해 새벽 5시까지 뜬 눈으로 맛집 사진을 보느라 만신창이가 되어 병원으로 향하기도 했다.

그 난리를 치르며 몸무게를 재었지만, 작년보다 무려 1킬로그램이 늘었다! 하지만 이 결과는 작년 건강검진을 한 센터의 광화문지점 가운이 원피스였던 반면, 올해 여의도지점 가운은 상하의로 나뉘어 있어 더 무거울 것이라는 가설과 미처 주머니에서 빼지 못한 탈의실 열쇠가 1킬로그램일 것이라는 믿음, 또는 측은지심이라곤 없는 간호사 언니가 얄짤 없이 소수점 이하를 반올림했을 것이라는 의혹 속에 판단을 유보하기로 결론 내렸다.

식욕을 참는다는 건 내게 재앙과도 같은 일이니 다시 믿을 건 운동밖에 없는데, 또 헬스장에 '기증' 같은 걸 하고 싶지는 않았다. 그래서 찾은 종목이 배우 박하선이 10킬로그램을 감량했다는 암벽등반. 다행히 내가 사는 동네에는 실내 암장이 두 군데나 있었다. 마치 '석기시대' 초콜릿을 뿌려 놓은 듯한 벽을 스파이더맨처럼 기어오르는 사람들은 뭔가 되게 섹시해 보였다.

나도 가르쳐 준 기본 동작대로 1번 돌에 매달렸는데, 툭하고 엉덩이부터 떨어졌다. 암장이 있으면 뭐하나, 내겐 근력과 악력이 없는데. 다시 죽기 살기로 매달려 봤지만 코스의 4분의 일인 5번까지 가기도 힘들었다. 그때 난 고등학교 체력장 당시 오래 매달리기에서 '1초'를 기록한 건 실수가 아니었다는 걸 참으로 긴 세월이 흘러 깨달았다. 그렇게 스파이더맨이 아니라 나무늘보 코스프레를 하며, 암벽을 타기는커녕 약 두 시간 동안 돌을 어루만지기만 하다가 집에 오기를 이틀째. 결단을 내릴 때가 왔음을 직감했고, 종목을 바꾸기로 마음먹었다.

이런저런 시행착오를 거쳐 만난 게 스피닝 바이크다. 사이클을 서서 타면서 음악에 맞춰 다양한 동작을 곁들이는 운동인데, 첫날은

'이곳이 지옥이구나' 싶을 정도로 힘이 들었다. 다리가 풀려 눈앞에서 신호등이 켜졌는데도 도저히 뛸 수 없는, 그런 느낌은 처음이었다. 본의 아니게 '숭구리당당' 춤을 추며 집까지 거의 취객의 몸짓으로 기어오다시피 했다.

그러던 것이 둘째 날부터 이상하리만치 수월해지고, 셋째 날부터는 거짓말처럼 적응이 되기 시작했다. 그 다음 주부터는 삼십 해 넘게 찾아 헤맨 꼭 맞는 운동이 스피닝 바이크였다는 믿음이 생겼고, 그 다다음 주부터는 기자를 그만두고 스피닝 바이크 전문 교육을 받아 언젠가 강사가 되어 볼 수 있을까 맹랑한 꿈도 꿔 봤다. 그 정도로 스피닝은 내게 신세계였다. 음악을 들으며 신나게 뛰다 보면 50분이 훌쩍 지나가 있으니 지루하지 않고, 물에 들어갔다 나온 것과 비슷한 몰골로 땀을 흘리다 보면 600~700킬로칼로리가 소모되니 시간 대비 운동 효과도 배다. 얼마나 근육을 맹렬하게 썼으면 건강검진 결과에서 간 수치가 팍 올라가, 의사가 대뜸 "술을 얼마나 마셨냐"고 물을 정도. 일주일 세 번, 한 달을 조금 넘게 했는데 체중에 큰 변화는 없지만 나를 옥죄던 옷들이 조금은 편해졌음을 느낀다.

결국 내 위는 닭똥집이 아니니 걸 그룹처럼 방울토마토나 우유 한 잔 정도로 연명할 수 없고, 간헐적 폭식으로 변모하는 간헐적 단식은 역효과의 위험성을 안고 있다. 자책하지 않을 정도의 적당한 식사량과 나에게 맞는 운동을 찾는 수밖에 없다. 비록 스피닝은 이미 튼실한 다리를 더 단련시킨다는 게 걱정스럽긴 하지만, 이만기 아저씨 종아리가 되기 전까지는 꾸준히 할 수 있는 천생연분의 운동을 만난 것 같다. 무엇보다 중요한 건, 나는 소녀시대가 될 수 없고 그렇게까지는 될 필요도 없다는 자각과 나는 돼지가 아니라는 자존감, 어디까지나 이건 누구에게 보여 주기 위함이 아닌 자기만족이라는 이유를 갖추는 것이다.

이렇게 얘기하면서도 나 역시 완전히 여유로워진 건 아니다. 아직도 길 가다가 엄마한테 "쟤보다 내가 더 뚱뚱하지 않지?"라는 부가의문문(상대방의 동의를 구하기 위해 사용)스러운 질문을 하기도 한다. 단, 한 끼만이라도 가볍게 먹어 보자는 마음가짐으로 최근 약 2주간 점심에는 다시 '특별한 K'를 싸 갖고 다니며 먹기 시작했다. 남모르게 하려고 했지만, 내 덩치에 안 맞게 주먹만큼의 시리얼이 알량하게 담긴 밀폐 용기가 너무 눈에 띄는 바람에 "오늘도 그거 먹고 버티냐"며 혀를 차는 회사 사람들의 걱정 어린 시선을 받고 있다. 그래서 '이거 먹고 배고프면 어떡하지'라는 걱정보다, 이렇게까지 했는데 변화가 온몸으로 드러나지 않으면 어떡하나 싶어 오금이 저려 오는 게 문제라면 문제다.

나는 어쩌다 미국에서 '바보'가 됐나

난생 처음 미국이라는 나라에 갔다 온 이후 나는 부쩍 수척해졌다. 다들 '얼마나 좋으냐'고 묻는데, 나는 그 설렘을 넘어서는 피곤함을 더 크게 느꼈다. 새벽에는 몇 번이나 깼다. 시차 탓이 아니다. '언어차' 때문이다. 그러니까 나는 자다가도 하이킥 할 만큼 부끄러운 불통의 추억을 가득 안고 돌아왔다.

지난 10일부터 14일까지 취재차 미국 LA에 있었다. 직접 영어로 취재해야 할 일은 없었지만, 조금 걱정은 됐다. 지금까지 내가 경험한 해외라고 해 봐야, 영어를 모국어로 쓰지 않는 아시아권 국가가 전부. 너도 나도 완벽한 언어를 구사하지 못하니 엉터리 영어를 쓴다고 해도 부끄러울 게 없었다. 하지만 미국이라면 이야기가 다르지 않나.

그래도 나는 내심 믿는 구석이 있었다. 영어 교육이 활발하지 않던 시절, 엄마의 조기 교육 열정으로 일찌감치 알파벳을 떼고, 초등학교 때 이미 중학교 교과서를 쉽게 읽어 내려갔으며, 영어 시험으로 대학에 들어간 내가 아니던가. '당뇨' '거시 경제'처럼 일반적이지 않은 단어도 줄줄 외우곤 했다. 토플용 영어 단어를 너무 외워서 가끔은 진짜 한국어보다 영어가 먼저 튀어나와서 "엄, 그 왜 있잖아. 플럭츄에이션이 심할 때"라고 건방을 떨기도 했다.

무엇보다 나는 영어 따위 못해도 절대 창피해하지 않아도 된다고 생각하는 사람 중 하나였다. 우리 회사에는 입사 면접 당시 '한국 사람이 한국말만 잘 하면 되지 않느냐'며 책상까지 쾅 치고 합격했다는 한 선배의 영웅담이 전설처럼 전해지고 있었다. 여전히 영어를 못 하는 건 죄가 아니라고 생각한다. 하지만 밥을 굶을 수도 있다는 걸, 이번 미국행에서 추가로 깨달았다.

고난과 역경은 미국 땅을 밟자마자 시작됐다. 입국 심사대에서 나를 맞이한 사람은 웃음기 싹 뺀 거구의 흑인. 첫 마디는 입국 심사 때 으레 묻는다는 예상 가능한 질문이었다. "미국에 왜 왔니?" 하지만 너무 긴장한 탓인지 들리지 않았다. "네?" 험상궂은 흑형이 한 번 더 물었다. "미국에 왜 왔냐고" 힙합으로 치면 이스트 코스트 계열에 가까운 그의 낮은 음성이 가슴팍에 무겁게 내리꽂혔다. 고등학교 때 스눕 독의 노래를 즐겨 들었던 나는 웨스트 코스트에 더 익숙한데…… 이런 쓸데없는 생각을 하다가 "트…… 트립"이라고 겨우 답했는데, 이미 짜증이 날대로 난 그는 손가락 네 개를 스캔해야 하는 곳에 내가 검지를 내려놓자 거칠게 내 손을 홱 낚아채 쫙 펴 주셨다. 썬 오브 비치.

불쾌함도 잠시, 걱정이 되기 시작했다. '톨 사이즈 아이스 아메리

카노 플리즈' '아임 베지테리언' 두 문장을 되뇌며 무슨 정신으로 LA 공항을 빠져나왔는지 모르겠다. 앞으로 며칠간 영어로 이야기해야 하는 상황이 오는 게 두려웠다. 그래, 최대한 말이 필요 없는 빠른 동작과 간결한 문장으로 그런 상황 자체를 만들지 말자. 하지만 미국 사람들은 내가 바란 것처럼 무뚝뚝하지 않았다.

그들은 시도 때도 없이 말을 건넸다. 슈퍼에서 물건 하나를 계산할 때도 '오늘 하루는 어떤지' 물었다. '굿'이라고 답하면 끝날 줄 알았는데, 살갑게 웃으며 이것저것 더 물었다. 하필 그날은 왜 그리 물건을 많이 샀는지 계산이 쉽사리 끝나지 않았다. 캐셔 언니와 마주하고 있는 시간만큼, 그녀의 알 수 없는 덕담도 길어졌다. 분명 그녀도 웃고 있었으니 적당히 좋은 말들이었으리라 짐작하고 있다. 나는 억겁의 세월처럼 느껴지는 약 3분간 미소만 짓고 있었고, 혼자서 얘기하던 그녀도 나중엔 멋쩍은 표정을 지었다.

이렇다 보니, 물건을 사고 밥을 먹는 것조차 내겐 긴장감 넘치는 일이 되어 버렸다. 자유 시간이 주어져서 밥을 개인적으로 사 먹어야 했던 둘째 날에는 '말이 필요 없는' 피자집을 발견하고 얼마나 반가웠는지 모른다. 그저 놓여 있는 음식들을 '주워서' 한꺼번에 계산을 하면 되는 시스템이었기 때문. 그날은 여차저차 원하는 걸 흡족하게 먹었는데, 넷째 날인가 한 식당에서는 결국 주문했던 연어 샐러드 대신 연어 스테이크를 받아 들었다. 직원이 다시 샐러드를 내오긴 했지만, 순간 영어를 못 하면 먹고 싶은 걸 먹지 못할 수도 있겠다는 생각에 조금 서글퍼지기도 했다. 이를테면, 이것저것 추가할 것을 다시 물어오는 커피 대신 눈물을 머금고 레모네이드를 주문한 적도 있었던 것처럼.

한인 택시를 운전하는 기사 아저씨는 영어 한마디 못해도 미국에서 잘 살 수 있다고 용기를 북돋아 주며, "못 알아들으면 당황하지 마시고, '쏘리?'라고 말하세요"라고 조언했다. 그런데 이거 뭐 슈퍼주니어의 춤이라도 춰야 할 정도로 나는 "쏘리, 쏘리"만 연발했다. 생각해 보니, 나는 독해만 잘 했지, 언제나 듣기 평가 성적이 '안습'이었다. 현실에서도 일방적인 리스닝 컴프리헨션의 시간을 견디면서 나의 영어 울렁증은 말기로 치닫고 있었다. 안 되겠다. 무슨 말이라도 해야겠다! 이런 쓸데없는 다짐을 한 후에는 동문서답의 향연이 펼쳐졌다.

이를테면, 물건을 계산할 때 "더 필요한 거 없니?"라고 묻는 캐셔에게 "있어!(Yes)"라고 당당히 답한 후 서둘러 떠난다든지 하는 당황스러운 상황이 연출되곤 했다. Yes와 No의 사용이 한국어와 다르다는 건 기초 영어다. 하지만 매번 실전에서는 아주 간단한 물음에도 '어?' '으흥?' '에?'와 같은 비언어적 외마디만 나오는 건 대체 무슨 증상이냐. 머리 터지게 외웠던 '당뇨' '거시 경제'와 같은 단어는 생활 회화에서 사용할 일조차 없었다.

어머니, 20년 동안 내가 말하고 듣고 읽고 쓴 알파벳들은 대체 뭔가요. 존과 스미스, 캐서린 등등 나에게 '엑셀런트'라 말해 줬던 원어민 회화 선생들이 아무래도 내게 거짓말을 한 모양이다.

그런데 꼭 치욕의 순간만 있었던 건 아니다. 처음에는 스스럼없이 말을 걸어오는 이들의 문화에 괴리감과 긴장감을 느끼기도 했지만,

점점 그 살가움이 싫지 않아졌다. 화장실 간 일행의 쇼핑백 네댓 개를 짊어지고 벤치에 엉덩이를 걸친 채 겨우 햇빛을 피하고 있던 내게, 옆에 앉아 있던 할아버지는 "이쪽으로 좀 더 와서 편하게 앉아"라고 말했다. 비록 이것 역시 반대로 알아들은 내가 "너무 썬샤인 해서요"라고 답한 게 이 아름다운 광경의 유일한 흠이었지만, 할아버지는 다시 한 번 "그러니까 이쪽으로 좀 더 오라고" 웃으며 곁을 내줬다.

취재의 목적이었던 디즈니 스튜디오를 방문했던 날, '위니 더 푸우' 피규어를 사고 만족스러운 표정을 짓고 있던 나를 보며 나이 지긋한 엄마뻘의 직원은 "어머 얘, 푸우를 좋아하니?"라고 웃으며 말을 걸어왔다. 다행이 이건 알아들은 내가 수줍게 당나귀를 가리키며 "네, 전 이요르를 제일 좋아해요"라고 화답했더니 그녀는 "오, 나는 티거를 좋아한단다. 그래서 휴대폰의 비밀번호도 티거로 해 놨어"라며 엄마 미소를 지었다.

내내 아주 간단한 질문조차 못 알아듣다가 어떤 대화의 형태를 주고받고 나니, 어쩌면 나는 영어 울렁증이 아닌 '소통 울렁증'이 아닌가 하는 생각이 들었다. 이를테면, 미국의 슈퍼마켓에서 한 손님이 재채기를 하자 그 옆을 지나가던 또 다른 손님이 "Bless you"라고 전하는 광경을 목격하고 너무나 생경했던 나는 인적이 드문 곳에 가서 재채기를 하는 수고스러움을 자처할 정도로 누군가 말을 걸어오는 게 두려웠다.

소통을 가로막았던 건 대개 영어 그 자체가 아니었다. 영양제를 사려고 갔던 약국에서는 고등학교 때 배운 대로 V 발음을 살려 "(v)봐이타민"이라고 말했지만, 갸우뚱하던 약사는 내 옆에서 "비타민이요, 비타민!"이라고 외치는 지인의 말을 금세 알아듣고 시원하다는 표정을 지어 보였다. '비타민'은 못 알아듣는다고 고급 영어 가르쳐 주던 선생님, 보고 있나? 그러니까 어린쥐고, 오렌지고가 중요한 게 아니더란 말이다. 그나저나 영어 면접까지 보고 입사한 내가 실은 이렇게나 영어를 못 한다고 광고하는 글이 인사고과에 영향을 주지는 않을까 갑자기 불안해지는 건 뭐지.

나도 '좋은'
연예 기사를 쓰고 싶다

나는 연예부 기자다. 지나가는 초딩들도 "기자야, 돈 버는 게 힘들지?"라고 인생 조언을 아끼지 않는다는 그 일을 한다.

얼마 전에 직업 체험 중인 중학생들에게 나의 밥벌이에 대해 짧게나마 강의할 수 있는 시간이 있었는데, 앞날이 구만리 같은 아이들에게 연예 기자에 대해 설명하려니, 뭐 그런 걸 다 되라고 하느냐는 듯한 표정인 것 같아 낯이 좀 뜨거웠다. 원론적인 것부터 짚고 넘어가기 위해 "연예 기사에는 어떤 게 있을까요?"라고 물었더니, 아이들이 "스캔들이요"라고 빛의 속도로 답했다.

누구를 탓하랴. 평범한 주부인 내 친구조차 나보다 먼저 연예 찌라시를 구해 카톡으로 보내 주는 세상이다. 찌라시가 돌고 돌아, 하루에만 같은 내용을 각기 다른 사람들로부터 받은 적도 부지기수다. 요즘 대세 A양은 B군과 C군에게 양다리를 걸치고 있고, 순수한 미소가 매력 포인트인 D군은 룸살롱 마니아며, 같은 그룹 멤버 E양과 F양이 물어뜯고 싸웠다는 이야기들은 심심할 때 읽는 유머 정도로 소비되곤 한다. 출처를 알 수 없든 말든, 일단 퍼지고 나면 찌라시는 사람들 사이에서 '걔는 그렇고 그렇대'라며 기정사실화된다. 그야말로, 모든 시민은 연예 기자다.

이에 부응하듯, 연예인이 자주 출몰하는 곳에 잠복해 있다가 A양과 B군이 함께 있는 모습을 몰래 찍어 놓고 '해명하라'는 언론은 흥신소를 자처한다. 그러니까 발로 뛰는 취재로 추구하는 '정론직찍'이라고 해야 하나.(이제는 파파라치도 언론으로서의 품위를 지키는 것인지 '알았지만 찍지 않았다'는 식의 훈훈한 에필로그 기사를 통해 넓은 아량을 베풀기도 한다!) 몰카까지 찍어 가며 사랑 맺어 주기에 여념이 없는 기사들을 보고 있으면 가끔은 내가 밥 벌어 먹는 이 바닥이 연예부인지, 연애부인지 헷갈린다. 하지만 뭐 어쩌나. 연예와 연애는 대중의 공통 관심사고, 그러니 연예인이 연애하는 것에는 사람들이 더 사족을 못 쓰는 걸. 수요가 있으니 공급도 있다.

연예 뉴스는 생각보다 폭이 넓다. 연예인이 활동하는 곳이 텔레비전이다 보니 방송, 미디어까지 영역이 넓어지고, 영화판으로 가면 심지어 전 세계로 판이 커지며, 연극과 뮤지컬 등 무대 위로 올라갈 때도 있다. 연예인이 사건 사고에 연루되면 사회부 기사가 되고, 군대 문제가 얽히면 이걸 국방부 출입기자가 마크해야 하는지 우리가 해야 하는지 애매해진다. 그뿐인가. 요즘엔 유명인이 되면 다 연예인으로 취급(?)되니까 취재해야 할 대상의 경계가 점점 더 모호해지고 있다.

바꿔 생각하면 나올 기사거리가 넘쳐난다는 뜻이다. 한때는 연애 뉴스 같은 연예 뉴스에 대한 반발심에, 그게 다가 아니라는 걸 보여 주고 싶어서 이것저것 건드려 보기도 했다. 아이돌이랑 봉사 활동도 가 보고, 이효리 언니 따라서 채식도 해 보고, 드라마 촬영 현장에 궁녀로 잠입해 보조 출연자 노동 실태를 살펴보기도 했다. 5년 내내 남의 작품만 보고 평가하던 영화 담당 선배는 직접 단편영화를 만들어 내는 과정을 연재하기도 했다. 다른 기사는 많다. 근데 그러면 뭐하나. 요즘 대세 클라라가 레깅스 입고 나오면 그날 이슈는 이거 하나로 끝나는걸.(아마 클라라가 레깅스 입고 열애설까지 나 준다면 이틀은 먹고 살 수 있는 기사가 나올 거다.)

실시간 검색어만큼 조회 수가 보장되는 기사가 없고, 소녀시대가 공항에 걸치고 나온 티셔츠 한 장까지 아주 사소한 일거수일투족이 뉴스가 되는 이 연예계는 어떤 분야보다 검색어의 영향을 많이 받는다는 게 그간 깨달은 진리다. 언론이 쓰면, 대중은 읽고, 포털이 인기 검색어를 만들면, 다시 언론이 쓴다. 그러니까 이런 순환 구조 안에서 포털이 보우하사 밥 먹고 살고 있는 나는 언젠가부터 좋은 기사라는 게 조회 수 많이 올릴 수 있는 기사인지, 아니면 애초 내가 연예기자가 되기로 다짐한 이유처럼 재미와 의미를 추구하는 기사인 건지 아리송해졌다.

이렇다 보니, 나 역시 연예인을 이슈 그 자체로 여기게 됐다. 연예인이 주말에 자살하면, "어제 죽지 왜 쉬는 날 죽었냐"고 한탄한다는 기자들의 일화에 기함을 했던 내가 이제는 기사 제목에 '사망'이라고 해야 할지, '숨겨'로 해야 할지, 심지어 '자살'이라고 해야 할지 고민하고 있다. 단어 하나에 천 단위, 만 단위의 조회 수가 왔다 갔다 하는데 사람이 보일 리 없다.

연예인을 대하는 태도에 문제가 있는 건 나뿐이 아니다. 찌라시로 이런 저런 소문이 도는 것도 모자라, 가끔은 사생활까지 아낌없이 대중들에게 공개하고 해명해야 하는 그들의 '의무'는 누가 지운 것일까. 어떤 이들은 그게 대중이 주는 사랑에 대한 대가라고 말한다. 심지어 연예인이 공인이라는 주장도 있다. 백번 양보해 그렇다 쳐도, 대체 연애질까지 세상에 공개해야 하는 공인이 어디에 있나. 게다가 요즘처럼 모든 것이 이석기로 통하는 블랙홀 사건이 이슈를 장악할 때 열애설이 터지면 '물타기'라는 음모론까지 뒤집어써야 한다. 대개 공공의 이익과 관련이 없는 연예 뉴스에 대한 대중의 인식은 딱, 이목을 끄는 광대의 몸짓 그 정도인 게 아닐까.

그렇게 사생활을 지킬 권리조차 보장해 주지 않고 천박하게 대하다가도, 필요할 때는 그 유명세를 마음껏 이용할 수 있는 게 연예인이다. SNS로 연예인의 '워딩'을 쉽게 얻을 수 있는 시대, 그저 딴따라인 줄만 알았던 애가 의외로 사회적인 발언을 하면 소셜테이너라는 고매한 이름을 붙여 주고 개념 연예인으로 한 단계 상승시켜 준다. 가끔은 이게 정치적으로 이용되기도 하는데, 이때 위험한 건 '우리 편' 논리다. 조금이라도 이쪽의 정서와 다른 행보를 보였을 때, '우리 편인 것 같았는데 아니네'라고 정색하는 건 낙인과 다를 바 없다. (조금 다른 이야기지만, 진보 매체의 연예 기자로 일한다는 건 종종 황당한 프레임을 느끼게 한다. 이를테면,

"나도 너희 편인데 왜 우리 프로를 까냐", "나도 대학생 때 나름 운동권이었으니 우리 스타 좀 잘 봐 달라"는 데덴찌 같은 소리를 들을 때는 대체 무슨 관계가 있는 건지 혼란스럽다.)

　언론과 찌라시의 경계에서 각자의 이익과 욕구에 따라 소비되는 연예인과 뉴스를 보면, 좋은 기사를 공급해야 한다는 고민으로 되돌아온다. 결론적으로는 나도 '좋은' 기사를 쓰고 싶다. 하지만 '스캔들처럼 천박하지 않으면서 재미와 의미를 담고 있지만, 너무 착하지만은 않고 적당히 섹시하기 때문에 궁극적으로는 조회 수까지 올릴 수 있어야 한다'는 좋은 기사는 박진영의 '대충 부르지만 진심을 담으면서도 얼굴은 찡그리지 않고 노래하는 내내 들숨 날숨을 내쉬어 소리 반 공기 반인 톤을 유지하라'는 조언을 떠올리게 한다.

　지금 이 순간에도 내일 하루 벌어먹을 일용할 양식을 걱정하는 처지에, 새벽 3시를 향해 가는 이 시간에도 끊임없이 실시간 검색어로 연예인의 사사건건이 탐닉되고 소비되는 세상에 과연 '좋은' 연예 기사란 무엇을 말하는가.

돈 주고
사 먹지 못할 맛,
여기 있습니다

　나는 올해부터 '도시락파'에 가입했다. 12시 10분쯤 되면, 회사 노
조사무실 겸 휴게실에 하나둘씩 모인 사람들이 탁자 위에 준비된 '물
건'을 꺼내 놓는다. 뚜껑이 열림과 동시에 현란한 젓가락질이 오가
고, 악명 높은 요리연구가 고든 램지도 울고 갈 신랄한 품평회가 시
작된다. 그 연근은 어떻게 조린 거지? 요 나물은 좀 짜게 무쳐졌네.
우리는 한참을 레시피부터 양념의 비밀, 물가 등에 대해 토론하며 반
찬 하나하나를 곱씹는다.

　도시락파에도 나름의 암묵적인 룰이 있다. 인기가 좋은 고기반찬
은 두 개 이상 집지 않기, 볶음밥 싸지 않기(반찬을 동반한다면 허용), 여기에
A선배가 두 번 이상 일어나서 반찬 집지 말기(근거리만 공략), 혼자만 밥
위에 계란프라이 얹지 말기 등의 권고 사항을 추가하면서 규칙은 더
엄격해졌다. 어째 좀 치사한 것 같지만, 이게 다 '나눔'을 위해서다.

　그래도 나눠 먹는 덕분에 식탁은 늘 풍성하다. 내가 싸 온 건 연근

조림과 계란말이뿐인데, 이쪽저쪽에서 싸 온 오징어채볶음과 두부부침까지 먹을 수 있으니 구첩 반상이 부럽지 않다. 같은 두부라도 어느 집에선 소금 뿌려 부치고, 어느 집에선 간장에 조린다. 그래서 엉덩이 들이밀고 다 앉을 수만 있다면, 사람은 많을수록 좋다. 또, 책상 위에서는 지위 고하 분명하던 선후배 사이도 식탁 위에서는 '오는 용가리치킨에, 가는 우엉조림'의 정을 나누며 끈끈해지는 게 도시락 파의 묘미라면 묘미다.

뭐, 이런 훈훈한 이유 때문에만 도시락을 고수하는 건 아니다. 내가 도시락을 싸는 이유는 이른바 '3 마이너스'에 있다. 체중, 나트륨, 지출을 줄이는 즐거움이 가능한 건 도시락이 '집 밥'인 덕분이다. 내가 고수하고 있는 백 퍼센트 현미밥 반 공기와 철저히 고기를 제외한 반찬(현재 채식 중)은 오히려 너무 별 게 아니라서 밖에서 돈 주고 사 먹을 수 없는 것들이다.

사실 9첩 아니라 90첩 도시락 반찬이 펼쳐져 있다 해도, 밖에서 갖은 조미료 넣고 지금 막 조리해서 파는 따끈한 음식이 훨씬 맛있다. 그런데 그 자극적인 음식들은 마치 '나쁜 남자' 같아서 구미를 당기는 매력이 있으면서도, 내 입을 떠나고 난 후에는 늘어난 몸무게로 배신을 때린다. 대개 간도 센 편이라, 내게 남는 건 소금기와 붓기뿐. 게다가 밀가루에 환장하는 나는 밖에다 풀어 놓으면 꼭 국수나 빵 종류만 탐닉하고 다니기 때문에 통제가 필요하다.

'집 밥'을 근간으로 하는 도시락 반찬은 어느 집이나 대개 거기서거기다. 한번은 '도시락 파'에서 스테이크를 싸 온 선배가 "그냥 집에서 늘 먹던 것"이라며 별거 아니라는 듯이 답해 우리를 놀라게 하더니, 그 뒤로는 꾸준히 멸치볶음을 싸 온 걸 보면, 도시락에 담긴 삶은 비슷하고 익숙해서 정겹다. 지금은 기십만 원짜리 냄비를 들고 신들린 춤사위를 보여 주며, 400만 원짜리 냉장고를 광고하는 전지현도, 그의 중학교 동창인 내 친구의 증언에 따르면, 만날 멸치볶음을 잔뜩 싸와서 나눠 먹던 소박한 소녀였다는 일화 속 '도시락'은 묘한 공감대를 형성하게 해 준다.

여기에 덤으로 얻는 게 바로 '굳은 돈'이다. 한 끼에 적게는 5천 원~1만 원 이상까지 아낄 수 있다. 일주일이면 적어도 2만 5천 원이 절약된다. 도시락을 싸며 아끼고 모은 돈으로 집을 사겠다는 눈물겨운 성공 신화를 이루려는 건 아니지만, 다이어트에 건강까지 챙길 수 있는데 지출도 줄일 수 있으니 그저 궁상맞은 이야기만은 아니다. 내가 속한 '도시락 파' 멤버들이 도시락을 싸는 이유에도 대개 이 세 가지의 장점이 포함돼 있다.

사실 매일같이 도시락을 싸는 일이 그리 쉽지만은 않다. 혼자 먹는 거면 아무 거로나 적당히 한 끼 때우고 말겠지만, 아무래도 여러 명이 함께 먹는 거니 반찬에 신경을 쓸 수밖에 없다. 게다가 늘 사찰 음식 같은 풀떼기 반찬만 내놓으니 본의 아니게 미안한 마음이 들 때도 있다. 고기를 제외하면서도 나름 그럴듯한 반찬을 매일 떠올리려니, 빈 도시락통을 마주한 나는 빈 캔버스를 앞에 둔 예술가의 심정이 이러했을까 싶을 만큼 창작의 고통을 겪기도 한다.

'빈대 마인드'도 늘었다. 부모님과 함께 사는 내가 싸는 도시락은 결국 엄마가 만든 반찬을 그저 '주워 담는' 수준인 경우가 대부분인데, 이거 조금 저거 조금 집어 담으면서도 가끔은 죄스러울 때가 있다. 또 이게 엄마의 반찬 생산 부담으로 이어질까 봐 맘에 걸리기도 하고.

결혼도 안 한 직장인이 도시락 싸는 주부의 마음을 조금이나마 공감하게 되면서 부쩍 생각나는 사람은 맞벌이하던 엄마 대신 내 학창 시절의 도시락을 도맡았던 할머니다. 내가 도시락, 그러니까 할머니 전문용어로 '벤또'를 싸기 시작한 건 예닐곱 살이었던 유치원 때부터였다.

할머니는 기름에 잰 김에 밥을 둘둘 말아 손가락 길이의 '두입거리'로 김밥을 싸주곤 했다. 한입 베어 물면 안에 분홍색 햄이 나타나는 초간단 버전의 김밥이었지만, 어릴 때 편식 습관이 좀 있어서 김으로 싼 밥만 잘 먹었던 내게는 더없이 좋은 메뉴였다. 물론 너도나도 하나씩 집어 가는 바람에 늘 가장 먼저 도시락통을 비우고 멀뚱멀뚱 앉아 있곤 했지만.

급식을 시작했던 고등학교 2학년 전까지, 싫으나 좋으나 내내 도시락과 함께해야 했다. 그저 '배고프니 먹는 밥' 이상도 이하도 아니게 된 도시락이 지겨웠지만, 싸는 할머니도 참 지겨웠을 거다. 그래도 '할머니 셰프'는 노력했다. 지금 생각해 보면, 꽤 신선한 발상을 담은 반찬이 더러 있었다. 특히 감자에 방울토마토를 곁들여 살짝 볶은 건 할머니의 전매특허였다. 드글드글 손톱만 한 방게를 무쳐서 싸 준 걸 징그러워하던 친구들도 있었다. 눈이 어두웠던 할머니가 가끔 머리카락을 데코레이션으로 넣어 주는 바람에 난감했던 기억도 난다.

초등학생 때, 한번은 도시락을 깜빡 잊고 안 가지고 등교했는데 그걸 할머니가 부랴부랴 들고 학교로 뛰어온 적이 있었다. 불행히도 수업시간이었다. 느닷없이 교실 창문을 연 할머니가 내 이름을 부르며 도시락통을 내밀었다. 밥 따위 안 먹어도 좋았을 걸, 이라고 생각했던 것 같다. 할머니 따위 없어도 좋았을 걸, 이라고도 생각했던 것 같다.

싫어하는 반찬은 버리기도 했다. '뽀빠이 먹어야 힘이 난다'며 싸 준 시금치는 쓰레기통 직행이었다. 그렇게 할머니 반찬만 먹다가 고2가 되어서야 드디어 마주한 급식은 그야말로 유토피아일 수밖에. 매일매일 고기반찬(당시는 육식 인간)에, 따끈하게 데워서 배달되니 입이 호강하는 것 같았다. 그런데 얼마 안 가, 비닐에, 스테이플러 심에, 심지어는 애벌레까지 반찬에서 발견되며 그 유토피아도 끝이 나고 말았다. 집 밥이었다면 상상도 못 했을 재료(?)들이다.

그렇게 집 밥의 소중함을 깨달았지만, 대학교에 진학하고는 도시락을 쌀 일이 없었다. 직장을 얻고, 발로 뛰던 취재 부서에서 내근직으로 옮긴 후에야 십몇 년 만에 이렇게 다시 도시락을 싸고 있다.

학교 다닐 때처럼 어쩔 수 없이 싸는 게 아니라 정말 내 필요에 의해 도시락을 선택한 지금은 쌀 한 톨, 깨 한 알까지 아깝고 귀한 걸 안다. 그래서 집에서 그걸 씻고, 다듬고, 썰고, 지지고, 볶았을 엄마를 생각하며 발우 공양하듯 긁어먹는다. 무엇보다, 내가 학교에서 굶고 있을까 봐 큰 맘 먹고 교실 창문을 열었을 할머니의 마음이 뭔지, 도시락을 직접 싸기 시작한 이제야 알 것 같아, 그 '정 맛'으로 도시락을 먹는다. 돈 주고는 사 먹지 못할 맛이다.

엄마 아빠,
저는 '빨갱이'가
될래요

    길게 늘어선 철조망이 나의 새해 첫날 아침을 열었다. 2014년 1월 1일, 〈조선일보〉는 DMZ 철책선에서 경계 근무를 서고 있는 초병들의 모습을 담은 사진으로 1면을 채웠다. 그 장벽을 넘어 북에서 남으로 날아오는 두루미 몇 마리가 연하장 분위기를 냈고, 사진 아래서는 독일 석학의 말을 빌어 "통일"을 화두로 뽑았지만, 훅 와 닿은 건 박근혜 대통령도 갑오년 신년사에서 강조하신 '안보'다.

    우리 집에서도 또 다른 '안보 태세'가 구축되고 있다. 이른바 '빨갱이'로부터 화목한 가정을 사수하기 위한 안보다. 엄빠와 나 사이에 최근 감도는 긴장감의 화근은 '철도노조'. 파업이 해를 넘기지 않고 철회됐지만, 관련 뉴스가 보도되던 나날을 "나쁜 놈들, 빨리 잡아넣어야"라며 역정을 내며 보낸 엄빠와 나는 꽤 자주 충돌했고, 각자 내상을 입었다.

    '법과 원칙에 따라 징계 절차를 추진할 것'이라는 철도공사의 발표에 아빠는 묵은 체증이 내려간 듯 "당연히 그래야지"라고 반겼다. 그러면서도 방에서 원기옥을 모으고 있을 '빨갱이'가 우려되었는지, 맞장구를 치려던 엄마를 저지하며 "됐어, 또 싸우니까 암말 말어"라고 목소리를 낮췄다.

수서발 KTX 설립과 철도노조의 파업이 단순히 민영화 저지를 명분으로 내세운 직원들의 철밥통 사수의 문제가 아니라는 것은 조금만 눈을 돌려도 생각해 볼 여지가 생긴다. 하지만 연봉 7000만 원대 직원들이 일으킨 분란으로 80대 할머니까지 사망했다고 강조하는 신문의 애독자인 엄빠에게는 '7000만 원'과 '사망'만이 깊이 각인, 분노의 동력이 될 뿐이었다.

내가 인터넷 신문사 〈오마이뉴스〉에 근무한 지 3년째이지만, 30년 넘게 〈조선일보〉를 구독하고 있는 엄빠는 내가 쓴 연예 기사를 몇 번 들춰본 것을 제외하고는 우리 신문을 보지 않아 왔다. 아니, 이념의 차이를 다 떠나서, 딸이 신문사에 다니는데 그 신문을 보는 게 인지상정이 아닌가 싶은 생각에 가끔 이해가 되지 않는다.

불편을 야기하는 파업과 시위를 욕하기 전, 왜 그렇게 할 수밖에 없는지에 대한 기사도 한 번 읽어 보시라는 나의 토로에 엄마는 "우리 나이에는 화면으로 뭘 읽는 게 익숙지 않고 눈이 피로해서"라고 공식 입장을 내놨다. 하지만 그러기에 아빠는 인터넷의 절친이자 애니팡의 노예로 하루 열두 시간 이상 LCD를 쳐다봐도 피곤한 기색이 없고, 얼마 전 스마트폰을 산 엄마 역시 메일부터 요리 레시피까지 휴대폰으로 확인하니, 엄빠의 피로를 유발하는 건 다른 곳에 있는 게 분명하다.

비단 나만 겪고 있는 일은 아닌 게, 얼마 전에 또래의 회사 동료들과 이야기하다가 그네들의 집에서도 비슷한 정전기가 늘 일어나고 있음을 알았다. A는 아버지에게 아직까지 어디 근무하는지 자세히 말씀드리지 않았다니, 이거 뭐 우리가 홍길동도 아니고. 저 회사가 내 회사다, 저 회사가 내 직장이다 왜 말을 못해!

이런 갈등은 아주 해묵은 것이다. 쌍용차 해고 사태 때도, 광우병 촛불집회 때도 우리는 충돌했다. 2009년 쓴 블로그 글에 '경기교육감이 시국선언에 참여했던 교사들을 징계하지 않겠다는 기사를 보고 옳다는 생각이 들었다. 저녁을 먹으면서 잠깐 얘기를 꺼냈다가 또 아빠와 충돌했다. 내가 옳다고 여기는 가치를 반박하기 위해 나라의 존망까지 나왔다'라고 쓰여 있는 걸 보니, 어제 오늘의 일이 아니다. 그런데 이상한 건, 매번 다른 사안임에도 나는 늘 집에서 '빨갱이'로 통했다는 점이다.

서글픈 건 이런 저런 사회문제로 부딪힐 때마다 우리가 서로에게 상처 입고 실망한다는 점이다. 새해 첫날, 서울역 고가도로에서 분신자살을 시도한 40대 남자가 결국 숨졌다는 참담한 소식이 들렸고, 누군가의 부상이나 죽음을 크게 안타까워하곤 하는 엄마도 그가 사망하기 전 '박근혜 사퇴, 특검 실시'라고 적힌 플래카드 두 개를 들고 시위했다는 사실을 알고 난 후에는 "왜 그렇게 무모한 짓을 하지"라고 말을 아꼈다. 나는 더 이상 말을 잇고 싶지 않았고, 안에서 솟은 분노 비슷한 감정을 처리할 길이 없어 괜히 윗집에서 신나게 뛰어대는 아이에게 혼잣말로 화풀이를 했다.

공방이 계속되다가 결국 엄빠와 씩씩거리며 언성까지 높이고 싸운 날에는 우리가 무엇 때문에 이리도 격렬하게 물어뜯고 있는지 허망해질 때도 있다. 생각의 차이를 선악으로 나눌 수는 없지만, 내게 엄빠는 그 누구보다 좋은 부모님이다. 따지고 보면, 엄빠의 삶과 가치관은 그저 우리 가족이 잘 먹고 잘 살기 위한 행보가 축적된 것이다. 딱히 욕심을 부리지 않았고 하물며 남의 것을 탐한 적도 없으며, 나눌 줄도 알았으니, 두 분은 나름대로 떳떳한 삶을 살아왔다. 단지 우리 가족의 안위를 지키기 위해 순응하며, 종종 외면하며 살아왔을 뿐이다.

 얼마 전, 엄마와 함께 영화 〈변호인〉을 보고 나오며 나는 멍해졌다. 부림사건이 일어났던 1981년은 내가 태어난 해다. 우리 가족의 아주 오래된 앨범 중 그 시기를 담은 사진에서 나를 안고 있는, 그 무뚝뚝하다는 아빠는 반세기에 한 번 나올까 말까 한 미소를 짓고 있다. 엄빠는 아끼고 아껴 내가 다섯 살이 되던 해 아파트를 장만할 때까지도, 하나밖에 없는 딸만큼은 부족함 없이 키워 냈다. 한쪽에서는 '책상을 탁치니, 억하고 죽었다'는 누군가의 죽음이 전해지는 동안, 나는 종종 할머니와 신촌 근처를 지나가는 버스를 타면서 '나쁜 사람들'이 던지는 화염병의 매캐한 냄새를 막기 위해 손수건을 들고 다녔다.

 나름 힘들었던 시절, 금이야 옥이야 애지중지하며 어려움 없이 키워 냈더니 이제와 반정부적인 말을 일삼는 자식이 엄빠로서는 뜨신 밥 먹고 흰소리하는 걸로 들릴 거다. 가만히 있으면 나랏님이 다 알아서 해 줄 것을, 제동을 거는 사람들 때문에 사회 갈등이 야기되고 경제대국으로 갈 수 없는데, 하필 내 딸이 그들과 비슷한 목소리를 내려고 하는 게 못마땅한 것이다.

하지만 우리 가족이 잘 살 수 있었던 기저에는, 아이러니하게도 엄빠가 그토록 증오하는 '빨갱이', 국가의 발목을 잡고 목소리를 높이며 대신 싸워 준 사람들이 있다. 대통령 욕하는 댓글을 보며 "옛날 같으면 다 잡혀 갔을 텐데 세상 참 좋아졌다"고 말하는 그 '좋은 세상'은, 아련한 추억 정도로 곱씹고 넘어가기에는 너무 많은 희생을 치르며 치열하게 이뤄졌다. 가장 무서운 건, 그 상상하기 어려운 폭력들이 불과 30년 전, 내가 행복한 유년시절을 보내고 있을 때까지도 아무렇지 않게 일어났다는 점이다.

나는 영화를 보며 가족을 생각했다. 평범하게 살아온 모자에게 어느 날 갑자기 들이닥친 국가의 폭력, 등이 검은 색이 되도록 얻어맞은 누군가의 가족이 우리 가족과 같은 시대에 살고 있었다. 그 자리에 우리 가족이 놓인다고 해도 이상할 게 없는 시대였다. 바꿔 생각하면 피가 거꾸로 솟는 일이다. 그러니까, 종북? 북으로 멀리까지 갈 필요도 없다. 이념을 따지기 이전에 상식을 이야기해 보자는 거다. '데모하면 천벌받는다'던 송우석이 그 폭력의 현장을 목격한 후 "이러면 안 되는 거잖아요"라고 절규했던 딱 그 시선의 상식이 빨갱이들의 불온한 정서라면, 나는 차라리 빨갱이가 되고 싶다.

월간 <작은책>과 인터넷신문 <오마이뉴스>를 거쳐 지금은
인터파크도서 웹진 <북DB> 기자로 일하고 있다. 글을 읽고 쓰고
'쓰게 하는' 일로 8년째 먹고산다. 지하철과 신도시가 없는 작은
도시에서 '당최 뭐하는 놈인지 알 수 없는 놈'으로 있는 듯 없는 듯
잘 사는 게 꿈이다.

과민성

공부청년

최규화

일과 사랑과 삶

오줌을 싸고도

토끼가 새끼들이 축직금상 사는 이야기

13년 전의 젊은 날, 나는 '주사파'였다

때 아닌 '주사파' 논쟁에 정치권이 시끌시끌하다. 여당은 한 야당의 국회의원들을 주사파라고 막 몰아세우더니, 이제는 탈북 대학생과 막말 언쟁을 벌인 다른 야당의 한 국회의원을 또 주사파라고 물러나라 난리다. 그런 기사를 볼 때마다 가슴이 철렁 내려앉는다. 왜냐면 내가 바로, 명명백백한 '주사파'였기 때문이다.

국가의 가치관이나 뭐 그런 거창한 걸 생각하면 또 달라질지 모르겠지만, 둘레의 사람들에게 있어서는 내 '주사(酒邪)'가 그들의 '주사(主思)'보다 확실히 더 불온하고 치명적이었다. 1999년 세기 말의 공포와 혼돈이 전 세계를 지배했던 그때, 고등학교 2학년의 나는 주사의 길에 첫 발을 내딛었다.

봄인지 가을인지, 반팔을 입어도 좋고 긴팔을 입어도 좋을 그런 계절. 우리는 강원도 설악산으로 수학여행을 떠났다. 지금은 상상할 수 없지만 당시만 해도 꽤 모범생이던 나는 반에서 공부깨나 한다는 녀석들과 한 조가 됐다. 인생에서 단 한 번밖에 없는 고등학교 수학여행! 아무리 모범생이라도 그런 날까지 착하게(?) 보내는 것은 청춘에 대한 반역이었다. 우리가 선택한 것은 당연히 술. 모두 비장한 각오로 그날을 준비했다.

거사 당일 아침. 우리는 결연한 표정(사실은 선생님한테 걸릴까 봐 바짝 쫄려 있는 표정)으로 서로의 가방 속을 확인했다. 몇몇이 캔맥주 두어 개 정도씩을 가져왔고 소주를 가져온 녀석도 하나 있었나 없었나 가물가물하다. 나는 불투명한 플라스틱 우유통에 소주를 담아 갔다. 댓병 하나가 거의 다 들어간 것 같다.

숙소에 도착하자 '말로 할 때 가방 속의 술과 담배를 자진 납세하라'는 선생님들의 협박이 있었지만 굴하지 않았다. 우리는 모범생 조니까 '설마 우리를 의심하고 가방까지 뒤지랴' 하는 생각을 했던 것 같다. 역시나 무사 통과. 오후와 저녁 일정이 있었지만 우리는 굶주린 하이에나처럼 오직 깊은 밤을 기다릴 뿐이었다.

시시껄렁한 레크리에이션이니 뭐니 하는 것들로 하루가 끝나고 드디어 때가 왔다. 선생님의 형식적인 점호가 끝나자 우리는 판도라의 상자를 연 것이다. 방 한가운데 꺼내 놓고 보니 꽤 수북했다. 하지만 결전의 순간이 오면 변절자가 나오기 마련! 피곤하다는 둥, 술이 뜨끈해서 맛이 없다는 둥, 한두 놈씩 방구석으로 내빼기 시작했다. 심지어 한 녀석은 '수학을 공부하는 게 수학여행'이라며 수학 문제집까지 꺼내는 것이 아닌가(공부가 너무 좋아서 커서 공부 그 자체가 되고 싶다고. 장래 희망란에 '공부'라고 적던 놈이다). 옛날에도 꼭 배운 놈들이 친일파가 되곤 했다더니,

역시 맞는 말이다.

변절자에게 뜨거운 욕설과 차가운 냉소를 퍼주어 주고, 세 명의 결사대만이 둘러앉았다. 원래 술을 마실 줄도 몰랐던 데다, 변절자들에 대한 분노까지 더해져 우리의 잔은 더욱 빨리 돌았다. 문예부 활동을 하면서 선배들이 주는 소주를 서너 잔 받아 마셔 본 적은 있는데, 종이컵에 소주를 따라 마신 건 처음이었다. 뭘 얼마나 마시는지도 모르게 술이 술술 들어갔다. 내가 가져온 소주를 거의 다 마셔 갈 때쯤이었나, 한 동지가 먼저 잠이 들고……, 내 기억은 여기까지다.

지금부터 이어지는 당시 상황에 대한 서술은 복수의 목격자들의 증언을 바탕으로 재구성한 것이다. 방 한가운데 '큰 대'자로 드러누운 나는 마구 욕설을 시작했다. 누구에게 하는 것인지는 알 수 없게 주어를 생략한 채로. 한참 동안 큰 소리로 이 땅에 발붙이고 사는 모든 '강아지'와 '성교를 할 놈'과 '남성의 성기 같은 녀석'들을 찾아대다가 어느새 잠이 들었다. 하지만 금세 허리를 세우고 벌떡 일으켜 앉더니 그대로 폴더 핸드폰처럼 허리를 숙여 '내 안에 있는 것'들을 입 밖으로 다시 소환해 낸 것이다.

역시나 나처럼 술이 떡이 되어서 곤히 잠든 한 녀석의 발 위에 내가 내뿜은 뜨거운 것들이 '나빌레라' 내려앉았다(발이 아니라 머리라는 주장을 하는 목격자도 있으나 국가 보건과 국민 정서를 고려하여 무시했다). 뜨끈한 액체와 반고체. 그리고 그것과 함께 터져 나온 힘찬 괴성에 잠이 깬 친구들이 나를 황급히 화장실로 데려갔고, 나는 그곳에서 위장을 깨끗이 비워 낸 뒤에 착해진 몸을 이끌고 방으로 돌아와 잠이 들었다.

이튿날 아침 일어나 화장실에서 오줌을 누는데, 물이 담긴 욕조에 이불이 잠겨 있었다. 거울을 보니 내 옷에는 노랗고 빨간 무늬가 점점이 생겨나 있었고……. 누가 전기톱으로 머리를 썰고 있는 것 같은 통증을 느끼며 방으로 돌아오니, 친구들은 온갖 욕설과 베개 린치로 내 잠을 깨워 주었다. 하지만 나는 뿌리 없는 식물 상태를 벗어나지 못했다. 아침은 당연히 못 먹었고, 어찌어찌 윗도리만 갈아입고 흔들바위로 비선대로, 친구들의 어깨에 걸쳐진 채로 끌려다니며 하루의 일정을 소화했다.

나중에 보니 사진 속의 나는 참 착하게 웃고 있었다. 시들어 버린 남국의 화초처럼 팔다리를 축 늘어뜨리고, 영혼을 하얗게 태워 버린 빈 육체만 남아, 그래도 좋다고 웃고는 있었다. 이상하게도 담임 선생님은 그런 내 꼴을 보고도, 욕조 속의 이불을 보고도 아무 말씀도 안 하셨다. 어쩌면 엄청 두드려 맞았는데 그것마저 내 기억에서 지워 버렸는지도. 어쨌든 사흘간의 수학여행은 내게 단 하루의 기억으로 끝나버렸다.

그렇게 나는 주사파가 되었다. 그것도 아주 모질고 수준 낮은 주사파. 그 뒤로 바로 정신을 차려서 비(非)주사파가 됐다는 얘기로 글을 마치고 싶지만, 유감스럽게도 나는 '그 후로 오랫동안' 주사파였다. 욕설을 하거나 남의 발에 구토를 하는 방식은 더 이상 아니었지만, 혼자서 뮤지컬을 하거나 갑자기 쥐도 새도 모르게 집으로 사라지는 등의 문화적이거나 신비로운(?) 방식으로 변모했다.

하지만 그것도 다 옛말. 체질을 한번 바꿔 보겠다고 사상 전향서를 쓰고 술을 끊은 지 두 달이 넘었으니, 이제 나는 확실히 주사파가 아니다. 하지만 한 번 주사파는 영원한 주사파인 건지, 주사파를 죽이자 살리자 하는 기사를 보면 가슴이 뜨끔뜨끔하는 건 어쩔 수 없다.

그리고 술에 취해 여기자를 성추행하고도 '술집 주인인 줄 알았다'던 강원도의 최아무개, '화끈한 대구의 밤문화'를 알리는 데 앞장섰던 대구의 주아무개 같은 '진짜 주사파' 전직 국회의원들이 생각난다. 여전히 '전 의원님' 소리를 들으며 방귀깨나 뀌고 살 그들도, 요즘 나처럼 가슴이 뜨끔뜨끔할까? 이미 그분들도 과감히 사상 전향서를 쓰고 주사파에서 벗어나셨기를, 주(酒)님의 이름으로 기도 드립나이다, 건배~.

내일은
오늘보다 더
'느리게'

나는 선천적으로 성격이 악착 같지를 못해서, 무언가 하나를 미치게 좋아하지도 않고 죽도록 싫어하지도 않는다. 하지만 이런 내게도 '볼 때마다 나를 화나게 하는 것들'이 있다. 그것은 바로 '거품이 잘 나지 않는 비누'와 '밥값보다 더 비싼 커피'. 그리고 가장 중요한 것, '내게 서두르라고 말하는 사람'이다.

나는 서두르는 게 정말 싫다. 언제부터 내가 이렇게 됐을까 곰곰 생각하니, 아무래도 대학에 복학한 뒤 '복학생 운동권'으로 살기 시작하면서부터가 아닐까 싶다. 내가 복학한 것은 2006년. 군대도 다녀왔고 철도 들었으니 이제 조용히(?) 살아야겠다 생각도 했지만, 3년이 지나도 변함없이 헌신적으로 활동하고 있는 동기들과 후배들을 보니 너무 미안했다. 그래서 짬짬이 뭐라도 해야겠다고 이것저것 거들다가 연말에는 덜커덕 총학생회 선거에도 나가고^(결과는 참패), 그다음 해에는 아무개 정당 학생조직의 '위원장'도 맡아 버렸다.

학교는 3년 전과 완전히 달라져 있었다. 그전에도 '아직도 대학에 운동권이 있냐'는 소리를 들어 왔는데, 3년이 지난 뒤에는 정말 '씨가 말라' 있었다. 활동할 사람은 없는데 그전에 해 오던 활동들은 빠짐없이 다 해야 했고, 학생회 활동에 정당 활동, 이런저런 동아리 부문 활동까지 하면서 집회는 집회대로 다 나가야 했다. 10분 단위로 일정을 잡고 밤을 낮 삼아 뛰어다녀도 언제나 '할 일'은 더 많아지기만 하는 것 같았다.

너무 숨찼다. 내가 무슨 일을 하고 있는지, 무엇을 밟고 어디로 걸어가고 있는지 차근차근 내 발바닥 밑을 봐 가며 일하고 싶었다. '이런 때일수록 결의를 높이고 동지들의 힘으로 정세를 돌파하자'고들 했지만, 너무 많은 일에 등 떠밀려 하루하루 지내면서 '나'를 놓치는 날이 점점 많아졌다. 누가 월급을 주는 일도 아니고 툭하면 '빨갱이' 소리나 듣는 일을 하면서, 내 '존재'를 잃어 버린다는 것은 너무 치명적이었다.

오늘은 또 얼마나 왔는지만 생각하며 살아야 하는 삶. 어디로 가는지 돌아볼 틈은 없었다. 정신없이 달리며 흘려보내고 만 작은 '의미'들에 마음을 머무르게 할 여유도 없었다. 물론 내 나약함이 첫 번째 이유였겠지만, '나'를 잃어 버린 채로 '가치 있게 사는 것'에만 의미를 두며 버틸 수는 없는 나날이었다. 결국 '나의 하루'가 '나'를 말해 주지 못하는 상황이 오면서, 2007년 말 대통령 선거를 끝으로 나는 학교를 떠났다.

그렇게 졸업을 하고 운 좋게도 바로 사회생활을 시작하게 됐다. 하지만, '사회'의 속도는 훨씬 더 빨랐다. 어디로 달리는지도 모르게 미친듯이 달리고만 있었고, '우리가 어디로 가는지 생각해 보자'는 목소리는 '배부른 소리'로 치부되는 세상이었다. 가족을 위해 잔업에 특근도 마다하지 않고 일하지만 정작 가족들과 함께 보낼 시간은 없고, 노후의 안녕을 위해 뼈 빠지게 일하지만 그러는 사이 건강을 잃고 병든 몸만 남는 삶.

모두가 '제일 돈 많은 사람'을 숨차게 쫓아가며 살 뿐이다. 가난한 사람은 가난에서 벗어나기 위해 달려야 하고, 돈 많은 사람은 자신이 가진 것을 뺏으러 오는 사람들을 피해 또 달려야 한다. 넉넉하고 여유 있게 살기 위해서 돈을 벌지만, 돈을 버느라 여유도 행복도 뒤로 미뤄야 하는 지독한 모순. 하루하루 정신을 놓고 아등바등 달려 보지만, 우리가 달리는 길이 그 모순으로 가는 길이라는 것을 세상은 숨기고 있다.

나는 그렇게 살고 싶지는 않다. 제일 빨리 가는 사람의 뒤를 부지런히 쫓아 달려서 그 사람을 따라잡아야만 살 수 있는 세상이라 겁을 주지만, 나는 그 사람과는 다른 방향으로 천천히 걷고 싶다. 그래야 작은 것이 보인다. 그래야 저 뒤에 앉아서 세상의 속도를 원망하고 있는 지친 이웃들이 보인다. 가장 빠른 사람의 속도가 아니라 가장 느린 사람의 속도에 발맞추는 세상을 꿈꾸며, 나는 하루하루 더 느리게 살고 싶다.

'행동'을 강요하고 그것으로 사람을 평가하는 세상. 하지만 우리는 누구나 '존재'만으로 충분히 존엄한 사람들이다. 행동이 아니라 존재. '무엇을 얼마나 빨리 하고 있는지'가 아니라 '어디에 어떻게 있는지'를 봐야 한다. 그래서 나는 무언가를 '하는' 시간이 아니라 무언가에 머물러 '있는' 시간을 즐긴다. 늘 무언가를 하고 있는 바쁜 사람들보다, 그저 어딘가에 머물러 있을 뿐인 별 볼일 없는 사람들과 함께하는 시간을 즐긴다.

나는 오늘도, 세상을 차지하고 있는 사람들의 말만 대서특필 되는 신문 정치면 대신, 보잘 것 없는 사람들이 그들의 못난 삶을 진솔하게 써 낸 '사는 이야기'를 읽는다. 속도와 경쟁의 가치를 '재미'로 위장한 텔레비전을 보는 대신 책장 한 장 한 장에 오래 머물러 뜻을 새겨야 하는 시집을 읽고, 기름을 태우고 시간을 몰아세우는 자동차를 타는 대신 흔하고 흔한 사람들의 얼굴과 소소한 이야기를 만나며 동네 골목을 걷는다.

그렇게 살아서 언제 돈 벌고 언제 장가가고 언제 성공하느냐고? 행복은 성공만큼 빠르지 않다. 느리게 걷는 시간은 행복을 기다리고 '나'를 기다리는 시간. 누가 뭐래도, 내일은 오늘보다 더 느리게 살테다.

* 덧붙임 말 : 지금도 대학에는, 내가 견뎌 내지 못한 그 치열한 하루하루를 보내며 세상을 조금씩 움직여 나가는 훌륭한 후배 활동가들이 있다. 그들이 부디 그 바쁜 일상에 떠밀려 '나'를 잃고 주저앉지 않기를, 매일매일 작은 승리를 맛보며 희망 속에 내일을 그리기를, 무한한 존경을 담아 진심으로 기원한다.

인생의 전성기라니…
'그딴 거 없다!'

　　2013년, 나는 서른두 살이 됐다. 올해는 내가 은근히(?) 기다려 오던 해다. 학교를 졸업하거나 정년이 되거나(?) 하는 것도 아니고, 올림픽도 월드컵도 없는 해를 내가 왜 기다려 왔을까. 그건 바로 올해가 내 인생의 '전성기'로 예고된 해이기 때문이다.

　　스물다섯인가 스물여섯인가 그때쯤으로 기억한다. 별로 뜻하지 않게 사주카페라는 곳에 가게 됐다. 스포츠 신문에 실리는 '오늘의 운세' 정도나 재미로 보던 내가 '내 돈 주고' 사주를 보겠다고 거길 일부러 찾아가지는 않았을 거다. 사주카페도 카페니까 그냥 차만 마시고 나가도 될 텐데, 막상 들어가니 호기심이 또 생겨서 재미로 한번 봐 달라고 했던 것 같다.

　　사주카페 사장님과 마주 앉았다. 생년월일시, 사주를 말해 주고 대화를 시작했다. 난 그냥 시큰둥했다. '물가에 가지 마라', '어느 쪽에서 귀인이 나타난다' 하는 소리만 할 거면 그냥 그만 듣겠다고 얘기하리라 생각도 했다. "초년에 고생이 많았겠다"는 소리에 잠깐 솔깃했을 뿐, 나머지는 거의 다 흘려들었다. 사장님이 나를 보고 "예술 쪽으로 일하실 분"이라고 하고는 확인차 내 전공을 물었다. 국문과라는 내 대답에 사장님이 "역시 그렇다"며 스스로 감탄하는 걸 보고는 피식 웃기도 했다.

하지만 흘려들을 수 없는 얘기가 딱 한마디 있었다. "스물여덟 살부터 인생의 문이 열리고 서른두 살에 인생의 전성기가 온다"는 말! 지금은 어지럽고 혼란스럽지만 금세 인생이 활짝 필 것이니 걱정하지 말라고 했다. 그때는 내가 군 생활을 마치고 복학한 지 얼마 안 된 때였다. 어느새 졸업은 코앞이고 해 먹을 것은 뭔지 몰라 막막하던 때 아닌가. 그런 내게 '전성기'라는 단어는 깊이 각인되고 말았다.

시간은 흘러 스물여덟 살이 됐다. 이제 인생의 문이 열릴 때! 나는 잡지사에서 일하고 있었다. 언제쯤 인생의 문이 열릴까 문득 문득 궁금해하며 한 해를 보냈다. 스물아홉, 서른, 서른하나. 그 사이에 직장을 옮겨 신문사에서 일하게 됐지만 딱히 '이게 바로 인생의 문이로구나!' 하고 느낀 때는 없었다.

'이게 지금 다 열린 건가? 요 정도 열린 걸로 전성기를 어떻게 맞으란 말인가!'

서른둘이 되는 올해를 앞두고, 지난해 말에는 한동안 돌팔이(?) 사주카페 사장을 욕하며 보내기도 했다. 생각해 보니 그 소리도 다 뻔했다. 남자 대학생이 군대 다녀와서 졸업하고 취직하는 게 대개 스물여덟 전후. 서른둘쯤 되면 직장에서 '대리' 직함도 달고 경력직으로 어디 옮길 마음도 좀 먹고 그럴 때 아닌가. 보통 그때쯤 돈 모아서 결혼도 하고 집도 얻고 차도 사고 할 테니, 굳이 사주팔자 짚어 보지 않고 대충 때려잡아도 '스물여덟 인생의 문, 서른둘 전성기' 정도의 발언은 누구나 할 수 있었다.

그리고 해가 바뀌어 2013년, 드디어 서른둘이 됐다. 사주카페 사장의 지극히 '사회경제적'인 예언의 실체를 깨달은 뒤였지만, 나는 미련하게도 또 전성기를 기다리고 있었다. 당장 1월 1일부터 뿅 하고 뭔가 터지지는 않을 것이니, 기다렸다. 사주로 본 운명이니까 우리 민족의 전통에 맞춰 음력 설부터 시작될지도 모른다고, 또 기다렸다. 진정한 새해의 시작은 새 봄부터니까 3월이 되기를, 다시 기다렸다. 하지만 3월마저 저물고 4월이 된 지금, 전성기도 안성기도 변성기도, 그 무엇도 내게 오지 않았다.

두려운 생각도 들었다. 그 사주카페 사장님의 말처럼, 정말 지금이 내 전성기라면. 지금이 전성기고, 앞으로는 쭉 내리막길만 있는 거라면! 서울도 아닌 경기도의 열다섯 평 빌라 전세가 내 전성기라면, 나는 얼마나 더 가난해질 거란 말인가. 원고료 받고 글쓰는 처지도 못되고 인기도 없는 블로그 글만 억지로 억지로 쓰는 게 내 전성기라면, 내 인생은 얼마나 더 흐지부지될 것인가.

이런 생각까지 하게 되니, 내가 너무 한심해진다. 그까짓 전성기가 다 뭐라고 '이 정도가 전성기라니, 인정할 수 없어!' 하고 괴로워하고 있는 건가. 불과 1년 전까지만 해도 귀촌을 할 거라는 둥, 느리게 살 거라는 둥, 못나게 살 거라는 둥, 전성기 같은 낱말과 전혀 상관없이 살 것처럼 글을 쓰고서는 말이다. 말 나온 김에 지난해 봄과 여름에 쓴 그 글들을 찾아보니, 정말 쪽팔릴 만하다.

"속도와 경쟁의 시계를 거부한 채 거짓말하지 않는 노동을 증명하는" 귀농운동가들의 삶이 "무엇보다 용기 있고 숭고하게 느껴지기도 했다"면서, "행복은 성공만큼 빠르지 않다"며 "누가 뭐래도, 내일은 오늘보다 더 느리게 살 테다"라고 잔뜩 결의를 드높였지 뭔가. 또 "울퉁불퉁 거칠고 만만한 시 한 편씩 남기며 나는 그냥 못나게 살란다"라고 아예 전성기 따위 없이 '못난 인생'을 살겠다고 '선언'까지 했다니!

집이야 월세 못 내서 전전긍긍하는 것도 아니니 이만하면 됐고, 글 쓰는 일도 나 좋아서 하면 그만이지 무슨 원고료 팍팍 받는 '작가님' 소리가 듣고 싶었던 건가. 겉으로는 욕심 없이 허허 하고 살 것처럼 글을 써 놓고 속으로는 '내년이면 전성기라고 했으니까 엄청 잘나가겠지? 오예!' 하고 김칫국물을 들이켜고 있었다니, 보통 한심한 게 아니다. 이래서 사람들이 인생의 걸음걸음에 글을 남기는 걸까. 내 글이 나를 가르쳤다.

전성기. "형세나 세력 따위가 한창 왕성한 시기"란다. 나도 살다 보면 그런 때 한번쯤 없으라는 법은 없겠지. 하지만 그게 돈 잘 벌고 이름 날리는 '뻔하디 뻔한' 전성기라면, 그런 것쯤 기다리지 않으며 살기로 마음먹었다. '형세나 세력 따위'는 왕성한 날도 있고 안 그런 날도 있겠지만, 지금처럼 내 인생의 기준을 내가 세우고 그 안에서 스스로 행복을 찾을 줄 아는 지혜와 고집만은 매일같이 늘 왕성했으면 좋겠다.

나는 '수학 장애인'…
꼭 이렇게
살아야 됩니까

나는 편집부 기자다. 주로 남이 쓴 기사를 '만지는' 게 내 일이다. 만 5년 정도 이 일을 했으니 이제 살짝 딴 마음(?)이 들 때도 됐다. 만약 취재부로 옮긴다면 어떤 부서가 좋을까 혼자 쓸데없이 김칫국도 마셔본다. 정치부? 경제부? 사회부? 문화부? 뭐 특기가 없으니 어느 것도 마땅치가 않다. 그중에서도 특히 경제부는 절대 불가. 왜냐하면 난 숫자만 보면 도망치고 싶고 고개가 숙여지는 '수학 장애인' 출신이기 때문이다.

때는 지금으로부터 14년 전, 고등학교 2학년 때다. 1학기 중간고사 성적표를 받아든 나는 정신이 멍해졌다. 다른 아이들은 틀린 개수대로 엉덩이를 두들겨 맞았지만 난 그것도 열외. 대신 담임선생님과 특별 면담을 한 나는 한동안 고개를 떨구고 선생님의 한숨 소리만 들어야 했다. 지금도 잊을 수 없는 그 점수, 28점. 당시 80점 만점이었던 수능 모의고사라면 그나마 다행, 하지만 그 시험은 100점 만점의 중간고사였다.

전 과목 점수로는 반에서 5등 이쪽저쪽을 하던 나였다. 그 시험도 다른 과목은 모두 상위권. 담임선생님은 수학선생님한테 반항하는 거냐고도 묻고, 수학 시험 날 집에 무슨 일이 있었냐고도 묻고, 원인을 찾기 위해 갖가지 추측들을 다 하셨다. 하지만 그런 게 어딨나. 난 최선을 다했다. 그 맥 빠지는 사실에, 그냥 수학 공부를 더 열심히 하라는 하나 마나 한 소리로 면담은 종료. 그리고 1학기 기말고사 성적은 35점이었다.

내가 어쩌다 그 지경이 됐을까. 초등학교 때는 학교 대표로 수학올림피아드 대회까지 나간 내가! 그 시절 나는 저녁 6~7시까지 남아서 수학 공부를 하고, 방학 때는 하루에 수학 문제집 한 권을 몽땅 푼 적도 있었다. 초등학교 졸업 전에 중학교 과정을 이미 끝낸 건 당연했다. 중학교 때 수학 시간은 독서 시간이었다. 시험공부를 따로 안 해도 성적은 거의 100점, 실수하면 90점. 부자는 망해도 3대 간다고 했던가, 수학 공부 손 놔도 3년은 가더라. 하지만 그 3년이 지나니, 수학 밑천도 결국 바닥을 드러냈다.

고등학교 1학년 한 해 동안 급격히 떨어지기 시작한 수학 성적. 반 평균 점수를 넘을락 말락 하던 점수는 2학년이 되자 28점이라는 충격적인 '신기록'을 남긴 것이다. 그때 우리 학교는 '수준별 이동수업'이라는 걸 했다. 말은 그럴싸하지만 그냥 '우열반'이다. 나는 다른 과목 성적들은 중학교 때보다 오른 탓에 우등반에 남을 수 있었지만, 문제는 수학 시간이었다. '수준별' 이동수업이면 나를 차라리 열등반에 보냈어야지…….

여름방학 보충수업 때였나 아니면 수학선생님이 병가를 냈을 때였나, 수학 교사 출신의 교감 선생님이 대신 수업에 들어온 날이었다. 손쉽게 시간을 때울 수 있는 '앞에 나와서 문제 풀기' 시간. 선생님이 교과서에 있는 예제 문제 하나를 짚어 주고 몇 사람을 불러 칠판에 풀어보라고 했다. "오늘이 23일이니까 3번, 13번, 23번……" 하다 내가 걸렸겠지. 앞에 나갔다. 하나도 모르겠다. 한 글자도 못 쓰고 돌아서서 말했다.

"모르겠는데요."

"임마가 지금 반항하나? 우등반이 교과서 예제도 모른단 말이가? 아는 데까지라도 풀어 봐!"

나는 울고 싶었다. 난 수학은 우등반이 아니라고, 난 28점이라고 외치고 싶었다. 하지만 기성세대에 대한 혐오와 교사라는 무리에 대한 적개심(?) 같은 것으로 '질풍노도의 시기'를 보내던 나는 아예 분필까지 손에서 놓고 내 마음과 다른 말만 계속 하고 있었다.

"진짜 하나도 모르겠는데요. 저는 이거 못하거든요."

"임마가, 모르는 게 자랑이가! 손바닥 내라, 이노무 시키."

내가 미쳤나 보다. 여기서 나는 내가 해 놓고도 깜짝 놀란 한마디를 해서, 손바닥 한 대 맞으면 끝날 일을 일대 사건으로 만들고 만다.

"모르는 게 죄는 아니잖아요. 맞는다꼬 모르던 게 알아지는 것도 아이고……."

다행히 죽지는 않았다. 선생님은 두어 차례 타격 이후 '특별 면담

대기'를 명하셨고, 나는 수업이 끝날 때까지 30분 가까이 교실 뒤에서 '엎드려뻗쳐'를 했다. 선생님은 내가 교실 뒤로 가서 엎드려뻗쳐 자세에 들어갈 때까지 나에 대한 분노의 말들을 내 뒤통수에다 대고 쏟아내셨다. "점마 저거 미쳤나? 우등반 맞나? 저거 뭐하는 놈이고?" 하고 씩씩대던 선생님에게 교실 안의 누군가가 나를 대신해서 말했다.

"쌤요, 점마 '수학 장애인'인데요."

딱 한마디로 나를 대변해 준 그 친구 덕분인지, 특별 면담은 한결 부드럽게 진행됐다. 선생님은 팔다리가 떨어져 나갈 것 같은 나를 끌어안히고 앞으로 대학 가서 뭘 전공할 거냐고 물었다. 그때 나는 '질풍노도의 시기'에 걸맞게 철학과를 희망하고 있었다. 그렇게 말했더니 선생님은 "임마 철학과 갈라 카는 놈이 쌤 마음을 그래 모르나?" 하고 내 등을 괜히 정겹게(?) 툭툭 쳤다. 이게 뭔 맥락인가 싶었지만 팔다리가 정말 떨어져 나갈 것 같아서 그냥 죄송하다고 고개를 두어 번 숙였다. 특별 면담도 그렇게 끝났다.

뭐 딱히 자존심이 상하는 말은 아니었지만 '수학 장애인'이라는 말이 내내 머릿속에 남았다. 그게 장애인에 대한 차별의 말이라고 느껴질 뭐 그런 정신을 갖고 있던 때는 아니었고, 그냥 뭔가 머릿속에 불편함이 잔뜩 껴 있었다. 수학을 못하는 것으로도 장애인이 될 수 있는 건가, 그럼 수학을 잘해야 '정상인'(그때는 '비장애인'이라는 말도 몰랐다.)이 되는 건가 하는 생각이 한동안 머릿속에 뱅뱅 맴돌았다.

그날의 수학 장애인은 그 뒤로 수학 성적을 차츰차츰 끌어올렸다. 딱히 장애인이라는 말이 듣기 싫어서 그랬던 건 아니고, 한 번 바닥을 치고 나서 고등학교 1학년 교과서부터 다시 정독하기 시작했던 게 서서히 빛을 본 거였다. 내 삶의 마지막 수학시험이 된 수능에서는 답을 모르던 마지막 객관식 두 문제를 '겐또 때리기'로 모두 맞히는 신공을 발휘하며, 고등학교 입학 이후 최고 점수를 기록하기도 했다.

내 인생의 수학은 그것으로 끝. 그 정도면 '유종의 미'로 충분하지 않은가. 수학을 안 하고 영어 원서를 안 봐도 된다는 이유로 대학은 국문학과로 갔고, 꾸준히 그렇게 살고 싶어서 기자가 됐다. 하지만 수학이 아니더라도 뭔가를 또 억지로 배워야 하는 상황은 올 수밖에 없다. 영어가 됐든 포토샵이 됐든 파워포인트가 됐든 SNS가 됐든, 그런 걸 못하면 또 '장애인' 아니면 '퇴물', '낙오자' 같은 소리를 듣게 되겠지.

그러고 보니 아직도 나처럼 수학 장애인 취급을 받고 있을 학생들이 바글바글할 것이 생각나 우울해진다. 나나 그놈들이나 늘 뭔가를 배우고 평가받고 뒤처지지 않으려고 아등바등 평생을 살아야 할 거다. 이놈의 세상은 왜 이것저것 다 잘하라고 자꾸 사람들 볶아 대나. 못하는 것 잘하게 되는 것도 발전이지만, 잘하는 것 더 잘하게 되는 것도 발전인데. 국영수 골고루 잘하는 최규화보다 국영수 몰라도 수영만 옴팡지게 잘하는 박태환이 더 잘산다는 것 모르나? 못하는 거 안 하고 잘하는 거 더 잘하면서 살면 왜 안 되는 거냐고.

혹 어디서 수학이든 영어든 국어든, 그 뒤에 '장애인' 소리를 붙여서 듣고 있을 학생들아, 아저씨가 사과하마. 아저씨가 "수학, 저도 참 못했는데요. 그럼 제가 한번 잘해 보겠습니다" 하는 소리를 하려는 건 아니었단다. 슬프지만 이 따위 세상을 그대로 물려주게 될 가능성이 높은 것 같아. 니들은 좀 편히 살도록 아저씨가 조금은 더 애써 볼 텐데, 아저씨도 월급쟁이 '을'이라서 자신은 없어. 재주껏들 잘 살아보자, 응?

'보통 결혼'에 1억7000만 원, 이거 너무 잔혹해

"뭐어? 치일배액?"

술이 확 깼다. 그것도 신부랑 엄청 싸워서 '쇼부'를 본 액수였다니…….

10월에 결혼을 하는 고등학교 동기 놈을 축하하기 위해 오랜만에 친구들이 모였다. 서울 강남역 어디쯤에서 만나자고 했을 때부터 '확실히 잘나가는 놈들은 다르구나' 하는 생각이 들었다. 하지만 결혼에 대해 이런저런 얘기를 나누면서 이놈들 입에서 구체적인 '액수'가 나오기 시작하니, 정말 '레벨'이 다르다는 게 실감났다.

10월에 결혼하는 놈 말고 결혼 1년차와 3년차인 놈들도 있었다. 한 놈은 우리나라에서 제일 큰 자동차회사를 다니고, 한 놈은 국책은행을, 또 한 놈은 행정고시를 패스하고 중앙정부에서 일하는 놈이었다. 부부 연봉을 더하면 '1억'이라는 놈, 아니 '분'들은 얼마짜리 예물을 하는지 궁금해서 물어봤더니, 반지 한 쌍에 '700만 원'이란다.

그것도 원래는 1000만 원짜리를 해 달라는 걸, 대판 싸우고 300만 원을 깎았단다.

'18K 반지 한 쌍에 50만 원이나 하더라'는 얘기를 하려 했던 나는 그 얘기를 듣고 가만 입을 다물었다. 또 한 놈은 사진 20장 찍는 데 200만 원 하는 스튜디오에서 웨딩 촬영을 했다고 했다. 연예인 누가 결혼할 때 거기서 사진을 찍었다나 뭐라나. 어차피 결혼하고 나면 아무도 안 보는 웨딩 앨범 하나 만드는 데('내가 결혼해 봐서 아는데' 하는 소리는 아니고, 다들 그러더라 뭐.) 반나절 동안 내 한 달 월급을 날렸다니!

내가 그야말로 '멘탈 붕괴' 상태로 할 말을 잃고 앉아 있으니, 다들 그 정도도 안 하고 어떻게 장가갈 생각을 하느냐고 핀잔을 줬다. 그래도 한 5년 직장 다니고 사회생활을 했는데(그것도 갖가지 정보와 뉴스가 모이는 언론사에서!) 그 자리에서 난 정말, 순정 만화처럼 알콩달콩 하트만 뿅뿅 있으면 결혼해서 아들딸 낳고 '그래서 둘은 오래오래 행복하게 살았답니다~' 하는 줄 아는 초등학생 취급을 받을 수밖에 없었다.

그날 멘붕을 달래려 간만에 새벽까지 술을 마시고, 다음 날 일어나자마자 포털사이트에서 검색을 해 봤다. 검색창에 "예물 1000만 원"이라고 쳤더니 "1000만원대 알뜰한 예물 구성"이라는 홍보글이 뜬다. '알뜰한'……. 술 깨자마자 다시 멘붕. 이번에는 "스튜디오 촬영 200만 원"이라고 쳐 봤더니 "강남에서 그 정도면 손해는 안 보고 하셨네요"라는 답변글이 뜬다. 엎친 멘붕에 덮친 멘붕. 빠져나갈 길 없는 3D입체 멘붕이다.

내 친구들이 엄청 '잘나가는' 놈들이라서 엄청 '잘나가는' 결혼을 하느라 그런 거라는 결론이 나오기를 바랐는데, 대한민국의 '보통 부부'들이 '보통 결혼'을 하려면 다 그 정도는 한다는 소리 아닌가. 내 이름으로 된 재산이라고는 5000만 원짜리 전세방 한 칸이 전부인 내가 '그래도 전세 자금 대출 천만 원쯤 받아서 전셋집 하나만 구하면 결혼은 하겠지' 하고 생각했으니……. 이래서야 '보통 결혼'도 꿈도 못 꿀 지경 아닌가.

검색질을 좀 더 해 보니 2012년 현재 평균 결혼 비용이 1억7000만 원대란다. 한 달에 200만 원 겨우 버는 내가 밥 한 술 안 먹고 숨만 쉬고 살면 85개월, 꼬박 7년 하고도 한 달을 더 모아야 하는 돈이다. 대졸 대기업 신입사원의 평균 초봉이 3400만 원 정도 된다고 하는데, 걔네들도 5년을 꼬박 모아야 한다. 혹시나 최저임금을 받는 비정규직 신세라면 2012년 기준 월급 97만 원을 후하게 100만 원이라 쳐 줘도, 14년 3개월 동안 김치도 안 먹고 숨만 쉬고 돈만 벌어야 한다. 오직 '보통 결혼'을 하기 위해서!

둘레에서 결혼을 한다는 이를 보면 정말 축하하고 존경(?)해야 할 이유가 충분하다. 1억7000만 원짜리 '보통 결혼'을 한다면 숨만 쉬고 돈만 벌고 살았을 그의 5~14년 세월에 경의를 표해야 한다. 그리고 보통도 안 되는 결혼을 한다면 '이런 거 저런 거 하지 말자' 신부와 부모님을 설득하고, "보통 이 정도는 다 하시는데요" 하고 들이대는 웨딩업체에 당당히 '싸구려' 손님이 된 그의 협상력과 뱃심에 박수를 쳐줘야 한다.

"스튜디오 촬영 200만 원"을 검색했을 때 찾은 또 하나의 글. "스튜디오 촬영보조 구함. 월급 200만 원"이라는 제목의 구인 광고. 딴에는 돈을 많이 준다고 제목에 당당히 밝혀 놨다. 200만 원짜리 사진을 찍어 주는 사람의 월급이 200만 원이라……. 햄버거 가게 알바가 자기 시급으로 햄버거 하나 못 사 먹는다는 기사를 봤을 때만큼이나 허탈하고 화가 난다. 젊은이들을 이렇게 괴롭혀서 잘 먹고 잘사는 양반들은 대체 누군가.

아무리 소비를 통해 자존을 확인한다는 자본주의 사회라지만, 이건 너무 잔혹하다. 나는 '보통 결혼'을 하자니 7년 동안 밥도 김치도 안 먹고 살 자신은 없고, 그나마 '반값 결혼'이라도 하려면 협상력과 뱃심이나 열심히 키워야겠다. 대한민국에서 '보통 사람'으로 살기, 너무 힘들다. 에휴.

석 달 만에 결혼하기, '신의 한 수'가 필요해!

내 방에 일대 위기가 찾아왔다. 드디어 '과민성 독거청년'이라는 문패를 내려야 할 순간이 된 것이다. 하지만 이 순간 내 기분은 아주 '상콤'하다. 뭐 시원섭섭하다는 이도 저도 아닌 기분 말고, 정말 진심으로 기분이 좋아 죽겠다. '독거청년'이라는 별명을 사용할 수 있는 날도 불과 열흘 남짓밖에 남지 않은 상황. 그렇다. 드디어 내가 독거를 탈출한다. 장, 가, 간, 다.

'난지도 파소도블레'에 처음 와 보는 사람들은 그러거나 말거나 관심조차 없을 것이고, 그래도 이 블로그를 간간이 봐 온 사람들이라면 '저 찌질이가 뭔 이명박 리듬 체조 하는 소린가' 하고 생각할 것이다. 불과 석 달 전인 8월 초에 "내게는 여자가 필요하다…… 하나 말고 넷'" 하는 제목으로 온갖 궁상스런 소리를 늘어놓았으니 말이다. 그럼 그때 구라를 친 것이냐 항의하지는 말아 달라. 모든 역사는 그 뒤로 이루어졌다.

당시만 해도 엄마의 전방위적 압박이 실재했다. 위로 두 누나는 이미 시집을 가서 아들딸을 줄줄이 낳고 알콩달콩 살고 있었으니, 막내인 나만 장가를 가면 엄마에게는 더 남은 걱정거리가 없었다. 명절날 윷놀이를 하면 누나들은 다 제 짝꿍끼리 편을 먹었고, 나는 엄마와 편을 먹어야 했다(아버지가 계실 때는 조카와 한 편이 된다). 그때마다 엄마는 "한 명만 더 있으면 짝이 딱 맞을 낀데" 하면서 누가 봐도 나 들으라는 소리를 혼잣말인 듯 했고, 나는 애써 그 말들을 허공에 흩어 버렸다.

지난여름 한창 일을 하고 있는데 낯선 번호로 한 통의 전화가 걸려왔다. 정체는 '듀○'. 엄마가 누누이 해온 "느그 누나도 거서 했다고, 니는 100만 원만 주면 선생 며느리 소개해 준다 카더라" 하는 말이 생각났다. 커플매니저라는, 이름도 거창한 전화 속의 여인은 이제 나를 직접 공략하기로 마음먹은 것이다.

"몇 번 통화해 보니 어머님은 마음이 있으시던데 아드님이 완강하다고 곤란해하시더라고요. 어머님이 비용도 부담해 주신다는데 그냥 편하게 한번 만나 보시죠. 교사나 공무원 여성들도 만나 보실 수 있어요."

졸지에 나는 돈까지 대 주겠다는 엄마를 곤란하게 만드는 고집불통 노총각 아들이 돼 버렸다. 하지만 그동안 이 아줌마가 귀 얇은 엄마 옆구리를 얼마나 찔러 댔는지 생각하니 성질이 뻗쳐서, "나한테든 우리 엄마한테든 다시 한 번만 더 전화하면 내 입에서 좋은 말 안 나갈 겁니다" 하고 딴에는 야무지게 전화를 끊었다.

어쨌거나 올해를 '결혼의 문을 열어젖히는 해'로 만들겠다는 각오를 다지게 해 줬으니 그것으로 '듀○ 아줌마'의 역할은 긍정적이었다고 볼 수도 있겠다. 초여름에 만난 여자친구와 결혼을 염두에 두고 만나고 있었지만, 그 시기는 내년이나 그 이후로 생각하고 있던 때였다(물론 나 말고 여자친구의 생각). 그래서 결사적으로 알피엠을 올렸다. 온갖 설득 끝에 '연내 결혼'에 원칙적으로 합의! 8월 중순에 양가 인사를 마쳤다.

다행히 어느 쪽에서도 큰 반대가 없었다. 여자친구의 어머님이 너무 빨리 데려가는 것 아니냐고, 천천히 준비해서 내년 봄에나 하지 그러냐는 '우려'를 보인 정도였다. 내가 내세운 명분은 '아무리 생각해도 미룰 까닭이 없다'는 것이었다. 우리가 동충하초도 아니고, 꼭 사계절을 겪어 봐야 할 이유가 없다고 역설했다. 연애를 아무리 길게 해도 어차피 살다 보면 서로 다른 점은 무수히 발견될 것이니, 그때마다 그것을 맞춰 갈 서로의 마음과 품성만 확인했다면 문제 될 것이 없다고 강변했다. 결국 어머님도 '오케이'.

하지만 현실적인 문제가 남아 있었다. 바로 예식장. 여기저기 얘기를 들으니 결혼 시즌에는 6개월 전에 예약해 두지 않으면 예식장이 없다고 했다. 이미 날짜는 8월 말로 가고 있는 상황. 12월에는 대선이 있으니 결혼 휴가를 쓰는 것이 너무 눈치 보였고, 11월에 예식장을 구하지 못하면 '짤없이' 내년으로 넘어가야 했다. 더군다나 고향에서 친지들이 올라오기 좋은 강남이나 서초의 예식장을 구해야 한다는 조건도 있었다.

상견례는 9월 초. 정석대로라면 상견례 이후에 신부 쪽에서 날을 받아 주시면 그날에 맞춰서 예식장을 잡아야 하는데……. 적신호였다. 지난 한 달여 동안 두 여자(여자친구와 어머님)의 '오케이' 사인을 받기 위해 얼마나 짱구를 굴려 댔는가! 예식장이 없어서 결혼을 내년 봄으로 미룬다는 것은 있을 수 없는 일이었다.

결국 '신의 한 수'를 선택했다. 상견례 일주일 전, 전격적으로 예식장 계약을 해 버린 것이다. 먼저 위치를 고려해 예식장 후보를 두세 군데 정하고, 우리가 11월 안에 무조건 해야 하니 가능한 날짜와 시간을 알려 달라고 했다. 대부분은 저녁 시간밖에 없다는 답이었지만, 운 좋게도 일요일 점심 때 딱 한 타임(자기네들 말이니 '뻥'일 가능성도 있다.) 남았다는 예식장이 있었다. 바로 계약금을 들고 가 사인. 그것으로 모든 우려와 고민은 '지난 일'이 돼 버렸다. 예식장 계약을 마치고 이뤄진 상견례 자리는 그저 훈훈하기만 했다.

격식 따지지 않고 자식들의 선택을 믿어 주신 마음 넓은 부모님들 덕분에 가능한 일이었다. 뭐 이런 근본 없는 놈이 있느냐고 언짢게 생각하실 수도 있었지만 오히려 재빠르게 잘했다고도 해 주셨다. 그 뒤로는 그야말로 일사천리. 상견례 다음 날 내가 살던 집이 빠져서, 사나흘 뒤에 신혼집 계약까지 마쳤다. 신혼여행이니 혼수니 예물이니 하는 것들은 솔직히 돈만 주면 다 되는 것들. 돈이 적당히 있으면 비싼 걸 하나 싼 걸 하나 고민했을 텐데, 돈이 별로 없으니 고민 없이 그냥 싼 걸로 쉽게 해치우고 드디어 여기까지 왔다.

연애는 두 달, 결혼 준비는 석 달. 남들은 결혼 준비를 하면서 그렇게 싸운다던데, 우리는 아직 언성 한 번 높인 적이 없다. 나는 하나님도 부처님도 알라신도 조상신도 안 믿지만, 사람 일에는 '천운'이라는 게 있구나 하는 생각을 하게 됐다. 서둘러 하는 결혼이라 얼렁뚱땅 될 수도 있는데, 하나도 막히는 것 없이 술술 풀리고 차곡차곡 준비되는 것을 보면 정말 그런 생각밖에 들지 않는다. 가끔은 우리 엄마가 쌓아놓은 덕을 내가 보는구나 싶어서 새삼 고마울 때도 있고, 결혼 의지를 불태워 준 '듀ㅇ 아줌마'까지 고마워지기도 한다.

대부분의 선배들(오직 남자들)은 "에라 자식아, 니가 언제까지 그렇게 좋나 보자" 하지만, 그래 뭐 언제까지 좋은지 그렇게 관심 갖고 지켜봐 주신다면 나야 영광이다. 총각 시절이 열흘 남짓밖에 안 남았지만 그것도 뭐 별로 아쉽지도 않고, 앞으로 가장이라는 무거운 책임감을 짊어져야 한다는 사실도 별로 압박스럽지 않다. 다 내가 바라고 기다려 온 것들인데, 이제 와서 아쉬워하고 버거워하는 건 무슨 못난 짓인가!

다음번부터는 '과민성 독거청년'이라는 간판은 더 이상 쓸 수 없을 것이다. 고민이 많다. '과민성 동거청년'으로 한 글자만 살짝 바꿀까 하는 생각도 있지만 '독거'와 '동거'가 주는 느낌이 너무 달라 별로다. 독자들에게 '이름 짓기 댓글 이벤트' 같은 걸 제안하고도 싶지만, 평소에도 '무플'에 허덕이는 주제라 못하겠고. 그래도 자발적으로 새 이름을 '부조'해 주신다면 감사히 고민해 보겠다. 선물은 신간 문학도서 두 권 정도면 괜찮으려나? 아무튼 '찌질한 독거남' 신세를 청산하고 '찌질한 유부남'이 되어 돌아오겠다. 잠시만 안녕.

아침마다 맛보는
지옥···
"뚱보여 제발!"

하나님을 믿지 않는 나는 지옥의 존재 역시 믿지 않았다. 하지만 10월 초, 경기도 부천으로 이사를 한 뒤로 매일같이 지옥의 존재를 온몸으로 깨닫게 되었다.

결혼을 하면 살림을 차릴 집을 구해 이사를 했다. 당연히 내가 가진 돈으로 서울에서 두 사람이 살 전셋집을 얻기는 불가능했기 때문이다. 하지만 서울 화곡동과 경계를 두고 있는 동네라 이 정도면 서울이나 다름없겠지 마음을 놓았다. 이사 후 첫 출근을 앞두고 '다음지도'로 길을 알아 봤다. 버스를 한 번 갈아타면 현관을 나서서 사무실에 들어가기까지 정확히 57분이 걸린다고 했다.

오전 7시 50분, 첫 출근에 나섰다. 환승정류장인 강서구청까지 가는 버스. 사람이 많았지만 못 견딜 정도는 아니었다. 예상 시간대로 도착. 10분이 조금 못 되게 기다려 가양대교를 건너는 버스로 갈아탔다. 아까보다 사람이 조금 더 많다. 상체와 하체가 일직선으로 서지 못하고 몸이 약간 구겨졌다. 하지만 다섯 정거장 남짓밖에 되지 않기 때문에 견딜 수 있다 생각했다. 그런데, 그건 버스가 정상적으로 달릴 때의 이야기였다.

버스가 가지 않는다. 분명히 다음 지도는 여기서 10분 정도만 가면 나는 버스에서 내려 상쾌한 아침 공기를 마시며 사무실로 유유히 걸어가고 있을 거라고 알려줬건만. 10분이 지났는지 20분이 지났는지 시계도 볼 수 없는 기묘한 자세로 아무리 구겨져 있어 봐도, 버스는 아직 가양대교로 들어가지도 못한 상태였다. 도로에는 같은 입장의 차들이 빽빽하게 서로를 원망하고 있었다. 이것이었구나, 서울의 교통지옥이란.

버스가 야금야금 앞으로 움직였다 멈춰 섰다 할 때마다 여기저기서 짧은 신음, 또는 한숨이 터져나왔다. 얼마쯤 지났을까, 누군가 엄청 불쌍하고 또 애교를 마구 섞은 목소리로 전화 통화를 하는 소리가 들렸다.

"부장님 저 은선인데요~, 차가 너~무 막혀서 조금 늦을 것 같아요. 죄송합니다~."

이어서 한두 사람이 비슷한 통화를 더 하는 소리를 듣고 9시가 다 됐구나 짐작했다. 꽈배기처럼 뒤틀린 몸이 한계를 알려 오고 손잡이를 쥔 손에 쥐가 나려고 하는 순간, 버스는 가양대교를 건너 사람들을 토해 내기 시작했다. 차에서 내려 시계를 보니 9시 20분. 다리 건너는 데만 40분쯤 걸린 모양이다. 그렇게 내 첫 출근은 다음 지도의 예상보다 정확히 30분이 더 지나 끝났다.

그렇게 2주 정도를 보내는 동안 그날그날의 운에 따라 시간은 조금씩 달라졌지만, 그것이 지옥이라는 점은 달라지지 않았다. 버스 문에 매달려 어떻게든 몸을 구겨넣으려는 사람, 버스 문이 안 닫힌다고 그냥 다음 차를 타라고 소리를 지르는 사람, 내려야 할 정류장에서 못 내렸다고 울상으로 기사님을 부르는 사람, 시간 없으니 빨리 내리라고 채근하는 사람……. 순대 속을 꽉 채운 당면처럼 빽빽하게 뒤엉킨 사람들이 서로에게 날카롭게 뱉어 내는 소리들을 듣고 있자면, 정말 여기가 지옥이라는 생각만 머릿속에 가득했다.

아무리 힘들어도 나는 저러지 말아야겠다고 다짐했다. 그 속이 좋아서 구겨지고 끼어 있는 사람이 어디 있겠나. 아무리 이 순간이 지옥이라도 결국 서로를 서글프게 할 뿐인 싸움은 하지 말자고 생각했다. 하지만 그게 그리 쉬우면 왜 여기가 지옥이겠는가. 내게도 이성을 잃고 야성을 폭발시킬 일대 위기가 찾아왔다.

그날도 지옥은 강서구청 앞에서 시작했다. 6715번 버스는 배차 간격이 12분이다. 출근 시간에는 더 자주 오지만 그래도 초만원 버스가 되는 것은 피할 수 없는 일. 역시나 어렵사리 몸을 접고 뒤틀어서 간신히 손잡이를 잡고 섰는데, 그날따라 유난히 압박감이 심했다. 곤륜산 바위에 깔린 손오공의 마음이 그랬을까. 정신을 차려 고개를 양쪽으로 돌려보니 거의 100킬로그램은 될 듯한 덩치 두 사람이 내 양쪽에서 땀을 뻘뻘 흘리고 있다. 키도 크다. 한 사람이 힐끔 내려다봤는데 내 눈빛을 들킬까 얼른 고개를 돌렸다.

첫 출근 날의 경험에 따르면 이 상태로 나는 길게는 40분을 버텨야 했다. 마음을 비우자고 앞을 보며 조용히 눈을 감았다. 그런데 다시 내 마음을 흩뜨려 놓는 냄새! 오른쪽 '덩치'의 왼손이 내 앞에 있는 세로로 선 봉을 잡고 있었다. 이 양반, 버스를 기다리면서 담배를 꽤나 피워 댔나 보다. 정확히 내 코 앞. 직선거리로 10센티미터도 떨어지지 않은 그곳에서 지옥의 향기가 내 콧구멍으로 직행했다.

싱싱한 담배 냄새가 신나게 내 코를 농락하고 내 뇌를 침공하고 있었지만, 아직 버스는 가양대교 앞에서 우물쭈물대고만 있었다. 이대로 나는 정신을 잃고 쓰러지는 건가. 그렇지 않아도 양쪽의 덩치 덕분에 늑골이 한껏 수축해 있는데 호흡마저 불가능한 상황. 아침도 못 먹은 위장은 위액이라도 쥐어 짜내 쏘아 올리고 싶은 모양이었다. 정말 배 속에서부터 머리로 뜨거운 것이 서서히 올라가는 것이 느껴졌다.

뚜껑이 열린다는 게 이런 거구나. 손을 치워 달라고 정중하게 부탁하자는 생각 따위 할 정신이 어디 있나. 벌써 입에서는 "아 이 씨……" 소리가 새어 나가고 있었다(마지막 음절은 아마도 묵음 처리돼서 들리지 않았을 거라 생각한다). 아! 내가 지금 누구한테 욕을 한 건가! 상대는 100킬로그램이다! 금세 상황을 파악하고 온몸의 방어 신경을 곤두세웠을 때, 그가 몸을 꿈틀꿈틀하더니 자세를 바꿔 다른 손잡이를 잡는 것이었다.

들었을까? 정말 들었을까? 순간 너무 미안했다. 그의 몸짓으로 봐서 그의 손에서 나는 담배 냄새가 문제라는 것까지는 몰랐던 것 같다. 그의 덩치가 너무 커서 내가 힘들어한다고 생각해, 어떻게든 내게 공간을 더 만들어 준 것 같았다. 내가 뱉은(아니 '흘린'이라고 해야 더 정확하겠다.) 한마디가 그에게는 "아 이 새끼 졸라 뚱뚱하네. 숨 막혀 뒈질 것 같아. 저리 좀 꺼져, 뚱보 자식아!" 하는 소리로 들리지는 않았을까.

그 뒤로는 미안한 마음에 내내 말 그대로 조용히 찌그러져서 도착지까지 숨죽이고 왔다. 이건 내 잘못도 그 뚱보, 아니 덩치씨 잘못도 아니라 수도권의 과밀화 현상을 초래한 국가의 잘못이라고 애써 위로하면서.

어쨌거나 나는 내일 아침에도 그 지옥을 견디고 출근을 하게 될 것이다. 어느 날은 서로 투닥거리는 사람들을 보면서 혀를 차기도 할 것이고, 어느 날은 가양대교를 건너는 도시철도를 건설하겠다는 대선 후보를 무조건 밀어주겠다는 생각도 할 것이고, 어느 날은 덩치들 틈에 껴서 또 담배 냄새를 맡다가 휴일에는 절에 가서 마음 비우기 수련을 시작해야겠다고 생각도 할 것이다.

그리고 나처럼 하루를 시작하는 사람들을 수없이 만나게 될 거다. 너 때문에 여기가 이렇게 복잡해졌다고 원망할 때도 있겠지만, 가슴 밑바닥에는 '너도 참 힘들게 사는구나' 하는 안쓰러움을 간직하면서. 아무리 힘들더라도, 그저 서로가 서로를 '지옥의 원흉'이라 물어뜯지는 말았으면 좋겠다. 치이고 부딪히고 마음 상하더라도, 이처럼 애써 견뎌 내야 할 서로의 하루를 위해 말 없는 위로 정도 건네면서 말이다. 그리고 버스에서 내리면, 어떤 놈이 이런 서울에다가 또 재개발을 한다고 지랄인가 그때는 좀 냉정해지기도 하면서.

40년 만의 눈물···
"아빠가 미안하다"

눈물이었다. 이리저리 조금씩 일그러지던 아버지의 얼굴 위로 결국 눈물이 한 줄기 주르륵 흘렀다. 얼마 만에 보는 아버지의 눈물인가. 외할아버지가 돌아가셨을 때가 마지막이었으니까 한 10년쯤 됐겠다. 외할아버지의 시신을 입관하던 날, 아버지가 외가 마당에 주저앉아 엉엉 우시는 모습을 나는 저기쯤에서 그저 안쓰럽게 바라봤다. 좀 불쌍하기도 했고, 사실 그때는 그뿐이었다.

아버지의 눈물을 또 보리라고는 꿈에도 생각 못했다. 오늘은 누가 봐도 기쁜 날. 우리 신혼집에 엄마, 아버지, 누나들, 자형들, 조카들까지, 우리 최씨네 식구가 처음으로 모두 놀러온 날이었다. 점심 때는 장인어른, 장모님과 사돈끼리 같이 식사도 하고, 오후부터는 좁은 전세방이 미어터지게 찾아온 누나네 식구들과 왁자지껄 재미나게 놀던 날이었다. 인천 연안부두에서 사 온 회로 해도 지기 전에 일찌감치 술판도 벌렸고, 결혼 두 달 만에 치른 첫 집들이는 시끌벅적했다.

지금 생각하니 사람들 웃기기 좋아하는 엄마가 무슨 실없는 소리를 한마디 한 것이 화근이었다. 엄마를 놀려 대다가, 이제는 다 웃으며 말할 수 있는 엄마의 역대 '망언'까지 하나둘 추억하고 있을 때, 말없이 지켜보고 계시던 아버지가 말문을 열었다. 큰누나의 고3 시절 이야기. 아버지가 큰누나한테 4년제 대학 말고 2년제 전문대를 가라고 했단다. 물론 돈 때문에. 그런데 처음에는 알았다고 컴퓨터 자격증도 따고 아버지 말을 듣는 것 같았던 큰누나가 대학 등록을 코앞에 두고 울면서 '4년제 가고 싶다'고 말했다는 거였다.

　그 눈물 때문에 아버지는 마음을 돌려서 4년제 대학 진학을 허락하셨고, 착한 맏딸은 학비가 싼 지방 국립대에 합격해 아버지의 짐을 덜어 줬다. 아버지는 이 이야기를 하면서, 그때 큰누나한테 전문대에 가라고 한 한마디가 지금까지도 미안하다고 하셨다. 그리고 둘째 조카를 안고 17년 전 그 이야기를 듣던 큰누나는 도르르 굴러나오는 눈물 몇 방울을 민망한 표정으로 웃으며 닦았다. 지금은 다 나름대로 사회에서 자리를 잡고 소소한 행복들은 누리며 사는 처지니까, 그냥 훈훈하게 들으며 같이 웃을 뿐이었다.

　아마 그때부터 아버지의 눈물샘은 작동하기 시작했을 것이다. 이제는 두 아이의 엄마가 된 큰누나가 그 시절의 이야기만으로도 눈물을 흘리는 모습을 보며, 가난한 집안의 맏딸이니까 동생들을 위해 희생해 달라는 말을 꺼낼 수밖에 없었던 아버지 자신을 떠올렸을 게다. 해가 지고, 일찍부터 시작한 술자리를 한 번 정리하는 사이 아버지는 좀 쉬시겠다고 방에 들어가셨다. 우리는 저녁을 간단히 차려먹고 또

부지런히 이야기꽃을 피웠다. 낮술이 과했던 자형들은 다른 방에 가 잠들었고, 누나들과 나만 남아 있었다.

아버지가 방으로 나를 부르셨다. 소주나 한 병 들고 들어오라고. 마른안주 한 접시뿐인 단출한 술상을 사이에 두고 아버지와 마주 앉았다. 두어 잔 잔이 돌 때까지도 아버지는 장가간 아들에게 어느 아버지나 으레 해 줄 법한 덕담이나 당부들을 해 줄 뿐이었다. 하지만 그러다 갑자기 아버지의 눈이 발갛게 충혈돼 올랐다. 이리저리 조금씩 일그러지던 아버지의 얼굴 위로 결국 눈물이 한 줄기 주르륵 흘렀다. 아버지는 고개를 숙이며 한 손으로 내 손을 잡았고, 나는 다른 손으로 얼른 방문을 닫았다.

"아빠가 미안하다. 아빠가 미안하다."

이따금 콧물을 훌쩍거리며, 아버지가 자꾸 같은 말을 하셨다. 고개를 숙이고 아래로 텅, 텅 뱉어 내는 "미안하다"는 그 말 덩어리가 시커먼 쇳덩어리의 모습으로 눈에 보이는 것 같았다. 무쇠 같은 사나이, 내 머릿속의 아버지가 한숨처럼 내뱉은 그 마음은 쇳덩어리가 틀림없었다. 40년이 다 되도록 아버지의 마음속에 들어 있던 그 서늘한 마음을 보며, 내 마음은 이상하게 차분해졌다. 뭐가 미안하다는 건지 딱히 떠오르는 것도 없었고, 그저 내 손을 쥔 아버지의 손등에 내 다른 손을 가져다 대고 느리게 토닥일 뿐이었다.

"너희들한테는 강한 아버지이고 싶었다"라고 말하고, 아버지는 눈물을 닦으셨다. 큰 숨을 쉬며 마음을 고르는 모습을 보니 그때부터는 나한테서 눈물이 꿈틀대기 시작했다. 강한 아버지. 근 40년 동안 아버지의 삶을 내리누르고 있었을 그 다섯 글자. 지금의 나보다 더 어린 나이에 세 아이의 아버지가 된 아버지. 맨손으로 도시의 삶에 내던져진 가난한 농부의 아들은 '강한 아버지'라는 그 다섯 글자에 인생을 묶었을 거다. 강한 아버지가 되지 못해 흔들리고 나약해졌던 순간들이 자식들은 모르는 미안함으로 남았겠지.

그 순간 내 마음이 뭉클했던 것은, 그렇게 강하게 우리들을 지켜온 아버지에 대한 고마움은 아니었다. 이제 한 사람의 아내로, 남편으로 자식들을 다 키워 내고, 소박하나마 가정을 꾸리고 사는 자식들의 모습을 보고서야 그 짐을 내려놓은 아버지. 수십 년 맺히고 눌려 있던 그 속을 '풀어 내는' 우주 같은 무게의 순간을 내가 목격했다는 생각 때문이었다. 이제 그 무거운 짐을 내려놓고 한 세대를 물려주려는 아버지의 성스러운 의식에 내가 그 손을 잡고, 손등을 토닥이는 사람으로 자리하고 있었다는 사실 때문이었다.

하지만 나는 울지 않았다. 금세 마음은 다시 차분해지고 오히려 편안해지기까지 했다. 그동안 무쇠 같은 '가장'으로만 존재했던 아버지가 그 짧은 시간을 통해 이제서야 '아버지'가 된 것 같다고나 할까. 옛날에 아버지가 한창 술을 마시던 시절을 두고 엄마는 "느그 아빠는 만날 술 먹고 자기 하고 싶은 거 다 했다"고 말하곤 했다. 하지만 이제 아버지가 '하고 싶은 거 다 하느라' 술을 마신 게 아니었다는 걸 알겠다. 오히려 그 술의 절반쯤은 '하고 싶은 걸 다 못했기 때문에' 마신 술이 아닐까 하는 생각도 든다.

아버지의 눈물이 뱉어 낸 쇳덩어리 같은 '아버지'의 무게. 그리고 그 순간에 손으로 가슴속으로 전해진 아버지의 체온, 아버지의 역사. 눈물 한 방울을 통해 아버지의 인생이 내 삶으로 저릿하게 파고들어 왔다. 서른두 살의 새해 벽두, 나는 한 뼘쯤 더 자랐다.

엄마의 몸에
'암'이 생겼다

덜컹거리는 무궁화호 밤 기차. '칼퇴근' 하자마자 고향으로 가고 있다. 내일은 엄마의 수술 날. 엄마는 뭐하러 "길에 돈 내삐려가며"(엄마는 '차비 쓴다'는 표현을 꼭 이렇게 한다.) 왔다 갔다 고생하냐고 말렸지만 나는 하루 휴가를 내고 엄마한테 가 보기로 했다. 어차피 휴가도 많이 남아서 연말이면 억지로(?) 무더기 휴가를 써야 할 판인 데다, 아무리 간단한 수술이라 하더라도 명색이 '암 수술' 아닌가.

엄마의 몸에 암이, 아니 암일 수도 있고 아닐 수도 있는 기분 나쁜 뭔가가 생겼다는 것을 알게 된 것은 두 달 전이었다. 회사에서 주최하는 축구대회가 있어서 아침부터 기분 좋게 땀 흘린 토요일. 저녁 무렵 집으로 돌아와 시원하게 씻고 한숨 돌리고 있는데, 손전화 메신저가 띠롱띠롱 울었다. 작은누나가 보낸 메시지. 엄마가 건강검진을 했는데 암이 의심된다고 빨리 큰 병원에 가 보라는 말을 들었다며, 다음주에 대학병원에 가기로 했다는 이야기였다.

담담하게 사실만 전하는 메시지였지만 그 말을 듣고 담담할 수 있는 자식이 어디 있을까. 바로 작은누나한테 전화를 했다. 역시, 대판 운 모양인지 아직도 목소리가 잠겼다. 메시지로 보내 준 내용을 다시 자세히 확인하고 내가 병원에 같이 가 볼 테니까 걱정 말라고 작은누나를 달랬다. 모두 객지에 나가 사는 우리 삼남매. 엄마는 우리가 괜히 힘들게 엄마한테 와 보겠다고 할까 봐 말도 안 하려고 했다 들었다. 특히 나한테는 얘기하지 말라고 했다는 말도 전해 들었지만, 나는 그걸 모른 척하는 게 말이 되냐고 일축했다.

다음 주 화요일이던가, 그날도 하루 휴가를 내고 그 전날 밤에 고향으로 갔다. 그날은 다행히 아내도 휴가를 낼 수 있어서 함께 갈 수 있었다. 엄마와 아버지는 주말에 먼저 통화를 했다. 둘 다 아직 아무것도 모르니 미리 걱정할 필요 있냐고 담담하게 얘기했지만, 안 좋은 생각들이 자꾸 떠오르는 건 피할 수 없는 모양이었다. 한밤중에 고향 집에 도착한 우리 부부를 엄마는 평소와 다름없이 맞아 줬다.

우리는 엄마를 위로하고 엄마는 우리를 위로했다. 나는 그사이 인터넷으로 알아본 얘기들을 엄마한테 해 주면서 자각증상 없이 건강검진으로 발견한 거니까 간단히(?) 치료할 수 있을 거라고 했고, 엄마는 누구 엄마도 암이었는데 병원 좀 다니더니 잘만 살더라고 걱정하지 말라고 했다. 다음 날 병원. 일단 진료실에는 엄마 혼자 들어갔고 우리는 계속 기다리기만 했다. 속으로는 제발 보호자 들어오라는 소리는 하지 않기만 바라면서. 왜 병원 드라마를 보면, 보호자만 불러서 얘기할 때는 주로 안 좋은 얘기 아닌가.

진료실 문이 빼꼼 열리더니 엄마가 고개를 내밀고 우리를 본다. 쑥스럽게 웃더니 손짓을 해 들어오라고 했다. 나중에 들었지만 엄마도 그때 '보호자 들어오라 해라'는 소리를 듣고 얼마나 겁이 났는지 몰랐단다. 혹시나 뭔가 자신이 알아서는 안 되는 얘기를 해 줄까 봐. 하지만 내 눈에 일흔은 족히 돼 보이는 할아버지 의사는, 그냥 엄마가 말을 잘 못 알아들을까 봐 젊은 사람들을 부른 거라고 안심시켰다.

"이거는 아직 암도 아이고 아무것도 아이라. 전암 단계가 있고 0기, 1기, 2기, 3기, 4기 요래 가는데, 나중에 살을 확실히 띠보면 알겠지만 이거는 있어 봤자 요서 요 어데^(전암에서 1기 사이) 있는 기라. 카니까 전혀 걱정할 필요는 없고, 일단 수술은 쪼매난 거 하나 간단하이 받아야 될 끼라."

왜 환자들이 의사들한테 때로는 하느님처럼 붙들고 매달리는지 아주 아주 조금은 알 것도 같았다. 내시경으로 들여다봤지만 암이 어디에 얼마나 크게 있는지는 찾지 못한 모양이어서, 수술과 검사를 겸한 '절제' 수술을 해야 한다는 소리였다. 엄마가 얼마나 아픈 건지 '알수 없다'는 사실은 달라진 바 없었다. 하지만 '아직 암이 아니거나, 나빠도 초기일 것'이라는 말에 며칠간의 긴장이 다 녹아내렸다.

의사는 대학병원 부설 암센터의 다른 의사를 소개해 주며 수술은 거기서 받게 될 거라 말해 줬다. 그리고 암센터로 가기 전에 다시 한 번 이곳으로 와서, 오늘 긁어 낸 상피조직을 검사한 결과를 듣고 가라고 했다. 엄마의 표정도 한결 밝아져 있었다. 멀쩡하던 사람도 병원에서 암 소리를 들으면, 몇 달 못 가 잘못되기도 하지 않나. 멀리

갈 것도 없이 우리 할아버지가 그랬다. 감기가 안 떨어져서 병원에 가셨는데, 다음 날로 폐암 선고를 받고 바로 돌아가셨다. 엄마도 아마 그 기억을 떨쳐 버리진 못했을 거다.

누나들에게 전화로 소식을 알리고 아버지께도 알려 드렸다. 엄마, 아버지와 저녁을 먹으면서 우리는 한결 누그러진 마음을 숨기지 못했다. 엄마는 "암이라 카니까 느그 아빠도 방에 엎드려서 울더라" 하는 얘기를 아버지 앞에서 천진하게 우리한테 일렀(?)고, 나와 아내는 이미 다 지난 얘기인 것마냥 같이 웃으며 들었다. 앞으로 엄마는 분명 힘들게 병원을 오가며 고생을 해야겠지만, '죽음'을 걱정하지는 않아도 된다는 것은 우리 가족에게 그런 여유를 줬다.

3주 정도 지나 다시 휴가를 내고 고향에 갔다. 병원에 가는 날은 화요일이었는데, 월요일도 휴가를 내서 주말부터 내려가 나도 푹 쉬었다. 그사이 엄마한테는 암 치료에 좋다는 '건강 식단' 요리책을 선물했고, 나도 암에 대한 책을 사서 공부했다. 엄마와 병원에 가는 날. 엄마는 그 사이 병원에 한 번 더 와서 그런지 처음보다 덜 긴장하는 것 같았다. 공간 자체가 좀 익숙해진 탓도 커 보였다. 이번에는 처음부터 내가 진료실에 함께 들어갔다. 어차피 결과 듣고 수술 날짜만 잡으면 되는 것. 나도 별로 긴장은 안 했다.

진료실을 나오며, 처음 왔을 때처럼 기분이 좋지는 않았다. "확실한 건 그 수술을 해 봐야 안다"는 소리야 당연히 예상한 거였지만, "일단 암이 맞기는 한 것 같네요"라는 소리는 예상 못 한 것이었다. 사실 예상을 못 했다기보다는 듣고 싶지 않은 소리였다는 게 정확하겠다. 이러나저러나 수술은 한 번 해야 하는 거라면, 기왕이면 "아직 암은 아닌 것 같고요"라는 말을 말머리에 듣고 싶었던 거다.

아쉬움을 숨길 수 없었다. 엄마가 먼저 "머 아예 안 좋다 카는 소리가 아이고 예상했던 그중에서 인자 쪼매 안 좋다 그 말이지 머" 하고 '쿨하게' 얘기했다. 그 말이 맞았다. 전에 의사가 한 말이 '말기는 아니고, 전암 단계이거나 초기 암'이라는 거였으니. 맨 처음 건강검진 센터에서 암이라는 소리를 들었을 때보다는 걱정해야 할 건 훨씬 줄었고, 구체적으로 준비할 수 있는 건 훨씬 늘어난 것 아닌가. '암이 아니다'라는 말을 들으면 가장 좋았겠지만, 그 말을 못 들었다고 해도 '조금 덜 좋은 것'이지 '아주 나쁜 것'은 아니지 않나.

내가 그렇게 엄마를 달랬어야 하는데, 엄마가 먼저 담담하게 생각해 주니 그저 고마울 따름이었다. 그 전날 밤에 엄마가 저녁상 앞에서 한 얘기가 생각났다.

"느그 누나들 보면 내가 죽는다 캐도 안 억울한데, 니를 보면 쫌 억울하더라꼬. 누나들은 시집 다 가고 아들 낳고 재미나게 사는 거 다 봤으니까 머 괜찮은데, 니는 이제 결혼해가 아직 아 낳는 것도 보고 재미나게 사는 것도 쪼매 더 봤으면 싶은데."

내색은 잘 안 했지만 엄마는 얼마나 무서웠을까. 왜 그런 소리를 하냐고 화를 내면 더 이상할 것 같아서 "아이고 드라마 쫌 작작 봐라. 비련의 여주인공 나셨네" 하고 웃으며 핀잔이나 주고 말았다. 나도 그동안 문득 '왜 하필 우리 엄마한테, 평생 고생만 하고 이제 자식들 덕 쫌 보고 편하게 살 일만 남은 우리 엄마한테 이런 일이 생겼나'하고 막 원통한 마음이 들 때도 많았다. 그때마다 '오버 하지 말자'고 스스로 야단도 치면서 아슬아슬 버텨 가고 있는 거였다.

죽느니 어쩌느니 할 때는 언제고, 엄마는 일손 바쁜 양파 철이 끝나면 수술을 하겠다고 수술 날짜를 한 달 뒤로 잡았다. 그게 바로 내일. 며칠 전 아버지는 어디 어디서 못 받고 있던 돈을 쫙 수금해서 현찰 100만 원을 엄마한테 줬단다. 반지를 사든 옷을 사든 마음대로 쓰고 놀라고. 엄마는 그 돈으로 팔찌를 하겠다고 전화로 자랑을 했고, 성당 나가서 친구 사귀는 것도 아버지가 허락해 줬다고 신나했다. 이걸 참 웃어야 할지 울어야 할지. 나도 엄마한테 노래교실도 등록하고 일요일엔 등산도 가고 놀라고 맞장구를 쳐줬다.

지금은 내일 수술이 잘 끝나기를 바라는 마음밖에 없다. 하루 만에 입원하고 수술하고 퇴원하는 수술. 아무리 간단한 수술이라고 해도 마음이 놓이지 않는다. 이 수술이 잘못될까 봐 걱정하는 게 아니라, 이 수술이 끝이 되지 못하고 기나긴 '엄마의 싸움'의 시작이 될까봐 걱정하는 거다. 그리고 그 과정을 내가 얼마나 엄마 곁에서 지켜볼 수 있을까 하는 못난 마음도 분명 있을 것이고.

지금 시각, 밤 10시. 기차에서 잠을 안 자고 글을 쓰기로 한 건 아무래도 잘한 일 같다. 기차에서 잠까지 잤다면 오늘 밤에는 정말 잠이 안 오겠지. 덜컹덜컹 무궁화호 기차는 씩씩하게도 달린다.

면접에서
회사 욕만 하고…
이렇게 될 줄 몰랐어

지난 월요일, 회사에 출근해 보니 대회의실 책상마다 수험번호와 이름이 적힌 종이 딱지가 붙어 있었다. 공채 필기시험의 흔적인가 보다. 편집국장님이 응시생들의 답안지 뭉치를 건네주며 정리를 부탁한다고 하셨다. 그걸 대회의실 책상 여기저기에 펼쳐놓고 수험번호 순으로 정리를 하는데, 왠지 모르겠지만 내 가슴이 막 콩닥거렸다. 이 책상과 답안지에 남아 있는 긴장이 전해져서일까, 내 손길도 조심스러워졌다.

나도 그런 때가 있었다. 2년 2개월 전 바로 그 자리에서 머리를 쥐어뜯어가며 나도 뭔 소린지도 모르는 말들을 답안지에 채워 나간 적이 있다. 취직 시험이라는 걸 본 것은 그때가 처음이었지만 취직 활동(?)은 그전부터 있어 왔다. 2008년 여름이었나, 대학 다니면서 지겹도록 해온 과외와 파트타임 학원강사 일을 그만두고 본격적으로 취직을 해보자고 마음먹은 게. 졸업을 한 학기 앞두고 '취직 압박'도

슬슬 시작되던 때였다.

대학 시절 내내 공부 빼곤 다 해 봤다 자부했는데, 취직을 하자니 그게 걸렸다. 학점은 전성기 시절 선동열의 평균자책점을 방불케 하는 수준으로 낮았고, 어학연수는커녕 토익도 딱 한 번 600점대 초반의 점수를 얻었을 뿐이었다. 애당초 대기업을 가겠다는 생각은 없었다. 책 만드는 사람이 되겠다는 목표는 있었지만 그러자면 어떤 스펙이 필요한지도 몰랐다. 그냥 어디든 부딪혀 보자는 근거 없는 자신감밖에 없었다.

그러던 차에 재벌 그룹 계열의 출판사에서 비정규직을 뽑는다는 걸 알았다. 백과사전을 교정 교열하는 일. 비정규직이었지만 월급은 영세 출판사의 정규직보다 많았고, 어차피 경험 삼아 하는 일이니 비정규직인들 무슨 상관이랴 싶었다. 필기시험 같은 건 없었고 서류 전형과 면접으로 끝난 시험. 합격이었다. 대체 무슨 이유로 나를 뽑았을까 궁금했는데, '공부 빼고 다 해 본' 경험을 보니 백과적 지식이 많을 것 같았다나 뭐라나.

두 달쯤 지나 추석 명절 때가 됐다. 관심도 없던 백과사전 교정 교열 일에 좀 지겨워하던 차였다. 울고 싶은데 뺨 때려준 격이랄까, 때마침 잘렸다. "내일부터 안 나와도 돼"라는 말 한마디였다. 기분은 나빴지만 싸울 마음은 없었다. 그냥 '추석 때 집에 가서 뭐라고 하나' 하는 생각이 잠깐 들었다. 집에다가는 '자발적으로' 그만둔 것처럼 말하고 명절을 쇠고 올라왔다. 그런데 생각 못한 행운이 찾아왔다.

같은 학교에서 석사 공부를 하던 고향 형님이 자리를 소개해 준 것이었다. 노동자들이 직접 쓴 글로 〈작은책〉이라는 월간지를 만드는 출판사. 전부터 그 잡지를 봐 와서 잘 알고 있었다. 약간 걸리는 것은 그 회사의 월급이 대기업 비정규직 시절보다도 훨씬 적다는 것과, 편집 일이 아니라 영업 일이라는 것이었다. 하지만 길게 고민하지 않았다. 영업이든 편집이든 그런 출판사에서라면 뭐든 해 보고 싶었다.

면접을 보고 저녁까지 얻어먹고 오니 떨어질 거라는 생각은 안 들었다. 그런데 나중에 들은 이야기지만 편집장님은 나를 별로 뽑고 싶지 않으셨단다. 편집장님한테 노동운동 시절에 쌓인 '학출'(학생운동 출신)'에 대한 불신이 있으셨다나. 어쨌든 실직 1주일 만에 다시 취직이 됐다. 본격적인 사회생활의 시작. 스물일곱 살의 나는 정말 신나게 일했다. 한 달 30일 가운데 하루 빼고 29일은 정말 행복했다. 행복하지 않은 하루는 바로 월급날. 하지만 그날마저 '88만원 세대'의 계급성을 자각하는(?) 날이라 여기며 버텼다.

6개월 정도 지나, 또 한 번 행운이 찾아왔다. 편집 일을 하던 선배가 갑자기 일을 그만둔 것이었다. 편집부 일꾼은 단 한 명. 당장 잡지가 못 나올 판이었다. 그때 내가 국문과 출신이라는 이유로 '땜빵'을 하게 됐다. 그러고는 그 자리에 눌러앉았다. 글을 읽고 쓰고 책으로 엮는 일을 제대로 시작한 것이다. 기획, 청탁, 취재, 집필, 교정 교열, 조판, 제작, 발송 등 잡지 한 권이 나와서 독자의 손에 전달되기기까지 필요한 모든 일들을 해 내야 했다. 처음엔 버거웠지만 그만큼 일을 빨리 배우고 빨리 자랄 수 있었다.

그 뒤로 2년쯤 더 지나는 동안 본격적으로 글도 쓰게 되고, 월급도

'처음보다는' 꽤 올랐다. 하지만 욕심이 생긴 걸까. 갑갑한 기분이 자주 들었다. 종이책의 한계, 그리고 한 달에 한 번이라는 '느린 호흡'이 주는 답답함도 좀 있었나 보다. 좀 더 큰 세상을 경험하고 싶다는 생각도 들었고, 월간지라는 '익숙한' 미디어에서 벗어나 일간지나 주간지, 인터넷 매체 등 낯선 미디어에서 한번 일해 보고도 싶었다.

그래서 떠나기로 했다. 마음이 한번 '뜨고' 나니 매일 책상 앞에 앉아 있는 것이 괴로웠다. 세 군데에 원서를 넣었다. 노동 일간지와 언론 주간지, 그리고 종합 인터넷신문이었다. 사실 뒤의 두 곳은 안 될 줄 알고 반쯤 재미로 낸 곳이고, 맨 처음에 넣은 노동 일간지로 가는 게 현실적 목표였다. 내가 만들던 월간지와 제휴 관계에 있는 곳이라 내가 쓴 글이 그곳에 실린 것도 여러 번이었다. 혼자 생각하기에는 절대로 떨어질 리가 없었다.

역시나 언론 주간지에서는 연락이 없었고, 뜻밖에 인터넷신문에서 시험을 보러 오라 했다. 영어 점수도 없는 내 이력서가 통과되다니 참 별일이라는 생각으로 필기시험과 면접을 보러 갔다. 물론 붙을 거라고는 생각도 안 했다. 뭘 공부해야 할지도 몰랐지만, 당연히 노동 일간지 쪽에서 전화가 올 거라고 생각하고 있었으니 더더욱 시험 공부 같은 걸 하고 갔을 리 없다. 볼펜 한 자루 달랑 넣고 시험장으로 갔다.

열 명 남짓한 사람들이 책이니 공책이니 책상 위에 잔뜩 펴놓고 열심히 들여다보고 있었다. '역시 언시생(언론 시험 준비생)들은 다르구나' 하면서 나는 무조건 떨어지겠다고 생각했다. 빈둥빈둥 기다리면서 신문이나 읽었다. 그때 낙방한 뒤에 다음번에 합격한 후배에게 들으니, 자기가 보기에는 내가 너무 여유로워 보여서 혹시 '내정자'가 아닌가 생각했단다. 아무튼 그렇게 마음을 비우고 필기시험을 보고(그렇다고 시험까지 빈둥빈둥 본 건 아니다.) 이어서 면접을 봤다.

면접에서도 긴장할 이유가 없었다. 어차피 나는 안 될 거니까. 대표, 편집국장, 편집부장 앞에서, 나름 진보 언론을 표방하는 그 신문의 '노동 감수성 부족'을 열심히 비판했다. '왜 너만 영어 점수가 없냐'는 대표의 질문에 '우리말만 잘하면 되는 거 아니냐'고 겁대가리 없이 대답하기도 했다. 면접을 마치고 엘리베이터를 타고 내려가는 순간, '그래도 노무현 대통령한테 고마운 것도 좀 있다'고 할걸 그랬다고 후회하기도 했다.

그때가 서른이 되던 해, 2011년 2월이었다. 그리고 나는 3월부터 그 종합 인터넷신문사, 〈오마이뉴스〉에서 일하게 됐다. 불행인지 다행인지 그 노동 일간지에서는 면접 보자는 연락조차 없었다. 돌이켜 보니 참 행운의 연속이다. 남들처럼 영어 점수 올리고 '족보' 파헤쳐 대느라 한두 해씩 도서관에서 고생하지 않고, 내가 하고 싶은 일을 하고 현장에서 부딪히며 생생한 공부를 할 수 있었으니 말이다.

직장 생활 5년, 〈오마이뉴스〉에서 보낸 시간도 벌써 2년이 넘었다. 앞으로 또 어디 가서 취직 시험 같은 걸 보게 될지는 모르겠다. 여기서 정년까지 줄기차게 일할지 아니면 또 다른 곳에서 다른 일을 하며 살아가게 될지 모르겠지만, 하루하루가 시험이라는 생각은 든다. 날을 잡아서 실습을 하고 면접을 보는 것은 아니지만 매일같이 하는 내

일이 다 시험문제고, 내가 만나는 사람들이 모두 면접관이 아닐까 싶다. 오늘 내가 한 일로 내가 평가받고, 일을 하며 내가 만난 사람들이 내 능력을 누구보다 냉정히 판단할 테니까.

여기저기서 '인생 2모작'을 준비하는 선배들이 보인다만 나는 아직 그럴 때는 아닌 것 같고, 그냥 하루하루 '사고 안 치고' 시험문제들을 풀어 가는 수밖에 더 있겠나. 낯선 남의 회사 대회의실에서 내 수험번호가 적힌 책상 앞에 앉아 머리를 쥐어짜며 애쓰던 그날의 기분을 가끔 기억하면서 말이다.

참을 수 없는
'떡복기'의 유혹

　백과사전 교정 교열 일로 사회생활을 시작한 것이 2008년이니까 '글 뜯어고치는 일'로 먹고산 지 5년째다. 그 뒤로 잡지 편집 일을 거쳐서 지금 하고 있는 신문 편집 일까지, '편집'과 '교정'은 엄연히 다른 일이지만 여전히 글을 뜯어고치는 일은 내 일의 중요한 부분을 차지하고 있다.

　'아둥바둥'을 '아등바등'으로 고치고 '말레이지아'를 '말레이시아'로 고치고 '에이, 남자가 잘 못했네'를 '에이, 남자가 잘못했네'로 고치는 교정 교열. 점 하나, 받침 하나에 눈 부라리고 집중해야 하는 일이라 성격이 여간 좀스럽지(?) 않고서는 잘해 낼 수가 없는 일이다(내가 아직도 교정 교열에 약한 것을 나는 내 성격이 '대범하기' 때문이라고 내 멋대로 생각하고 있다).

　이 좀스러운 일을 5년째 밥벌이로 해 오다 보니, 직업병이라는 것도 자연스레 따라왔다. 거창하게 직업병이라고는 했지만, '자라목'이나 손목 디스크처럼 심각한 '산재'가 온 것은 아니다. 굳이 이름 붙이

자면 '맞춤법 강박'이라고나 할까. 그 수가 바퀴벌레만큼이나 많다고 '바퀴베네'라는 별명이 붙었다는 커피 전문점보다 훨씬 더 많은, 생활 속 구석구석 숨어 있는 오기 또는 오타들을 견디지 못하는 정신적인 질환이다.

"자신감을 같도록 지도"하겠다는 동네 태권도 학원의 전단지, "화단에 담배꽁추 버리지 말라"라는 옆집 할머니의 대자보, "재화론 쓰레기는 화요일에 버리라"는 빌라 관리인의 안내문 등. 사실 그냥 웃어넘기면 그만인 일들이다. 물론 나도 '아니 이런 국어 파괴의 현장! 당장 따져야겠군' 하고 생각하진 않는다. 나도 남들처럼 그냥 보고 재밌다고 웃지만 그 다음, 웃고 나서 그냥 '넘어가는 게' 힘들다는 말이다.

그럴 때 나는 손전화를 꺼내 사진을 찍어서 트위터나 페이스북에 올린다. 재미난 설명을 곁들여서, 그냥 웃자는 취지인 것처럼 위장하여! 하지만 내 목적은 단순히 웃자는 게 아니다. 거창하게 말하면 '국어 파괴의 현장을 대중에 고발하는 것으로 경각심을 고취'시키는 목적도 분명히 있다. "이것 좀 보래~요.ㅋ 여러분은 이러지 마세요^^" 하는 식으로 메시지를 전함으로써, 뭔가 최소한의 의무를 다했다는 위안을 얻는다.

남이 쓴 글을 볼 때도 이 정도인데, 내 글을 쓸 때는 오죽할까. 이 제는 국어사전 없이 글쓰는 것은 상상할 수 없다. 혹시나 여기서 맞춤법을 틀릴까, 저기서 띄어쓰기를 틀릴까, 일일이 확인하지 않고는 남에게 보일 수 없는 것이다. "편집기자라는 인간이 자기 글에서 맞춤법을 틀리다니, 찌질이 입만 살았네" 하는 소리를 듣지 않으려고 얼마나 노심초사하는지 당신은 아는가. 하다못해 트위터나 페이스북에 시답잖은 '개드립'을 칠 때도, 나는 국립국어원 표준국어대사전을 펼쳐 놓고 국어어문규정에 맞게 개드립을 친다!

나는 몸에 나쁜 것만 좋아하는 못되 먹은 성향 탓에 분식집을 즐겨 간다. 내가 분식집에 갈 때도 '맞춤법 강박'은 작용한다. 내 머릿속에서 분식집은 두 가지로 나뉘는 것이다. '떡볶이'를 '떡볶이'로 쓴 집과 '떡볶이'를 '떡복기'로 쓴 집('떡보끼', '떡뽀끼', '떡뽁이' 등 창의적인 표현들이 무궁무진하다). 물론 나는 '떡볶이'를 '떡볶이'로 쓴 집으로 간다. 그렇지 않은 집은 절대로 안 가겠다는 건 아니지만, 그런 데 가면 그놈을 고치고 싶어서 손이 근질근질해 미친다. '레알' 좀스러워 보이는 짓이라 티는 잘 못 내지만, 나는 그렇다.

분식집 사장님을 비난하고 싶은 마음은 없다. '떡볶이'를 '떡꼬치'라고 쓰지 않는 한, 어떻게 쓰더라도 떡볶이가 떡볶이라는 걸 모를 사람은 없으니. 순전히 내 '꼬장'이라는 거 잘 안다. 하지만 나도 변명할 거리는 있다. 나도 원래 이렇게 좀스러운 데 집착하는 사람이 아니었다. 그렇지만 이게 내 밥벌이인데 어쩌란 말인가. '떡볶이'가 아닌 떡볶이를 허투루 흘려보내서는, 팀장 부장한테 줄줄이 까이고 가뜩이나 이명박 머릿속의 '서민 생각'만큼도 안 되는 월급과 쓰나미 지나간 지반처럼 위태로운 내 책상마저 위협받는데!

엄살은 좀 부렸지만, 사실 그 정도의 위기감(?) 때문에 '맞춤법 강박'이 생긴 것은 아니다. 하루에 여덟 시간 이상 '가나다라' 하는 녀석들과 씨름하며 살다 보니 그저 나도 모르게 새로운 습관이 하나 생긴 거라고 하는 편이 낫겠다. 매일의 노동 속에, 습관처럼 내게 가장 자연스럽고 익숙한 '내 모습'이 하나 만들어진 거다.

두어 해 전, 어느 공동체 마을로 손모내기 울력을 다녀온 적이 있다. 이틀 정도 맨손으로 논에 모를 심고 나니 손톱에 발간 흙물이 들어서, 손톱이 다 자라 깎아 낼 때까지 빠지지 않았다. 이틀 동안 한 손모내기가 내 손톱을 흙물로 물들이듯이, 내가 지난 5년 동안 해 온 노동도 내 몸에 '맞춤법 강박'이라는 새로운 습관 하나 물들였다. 내가 보낸 하루, 오늘 내가 한 노동이 차곡차곡 쌓여서 결국 나를 이룬다는 것. 노동은 '돈을 버는 일'일 뿐만 아니라 '나를 만드는 일'이기도 하다.

내일도 나는 누군가 틀리게 써 놓은 '가여운 가나다'들을 바로잡으며 일할 것이다. 내 노동이 만든 직업병 아닌 직업병도 기꺼이 받아들이겠다만, 분식집 메뉴판에까지 빨간 펜을 대려는 증상만은 없어졌으면 좋겠다. 내가 사랑하는 '김떡순(김밥+떡볶이+순대)'을 제발 어느 분식집에서나 차별 없이(!) 사랑할 수 있게 해 주길.

한밤중에 걸려온 전화…
"개구멍이 뚫렸대"

   해가 바뀌었다. 대한민국 최초의 여성 대통령이자 부녀 대통령 당선인과 함께 2013년도 역시 떠들썩하게 시작했다. '국민대통합' 시대를 쟁취한 51퍼센트 남짓의 국민들은 희망에 부풀어 새해를 맞았을지 모르겠지만, 2번, 그것도 정권 교체니 야권 단일화니 하는 압박에 등 떠밀려 생전 처음 2번을 찍은 나 같은 사람에게는 이러나저러나 새해 새 희망 같은 건 별로 '해당 사항 없음'이었다.

   암튼 좀 잘사는 나라가 되면 좋겠다 싶은 마음이야 나도 같지만, 새로운 대통령도 뽑았고 새해도 됐는데 달라진 게 없었다. 한 나라가 얼마나 잘사는지를 보려면 그 나라에서 제일 못사는 사람이 얼마나 못사는지를 보면 된다. 그래서 내가 새해를 맞으며 지켜본 곳은 청와대도 국회, 제야의 종을 치는 종로 보신각도 아니었다. 엄동설한 눈바람을 맞으면서도 '살아 보자'고 기어올라간 노동자들이 있는 '철탑 위'였다.

경기도 평택시 칠괴동 150-3번지. 잊을 수 없는 주소다. 쌍용자동차 평택공장. 한때는 수천 노동자의 일터였고, 한때는 피가 튀는 전쟁터였고, 지금은 송전철탑 위에서 "해고자 복직"을 외치며 고공농성을 하고 있는 싸움터. 노동 월간지를 만드는 잡지사에서 글을 읽고 쓰며 일하던 2009년 여름 스물여덟 살 그때, 처음 그곳으로 가기 위해 내비게이션에 입력한 그 주소를 잊을 수가 없다.

쌍용차가 그해 초 법정관리에 들어가면서 정리해고가 언급되기 시작했다. 아니나 다를까 4월부터 2646명에 대한 희망퇴직과 정리해고가 시작됐다. 노조는 5월 말 옥쇄파업에 들어갔고 6월부터 회사와 정부는 공권력 투입을 운운하며 노조를 압박했다. 7월이 되자 취재진은 물론 음식물과 식수, 의료진의 진입까지 차단됐다. 내가 할 수 있는 건 공장 밖의 가족들을 인터뷰하고 그들의 모습을 사진으로 담는 것뿐이었다.

그곳은 전쟁터였다. 회사 관리자들과 비해고자, 용역업체 직원들이 연합한 '사측군'은 '노조군'이 점거하고 있는 도장공장을 향해 부지런히 무력시위를 했다. 공장 담장 안에는 중장비가 탱크처럼 오가고 중무장한 사람들이 열을 지어 다니며 살벌한 분위기를 만들어 냈다. 한편으로는 고향과 가족을 떠올리게 하는 선무방송을 해, 파업 이탈을 유도하기도 했다. 공장 밖 소문으로는 경찰의 강제 진압이 가시화되고 있었다.

하루 와서 취재를 할 뿐이었지만, 내내 온몸의 신경은 공장 안을 향할 수밖에 없었다. '사태'가 언제 시작될지 몰랐기 때문에. 금방이라도 화염병과 쇠 볼트를 던지며 전투가 벌어진다고 해도 전혀 이상할 것이 없는 분위기였다. 인터뷰 내내 눈물을 참았다 흘렸다 하던 가족들과, 정문에서 의약품 반입을 요구하며 몸싸움을 하던 의사들, 그리고 중재 협상 결과를 발표하던 국회의원 중재단 정도를 취재하고 서울로 돌아왔다.

그렇게 돌아와서 며칠 지나지 않은 때였던 것 같다. 자정이 가까운 야심한 시간에 전화벨이 울렸다. 이전 취재에 함께한 르포 작가 형님이었다.

"개구멍이 뚫렸대. 내일 해뜨기 전까지만 오면 들어갈 수 있다는데, 기자들 두어 명이 들어갈 모양인가 봐. 너도 나랑 같이 들어갈래 어쩔래?"

며칠째 외부의 접근이 차단된 공장에 길이 잠깐 열린 것이었다. 형님의 말은 지금 택시를 타고 잡지사 사무실에서 만나서 잡지사 차를 몰고 평택으로 가자는 거였다. 서울에서 평택까지는 얼추 한 시간 반. 야심한 시간이라면 한 시간 만에도 갈 수 있었다. 잠이 확 달아났다.

'공장으로 들어간다. 공장 밖만 맴돌던 지난번의 아쉬움을 날려버릴 수 있다. 아니 그 정도 일이 아니다. 식수도 음식도 전기도 끊긴 곳에서, 안으로는 굶주림과 두려움, 밖으로는 경찰과 사측 '연합군'과 싸우는 이들의 속으로, 종군기자가 되어 들, 어, 간, 다.'

일단 편집장님께 물어보고 말해 주겠다 했다. 전화를 걸고 따르릉 신호가 가는 동안 생각이 동쪽 끝에서 서쪽 끝으로 수없이 왔다 갔다 했다. 그 치열한 생존의 순간을 기록한다는 것은 기자로서 더없는 기회였지만, 언제 나올지 기약이 없으니 월간지 발행이 '빵꾸' 날 수도 있는 거였다(당시 편집부는 나 혼자뿐이었다). 하늘이 주신 기회라는 생각도 들다가, 안전보장 따윈 안 되는 곳에서 다치거나 덜컥 연행이라도 되면 어쩌나 싶기도 했다. 이름도 없는 월간지 기자라, 취재활동으로 인정도 안 되는 것 아닌가 생각도 들었다. 편집장님이 가지 말라고 하면 어떡하나 걱정을 하다가도, 또 금세 차라리 말려 주면 좋겠다고도 생각했다.

편집장님은 말리지 않았던 것 같다. 그렇다고 확실히 가 보라고 한 것도 아니었다. 가서 뭘 어떻게 쓸지도 준비되지 않았기 때문이었다. 내게 의지가 있다면 월간지 마감은 어떻게든 할 테니 가 봐도 좋다는 정도였던 것 같다. 끊고 다시 르포 작가 형님한테 전화를 했다. 역시 신호가 가는 사이에 많은 생각을 했다. 가야 하는 이유는 단 한 가지였지만 무엇보다 선명했고, 가지 말아야 하는 이유는 여럿이었지만 모두 좀스러웠다.

짧은 통화를 마쳤다. 그리고, 나는 가지 않았다. 뭐라 핑계를 댔는지 잘 기억은 안 나지만, 잠깐 위에서 생각한 것들을 두서없이 말로 옮겼을 것이 분명하다. 하지만 지금 생각해 보면 이유는 딱 하나다. 무서웠던 거다. 혹시나 쇠 볼트라도 맞을까 무섭기도 했을 것이고, 경찰에 연행되는 게 무섭기도 했을 것이다. 매달 발행일을 지키느라 며칠 밤을 새던 월간지가 '빵꾸' 나는 것이 무섭기도 했을 거다. 그리고 무엇보다, 하루하루 '예상할 수 있게' 흘러가던 내 일상이 예상할 수 없이 어지러워지는 것이 무서웠을 거다.

그 뒤로 3년 반 정도의 시간이 흘렀다. 그날로부터 얼마 지나지 않아 경찰의 강제 진압은 실제로 시작됐고, 더 큰 비극을 막기 위해 서둘러 노사 합의가 이뤄졌다. 그때는 생각지도 않았지만 어쩌다 입때껏 기자로 살게 되면서, 그날은 정말 치욕스러운 날로 기억되고 말았다. 막 글을 쓰며 먹고살기 시작한 20대 후반의 나이에 '무서움' 때문에 현장에서 도망을 치다니. 기자로서도 노동자로서도 고개를 들 수 없는 일이었다.

하지만 그날이 내게 남긴 것도 있었다. 바로 현장을 지키는 사람들에 대한 존경심이다. 멀찍이 물러나서 이래라저래라 훈수만 두는 사람들은 알 수 없다. 나처럼 늘 미안해하기만 하는 사람도 알 수 없다. 오직 그곳에서 전쟁처럼 싸우고 기록하는 사람들만이 현장의 가치를 안다. 철탑에서 길거리에서 피땀으로 싸우고 기록하는 사람들을 절대 컴퓨터 모니터 앞에서 함부로 평가하지 말자는 것은 그때 생긴 내 철학이다.

경기 평택 쌍용자동차, 충남 아산 유성기업, 전북 전주 버스·택시 노동자, 울산 현대자동차 등, 땅에서 사람으로 살지 못한 사람들이 공중으로 올라가 한 점 '현장'을 만들었다. 해를 넘기며 그곳을 지키는 사람들에게 전해진 것은 잇따른 노동자들의 부고뿐. 해가 바뀌기 전에 다섯 해를 넘기고 나서도 또 한 사람이 스스로 목을 맸다 사경을 헤매고 있다. 그곳의 눈으로 세상을 보면, 대선도 새해도 무엇 하나 바꿔 놓지 못했다.

새해가 열흘째 지나가고 있다. 하지만 2012년, 2013년이라는 것은 우리의 달력일 뿐. 철탑 위 그곳의 달력은 '농성 며칠째'로 오늘도 한 장 더 넘어갈 뿐이다. 3년 반 전 그 여름, 무서움 때문에 내가 도망친 그 현장에서 23명째 참혹하게 흘러온 죽음의 시간들. 그 시간을 견디고 철탑 위에서 희망을 짓고 있는 이들이 자랑스럽다. 부끄러움밖에 남지 않은 나지만, 그렇다면 그 부끄러움이라도 다해 그들과 어깨를 걸고 싶다.

이 '기자'에게
먹이를 주지 마시오

엊그제 오후에는 웬일로 사무실에 손님이 다 찾아왔다. 며칠 전에 자기가 쓴 글을 좀 봐 달라고 부탁하신 분인데, 내가 의견을 말씀드리겠다고 하니 찾아온 거였다. 전자우편으로 간단히 답변하고 말고 싶었는데, 좀 억울한 사연이 있는 분이라 전화나 전자우편은 도청이 될지도 모른다고 직접 찾아오신다고 했다.

1990년대 중반 그분이 살던 아파트가 재건축됐는데, 재건축조합과 건설사, 구청의 비리를 폭로한 죄(?)로 지금까지 돈과 정신적 피해를 겪으며 그들과 싸우고 있는 60대 남자분이었다. 〈오마이뉴스〉에 기사로 올리려고 쓴 글은 아니고, 앞으로 1인시위를 하려고 블로그에 자기 사연을 좀 구체적으로 올리려 하는데 남이 보기에 어떤지 봐달라고 했다. A4용지 9쪽쯤 되는 그 글을 읽고 나도 나름 의견을 자세하게 정리해 드렸다.

지하 카페에서 30분 정도 차를 마시며 글을 이렇게 저렇게 손보시라 말씀을 나누고 일어서는데, 그분이 '뚜러주련?' 빵집의 이름이 적힌 종이 가방을 하나 내미셨다. 얼핏 들여다보니 롤빵 같은 것이 한 줄 들어 있었는데, 뭐 이런 걸 다 주시냐고 웃으며 실랑이를 좀 하다 받아 들었다. 고맙다는 말도 몇 번이나 했는데 이런 선물까지 챙겨 주신 게 진심으로 고마웠고, 내가 정말 도움이 됐나 싶어서 뿌듯한 마음도 들었다.

건물 입구에서 배웅을 하고 엘리베이터를 기다리며, 기분이 좋아서 종이 가방을 다시 슬쩍 열어봤다. 아뿔싸, 종이가방 안에는 롤빵만 들어 있는 것이 아니었다. 하얀 봉투. 꺼내서 주둥이를 벌려 보니 푸른색 지폐들이 몇 장 보였다. 황급히 건물 밖으로 뛰어나갔다. 연세가 있으셔서 다행히(?) 멀리 가지 못했다. 얼른 쫓아가서 그분의 겉옷 주머니에 봉투를 쑤셔 넣었다. 그리고 정색을 하고 이러시면 안 된다 잘라 말했다.

그분은 다시 봉투를 꺼내 내 손에 쥐여 주면서 "좋은 마음에 선물 하나 사 주고 싶었다"면서 '큰돈도 아니고 뭘 부탁하는 것도 아니니 그냥 마누라 화장품이라도 사 주라'고 했다. 나는 거듭 안 된다 하고, 그분은 그냥 넣어 두라 하고, 몇 분 동안 길거리에서 옥신각신 다퉜다. 결국은 내가 봉투를 길에 그냥 버리겠다 하니 그분이 단념을 했다. 혹시나 다시 내 주머니에라도 넣을까 봐 재빨리 인사를 하고는 뛰어 들어와 버렸다.

그러면서 지난가을에 있었던 일이 생각났다. 한 재벌 계열 금융회사에 다니다 해고된 시민기자가 쓴 기사가 있었다. '회사 어렵다고 정리해고 하더니 회사 돈 횡령해 감옥 간 회장이 백억 원대 배당금까지 받았다'는 게 기사였다. 내가 그 기사를 편집했고 그 기사는 〈오마이뉴스〉 메인면 '꽤 잘 보이는 곳'에 배치됐다. '돈 없다 직원 자르고, 회장님은 얼마를 꿀꺽'이라는 식의 제목을 달고 있었던 것 같다.

아침에 기사가 나갔는데, 점심도 되기 전에 전화가 왔다. 그 재벌 그룹이었다. 홍보팀 상무였나 전무였나, 그런 직책이 있는 회사는 다녀 본 적이 없어서 잘 기억이 안 난다. 어쨌거나 능글능글한 말투가 인상적이던 그 사람은 〈오마이뉴스〉를 잘 보고 있다는 둥 참 좋은 신문이라는 둥 칭찬을 한참 늘어놓더니, 내가 본론을 말해 달라는 주문을 한 뒤에야 용건을 말했다. 그의 용건은 "꿀꺽"을 좀 어떻게 해 달라는 거였다.

기사에 사실이 아닌 게 있는 건 아닌데 제목에 있는 "꿀꺽"이 너무 세서 "위에서 보기에" 좀 그렇다는 거였다. 횡령을 한 건 잘못한 거지만 배당을 받은 건 그와는 별개로 합법적인 건데, "꿀꺽"이라고 하면 그것까지 불법처럼 보이지 않느냐고 나름 자기 주장의 이유도 설명했다. 결론적으로 그의 설득은 성공이었다. 전화를 끊고 데스크와 상의해서, 그 기사의 제목을 '얼마를 꿀꺽'에서 '얼마를 배당'으로 바꿨으니까.

그렇게 하고 점심을 먹고 들어왔는데, 오후에 누가 나를 찾아왔다. 친구 없기로 유명한 나를 누가 찾아왔나 보니 바로 그 상문지 전문지 하는 사람이었다. 고맙다고 인사하러 왔다고 하면서 명함을 주고는 잠깐 얘기나 하자고 했다. 뭔 소리를 또 하나 들어 봤더니, '제목

바꿔준 건 참 고마운데 사실 그 정리해고는 회장님이 하신 게 아니니 기사에서 회장님 배당 부분을 빼 주면 안 되냐'는 거였다. 뭐 이런 양반이 다 있나.

처음에는 한심하다가, 나중에는 속이 끓었다. 회사 돈 해먹고 감옥 간 회장도 회장이라고, 그 밑에서 월급 받으려고 별 간지러운 소리 다 하는 게 좀 불쌍하기도 하다가, 이런 거 하면서 나보다 월급은 몇 배로 더 받을 거라 생각하니 화딱지가 났다. 그런 건 데스크한테 말하고 자시고 할 것도 없었다. 기사의 주제가 그거라고, 절대 못 뺀다고 말하고는, 그만 가 주시라고 했다. 그랬더니 내 명함을 하나 받아서 돌아갔다.

사실 그 사람처럼 이런저런 '바람'을 가지고 전화를 하거나 찾아오는 기업 관계자들이 꽤 많다. 며칠이 흘러 그냥 그렇게 또 한 건(?) 지나갔구나 생각하고 잊어 버릴 때쯤, 사무실로 뭔가가 배달됐다. 떡이었다. 한 말 정도 돼 보이는 양, 아직 따뜻했다. 처음에는 보낸 사람 이름만 보고 누군지 몰라 고개를 갸웃거렸는데, 상자에 붙은 '땡땡그룹' 명함을 보니 기억이 났다. 헛웃음만 났다. 이 사람 생각보다 더 재밌는 사람이다.

명함에 적힌 전화번호로 전화를 했다. 이게 뭐냐고 했더니 '오후에 출출할 때 나눠 드시라고 보냈다'며 '아무 의미 없는 것이니 부담 갖지 말라'고 했다. 이 떡이 어떤 '의미'이고 얼마나 '부담'스러운 건지 새삼 확인됐다. 돌려보내겠다고 하니 그 정도는 그냥 받아도 된다고까지 하기에, 다른 곳에 기부하겠다고 하고 전화를 끊었다. 앞으로는 이러지 말라는 말과 함께. 그 떡은? 푸드뱅크에 전화했더니 바로 와서 가지고 갔다.

기자는 배부른 직업이 못 된다. 살다 보면 돈 몇 푼이 아쉬울 날이 참 많다. 게다가 '진보' 성향 '인터넷' 신문의 '말단' 기자라면. 그리고 지금처럼 인정이 메말라 가는 시대에, 그까짓 만 원짜리 몇 장, 떡 한 상자, 말 그대로 "좋은 마음"으로 훈훈하게 받아 줄 수도 있는 것 아닌가. 봉투는 엘리베이터에서 남몰래 안주머니로 집어넣으면 되고, 떡은 다같이 나눠 먹으면 다 경미한 공범(?)이니 그냥 넘어갈 수 있는 거 아닌가.

하지만 그 봉투 안에 든 지폐 색깔이 푸른색이 아니라 하얀색(동그라미가 더 많은!)이었다면. 떡 상자 안에 든 것도 떡이 아니라 더 값나가는 다른 무엇이었다면. 사람이 사람임을 잊어 버리게 되는 것은 한 순간이다. '나는 꼭 나쁜 놈이 돼야지' 마음먹고 나쁜 놈이 되는 사람은 하나도 없다. 다 "좋은 마음"에서 한 걸음씩 양심을 양보하다 보면, 어느새 주위에서는 나를 나쁜 놈이라고 손가락질하게 되는 것이다.

그러면 나는 왜 나만 가지고 그러냐고, 나는 다 "좋은 마음"에서 그랬던 거라고, 너도 나처럼 기회가 생기면 그럴 거 아니냐고 항변하게 될 거다. 인사청문회에 불려 나온 수많은 공직자 후보들이 그랬던 것처럼. 위장 전입은 자식 잘 되라는 "좋은 마음"에서 한 거고, 탈세는 살림살이 걱정 때문에 한 인지상정이라고. 염치가 물러날수록 욕심은 뻔뻔해진다. 봉투 하나, 떡 한 상자로 시작해서, "좋은 마음"과 인정으로 시작해서.

얼마나 더 기자 일을 할지 모르겠다만, 이런 일은 이 정도로 족하다. 빵이든 떡이든 과자든 엿(!)이든, 아무것도 먹이지 말아 주시라. 솔직히 먹인다고 뭐가 나오는 '영향력 있는' 사람도 아니고, 위에서 실컷 말했다시피 눈치껏 가려 먹을 줄 아는 사람도 아니다. 지금도 그 봉투를 열어 봤다 놀란 게 생각나 심장이 동당거리는 '새가슴'. 그동안은 흰 봉투를 보면 결혼식 생각이 났는데, 앞으로 한동안은 떡 생각이 날 것 같다.

'그림자 노동'…
당신은 알고 계시죠?

3월, 봄이다. 날씨는 아직 아침저녁으로 봄과 겨울을 오락가락하지만 그래도 3월이면 '공식적으로' 봄이다. 지긋지긋한 눈과 추위가 한 발 물러나니 참 반갑기 그지 없지만, 봄과 함께 찾아오는 불청객도 있다. 황사? 아니, 연봉 협상이다. 다른 데는 어떤지 모르겠다만, 우리 회사는 연봉 협상을 봄에 한다. 이 협상의 성패에 적금, 보험, 외식, 이사, 출산 등 우리 가족의 크고 작은 살림살이가 좌우된다.

연봉 협상은 자기 평가서를 쓰는 것으로 시작한다. '1년간 뭘 잘했나 자랑해 보라'는 건데, 이게 참 신경 쓰인다. 특히 나처럼 특종도 없고 대박 기획도 없는 '병풍 같은 존재감'의 기자들에게는. A4용지 두 장이 넘게 쓰는 사람도 있고 달랑 세 줄 쓰는 사람도 있다는데, 나는 이런저런 변명(?)들을 주절주절 써서 A4용지를 3분의 2쯤 간신히 채워 냈다. 그리고 나니 문득 궁금해졌다. 나는 대체 하루 종일 무슨 일을 하는 걸까.

〈오마이뉴스〉편집부 기자 최규화의 하루는 어떨까. 오전 8시부터 오후 10시까지 '연중무휴' 사이트를 굴려야 하는 인터넷신문의 특성상 편집기자의 출근 시간은 오전 8시부터 오후 2시까지 다들 제각각이다. 일단 보통의 직장인들처럼 오전 9시까지 출근하는 걸로 생각해보자. 그럼 오전 7시 일어난다. 한 시간 동안 씻고 밥 먹고, 한 시간 동안 만원버스를 한 번 갈아타고 '출근투쟁'에 승리했다 치자.

일단 컴퓨터를 켜면 사내 게시판을 두루 확인한다. 누가 나한테 맡기고 간 일이 있나 보는 거다. 그리고 메일과 쪽지를 확인. 이어 시민기자들의 소통을 위해 만들어졌지만 사실상 '대편집부 민원게시판'이 된 게시판을 확인한다. 여기서 잠깐, 아실는지 모르겠지만 〈오마이뉴스〉는 시민기자 제도로 운영되는 신문이다. 시민 누구나 기자회원으로 가입해 기사를 쓸 수 있고, 그 기사는 편집부의 검토를 거쳐 채택되고 노출된다.

'민원게시판'에는 별의별 민원이 다 올라온다. 자기 기사가 검색이 안 된다고 하면 개발팀으로 넘겨주고, 회원 아이디를 까먹었다고 하면 전략기획팀으로 넘겨준다. 자기 기사가 왜 채택이 안 됐냐고 물으면 '생나무클리닉'(채택 안 된 기사를 생나무라고 한다.)으로 넘기고 자기 기사 어디를 좀 수정해 달라고 하면 수정 요청 게시판으로 넘기는데, 그래봤자 거기도 내 담당이다. 밤새 올라온 민원 가운데 급한 것부터 처리하고 생나무클리닉 게시판과 수정 요청 게시판을 확인한다. 거기도 역시 급한 것부터 처리.

급한 불을 껐으면 기사 목록 창을 연다. 편집기자들의 손길을 기다리는 따끈따끈한 기사들이 늘어서 있다. 먼저 들어온 순서대로 하나씩 열어 검토한다. 일단 주제를 확인하고 눈으로 빨리 훑어내려 기사의 가치를 파악한다. 글을 쓴 사람에게는 모두가 '톱기사'겠지만, 미안하지만 어쩔 수 없다. 생나무로 둘 것은 두고, 정식 기사로 채택할 것은 배치등급(톱기사부터 '오름', '으뜸', '버금'이라고 부른다.)에 따라 '만지기' 시작한다.

앞뒤가 안 맞으면 여기 글을 잘라서 저기 붙이고 거기 글을 썰어서 여기저기 나눈다. 팩트가 의심될 때는 글쓴이한테 전화해서 물어보고, 취재를 더 해야 하면 보강 취재를 부탁하거나 내가 직접 하기도 한다. 문장이 말이 안 되면 요리조리 예쁘게 다듬고, 빼먹고 안 쓴 게 있으면 잘 어울릴 수 있게 써서 채워 넣어 준다. 그리고 독자의 이해를 도울 사진을 찾아 '있어 마땅할' 자리에 넣고, 독자의 관심을 끌 제목과 부제, 중제를 만들어 넣는다. 그렇게 편집이 마무리되면 배치등급에 맞게 '2차 검토자'에게 넘기는 것으로 끝.

어디 가서 편집기자라고 하면 교정 보고 제목 뽑는 것만 하는 사람으로 오해 또는 폄하(!)들을 한다.(기자들 중에도 그렇게 여기는 이들이 있다. 나는 그런 이들의 기사는 딱 그 정도 선까지 만져 준다.) 하지만 그건 기사를 보는 일 중에서도 아주 작은 부분일 뿐이다. 편집기자 일의 핵심은 기사의 가치를 판단하고 기사의 가치를 최대한 끌어올리는 일이다. 거기에 문장력과 어문 규정에 대한 지식은 부가되는 것뿐.

그런 일을 편집기자 대여섯 명이 하루에 150~200번 정도 한다. 계속 밀려드는 기사를 보고 있으면 가끔 컨베이어 벨트 앞에서 일하는 기분도 든다. 하지만 매번 같은 나사를 박아야 하는 일이 아니기 때문에 새 기사를 볼 때마다 새로운 긴장감을 유지해야 한다. 퇴근 시간이 있지만 저녁 약속을 장담할 수는 없다. 특히 기사 마감(오후 8시)에 가까운 시간대 근무자들에게는 더욱 그렇다. 퇴근을 한두 시간씩 넘기고 야근을 하는 정도는 아니지만 그날그날의 기사 수급과 배치, 이슈와 현장 상황에 따라 퇴근 시간은 조금씩 달라진다.

퇴근 시간까지 주로 하는 일은 이런 기사 검토 일이지만, 그것만 하는 게 아니다. 짬짬이 시민기자 게시판들을 두루 확인해야 한다. 그리고 무시로 걸려오는 의견, 제보, 욕설, 하소연(?) 전화를 받는 것도 편집부의 몫이다. 취재기자들은 외근이 많기 때문에 편집국으로 걸려 오는 전화들은 주로 편집부에서 받는다. 어쩌다 우리 기사에 '맺힌 게 많은' 분과 통화를 하게 되면 30분 넘게 '체험! 욕의 현장'을 찍게 될 때도 있다. "빨갱이", "개마이뉴스"는 그냥 인사 같다. 처음에는 뚜껑도 가끔 열렸지만, 이젠 그저 '인격 수양'으로 여길 뿐.

그리고 또 하나 중요하게 맡고 있는 것, 바로 서평단 관리다. 〈오마이뉴스〉에는 시민기자 서평단이 있다. 출판사에서 사무실로 보내온 홍보용 신간 도서를 뜯어서 목록을 올리고, 서평단의 신청을 받고, 포장해서 소포로 보내고, 그걸 읽고 써 준 서평 기사를 맡아 검토하는 것까지 내 몫이다. 일주일에 들어오는 책이 적으면 50권, 많으면 100권 정도니까, 하루에는 이 일을 다 못하고 일주일 동안 야금야금 나눠 한다.

그 밖에 다달이 서평단을 선정하고 통보하는 일, 생나무클리닉 닥

터로 활동하는 시민기자의 민원을 해결하고 수당을 챙겨 주는 일, 인상적인 활동을 펼친 시민기자들을 인터뷰해 한 달에 한 번쯤 기사를 쓰는 일, 지역면이나 섹션면을 배치하는 일, 검토한 기사에 대한 사후처리(관련자의 문제 제기나 수정 및 보강)나 시민기자 윤리 강령 위반자 색출(?) 등, 일일이 설명하기 힘든 자잘한 일들이 더 있다. 또 같은 편집부라도 기획이나 배치를 전담하고 있는 기자들의 일은 내 일과 많이 다르다.

퇴근 시간이 오후 6시라면(평균치를 잡기가 힘들지만) 보통 6시 30분에서 7시쯤 퇴근한다. 7시를 넘겨 퇴근하기가 일쑤인 직장인들이 많으니, 요건 좀 부러울 거다. 하지만 다달이 출퇴근 시간대가 바뀌는데, 오후 9시가 퇴근 시간인 '마감 당번'이 되는 달에는 퇴근 시간에 대한 미련을 버리는 게 좋다. 마감 전에 들어온 기사를 다 봐야 하니까 9시든 10시든, 마음을 푸근히 비우고 있다가 퇴근하는 게 정신 건강에 좋다.

나는 〈오마이뉴스〉 편집부 기자로서, 하루 종일 이렇게 일한다. 나는 분명 하루 종일 기사를 다듬고 자르고 붙이고 꾸미지만, 지면에 내 이름이 나오는 일은 없다. 기사 하나에 누군가는 울고, 누군가는 엄청난 경제적 손실을 입고, 누군가는 명예에 대단한 손상을 입는다. '사실과 다른' 기사 때문에 누가 그런 억울한 일을 겪을세라, 또는 조금 더 읽기 좋은 기사를 만드느라 나도 하루 종일 눈이 빠지게 기사를 만지지만, 기사는 그것을 쓴 사람의 이름으로만 나간다. 나의 노동은 내가 어두워짐으로써 당신을 빛나게 하는 '그림자 노동'이다.

내 노동은 세상에서 오직 두 사람만이 안다. 그 기사를 쓴 기자와 나.(가끔은 기사를 쓴 이도 내가 자기 기사에서 어디를 어떻게 고쳤는지 모를 때가 있다. 보통 예쁘게 고친 건 모르고 고치다 틀린 것만 알아챈다.) 섭섭할 때도 억울할 때도 있지만, 그 일이 싫다는 건 아니다. 사람들은 다 자기한테 맞는 일을 하며 살아야 한다. 현장에서 열심히 써 낸 거친 기사에 내 노동으로 날개를 달아 주는 것, 그게 내 일이다.

세상에서 오직 두 사람밖에 모른다고 해도, 나는 내 노동으로 세상이 조금씩 변해 가고 있다고 믿는다. 그냥 파묻히고 말았을 기사를 길게는 며칠 동안 보강하고 다듬어서 톱기사로 만들고, 그 기사가 사람들에게 크고 작은 파장을 일으킬 때, 나는 말로 다 못할 긍지를 느낀다. 이렇게 받쳐 주는 사람이 있어야, 조금 부족한 사람도, 아직은 열정만 앞서는 사람도 용감하게 기사를 쓰겠다 나설 수 있는 것 아닌가. 보통 사람들도 "편집기자야, 내 뒤를 부탁해!" 하고 기사를 써 댈 수 있어야, 세상이 보통 사람들을 좀 무서워할 게 아닌가.

내일은 오전 8시 출근이다. 아침부터 앞서 말한 일들을 해치우느라(?) 이런 긍지 따위 느낄 겨를도 없을지 모른다. 아침부터 걸려 온 욕설 전화에 뚜껑부터 한번 열었다 닫을지도 모른다. 하지만 그런 게 다 내 일이고 내 인생이다. 하루의 내 인생을 열심히 사는 것이 어느 시민기자에게는 희망이 되고 감동이 될 수 있다는 것, 아무나 누릴 수 있는 행운은 아닐 것이다. 그러니 내일도, 잘 살자.

'홈런이'가
뭐 어때서!…
행복한 고민이 늘었다

'홈런이, 승엽이, 단비, 나무, 봄비, 홍삼이, 완봉이, 오름이, 어흥이, 사자, 우람이, 씩씩이⋯⋯.'

벌써 닷새째 논의가 이어지고 있지만 아직 합의점을 못 찾고 있다. 아내는 원래 뭐든 내가 하자는 것을 반대하는 일이 흔치 않은데, 이 번만은 생각보다 완강하게 거부하고 있다. '홈런이'만큼 멋지고 짜릿 하고 기쁨에 넘치는 태명이 어디 있다고⋯⋯! 눈치들 채셨나? 그래, 나 내년에 아빠 된다.

지난주 목요일 밤, 건강검진을 하루 앞두고 우리는 살짝 고민에 빠 졌다. 안내문 가운데 '여성의 경우 임신 여부를 먼저 확인하고 오라' 는 내용이 있었던 거다. 한두 주 전부터 '혹시나' 하는 의심만 갖고 있던 우리는 병원이고 약국이고 모두 문을 닫은 그 시각, 당황할 수 밖에 없었다. 그래서 일단 문진표에 있는 '임신 가능성'에 체크를 해 두고, 다음 날 아침 일찍 건강검진 병원에 전화로 물어보기로 했다.

다음 날 아침, 병원으로 출발하기 전에 전화부터 했다. 임신 가능성이 있는데 확인을 못해 봤다고, 검진을 못 받는 거냐 물으니 다행히 그렇진 않단다. 대신 X선 검사 등은 임부에게 해가 되니, 위험할 수 있는 검사들은 제외하고 받으면 된다고 했다. 예정대로 출발. 하지만 아침 첫 소변 이후 소변을 참고 오라는 안내문 내용 때문에 출발부터 배뇨기관 쪽이 예민해져 있던 나는 금세 임신 어쩌고 하는 일은 잊어 버리고 말았다.

아침부터 소변을 참고 오라고 했으면 일찍 초음파 검사부터 하고 얼른 '해결'을 하게 해 줄 일이지, 병원에서는 자꾸 다른 검사만 했다. 전립선 초음파 검사를 하려면 방광에 소변이 차 있어야 한다는 것이 그 이유였는데, 이미 찰 대로 차 있는 내 '속사정'은 모르고 자꾸 '조금만 더 기다려라', '물을 예닐곱 잔 더 마셔라', '왔다 갔다 몸을 더 움직여라' 하는 소리만 했다.

당장 가서 진상을 부리고 싶었다. 그냥 검사고 나발이고 안 받을란다 하고 시원하게 해결(?)해 버리고, 어젯밤부터 '금식'한 위장 속에 고기나 실컷 집어넣으러 가고 싶었다. 역시 자궁 초음파 검사를 기다리고 있던 아내는 연신 나를 토닥거리며 진정시키기 바빴다. 사실 자궁 초음파를 하면 아내의 몸 속에 아기가 있는지 없는지 알 수 있겠다 하는 생각을, 병원에 가는 길에 '잠깐' 하긴 했다. 하지만 김춘수의 시 〈꽃을 위한 서시〉의 한 토막처럼 "나는 시방 위험한 짐승"이었다. 지금 생각하니 정말 아내한테 미안하기 짝이 없다.

막 일어나서 항의 또는 읍소를 하려는 순간, 내 이름이 불리고 나는 검사실로 들어갔다. 현철의 〈봉선화 연정〉 노랫말처럼 "손 대면 토옥 하고 터질 것만 같은" 아랫배를 꾹꾹 눌러 대며 검사하는 것도 아슬아슬하게 잘 참았다. 이어서 소변 검사를 '시원하게' 마치고 나서 옷을 갈아입고 나와 보니, 아내도 검사실로 들어갔는지 대기 의자에 보이지 않았다. 치과 검진받으러 가겠다고 손전화 메시지를 남겨 놓고 치과로 갔다.

치과 검진까지 마치고 잠깐 기다리는 사이, 아내가 왔다. 얼굴이 좀 발그레해진 것도 같다. 아내가 먼저 물었다.

"자기, 몸에 뭐 없대?"

"지방간 조금 있대. 술도 끊었는데, 고기 너무 많이 먹어서 그런가 봐."

"그래? 자기 살 빼야겠다. 난…… 아기가 있대."

잉? 안 믿었다. 아무래도 장난치는 것 같아서 아내의 얼굴을 빤히 들여다봤다.

"진짜야. 초음파 검사 하는 선생님이, 아기집이 2센티미터 정도 된다고 했어. 심장 소리도 들려주고 싶은데 밖에 기다리는 사람이 많아서 못해 주겠다고, 축하한다고 해 줬어."

잉잉? 이거 정말인가? 조금씩 놀라려는 순간 아내가 치과 검진을 받으러 들어갔다. 멍하게 앉아 있다가, 검진을 마치고 나온 아내 얼굴을 보니 눈물이 살짝 글썽거리는 것도 같다. 병원 밖으로 나와 점심을 먹을 곳을 찾으면서도 나는 그저 어리둥절했다. 아내는 이날 하루 휴가를 냈지만 나는 점심을 먹고 출근을 해야 하는 상황. 가까이

사는 장모님께 전화로 말씀드리고 산부인과를 같이 가자고 부탁드리라 했다.

우리 부모님한테도 직접 전화를 하는 게 어떠냐 했더니 눈물 날 것 같아서 못하겠단다. 그래서 내가 했다. 엄마의 목소리는 한 옥타브 이상 높아졌고, 아버지는 연신 "좋은 일이다" 하시면서 허허허허허 끝도 없이 웃으셨다. 누나들에게도 손전화 메시지로 알렸다. 띵똥 띵똥 축하 인사와 조언, 출산 및 육아용품 기증 신청(?)이 밀려들었다. 이거 정말인가……. 나는 그제서야 실감이 나기 시작했다. 내가 정말 아빠가 되는 거구나.

지하철을 한 번, 버스를 한 번 타고 혼자 회사로 왔다. 지금 생각하면 왜 그렇게 융통성이 없었는지 속이 다 상할 지경이다. 벌써 점심 때도 훨씬 지났고, 그냥 회사에 사정을 말하고 병원을 같이 갔어야 했다. 한 달 전 어깨 수술을 하고 마침 그날 퇴원하신 장모님이 같이 가주셔서 정말 다행이었지만, 뭐 그렇게 중차대한 일을 한다고 사태 파악도 못하고 덜렁 회사로 와 버린 내가 지금에서야 너무 못나게 느껴진다.

그나저나 매일 오가는 출근길이 그렇게 아름다운 적은 처음이었다. 아마 군대 전역(정확히는 소집 해제) 하고 집으로 가는 길이 그랬을 거다. 보이는 사람들 모두 웃고 있는 것 같고, 부릉거리는 버스 소리도 무슨 악기 소리처럼 신이 났다. 결국 흥에 못 이겨 아이스크림을 잔뜩 사서 회사 사람들에게 돌렸다. 그때는 딱히 오늘 '선언'을 하고 싶지는 않았고, 그냥 이 좋은 기분을 이렇게라도 분출(?)해야겠다는 생각이었다.

책상 앞에 앉아서 일을 하는데도 웃음이 실실 새 나왔다. 동료들과 눈이 마주칠 때마다 필요 이상으로 '방긋' 웃게 되고, 심각하고 진지한 기사(그날은 태안 해병대캠프 사고 다음 날이었다ㅠ.ㅠ)들을 편집하면서도 도무지 몰입(?)이 안 됐다. 결국 아무도 물어보지 않았지만 같은 부서 사람들에게 자진해서 '자랑'을 했다. 축하 인사를 들으며 또 헤벌쭉. 내내 기분이 머리 위로 두어 뼘쯤 더 높은 곳까지 올라가 있었다.

그리고 사무실 안에서 보는 남자 선배들의 모습이 달리 보였다. 저기는 아들 하나, 저기는 딸 둘, 저기는 딸 하나, 저기는 아들 둘……. 다 '아빠'들. 저 선배들도 내 오늘 같은 날들을 다 겪었겠지. 이런 날들을 차근차근 겪고 나서 다 아빠가 되고 어른이 된 거겠지. 사실 그렇게 학수고대 기다려 온 것이 아닌데도 이렇게 기분이 좋은데, 오랜 시간 기다리고 또 기다려 아이를 얻은 사람들은 얼마나 더 기쁠까.

퇴근을 하고 처가로 갔다. 마침 장모님이 한 달 만에 퇴원하신 날이기도 하니 우리들만의 잔치라도 하지 않으면 안 되니까. 아내가 산부인과에서 찍은 초음파 사진을 보여 줬다. 크기도 모양도 꼭 콩알만 했다. 아기는 1.56센티미터. 벌써 7~8주 전부터 아내의 몸 속에서 자라기 시작했다 한다. 장모님은 다음에는 꼭 병원 같이 가라고, 가서 심장 소리 들으면 눈물 날 거라고 들뜬 목소리로 말씀하셨다.

우리 부모님도 두 분이서 저녁을 드시면서 잔치를 벌이셨다 했다. 아버지는 술이 거나하게 취해서 '새아기'한테 직접 축하 전화를 하셨다. 자랑을 잘 할 줄 모르시는 장모님도 그새 여기저기 자랑을 하셔서 친지들한테서 축하 전화가 계속 걸려 왔고, 누나들은 벌써부터 나한테 '올케 잘 챙겨 주라'고 축하인지 협박(?)인지를 하느라 야단이었다. 아기가 생겼다는 것 자체로도 정말 기뻤고, 이 소식만으로 우리 가족들을 이렇게 기쁘게 해 줄 수 있다는 사실에 더더욱 기뻤다.

그리고 그 순간부터 우리 부부에게는 숙제가 생겼다. 그것은 바로 '태명'. 옛날에는, 임신하자마자 태명 짓고 누구야 누구야 하는 걸 참 유난 떤다 생각했는데, 이게 또 그렇게 삐딱하게 보기만 할 일은 아닌 것 같다. 모든 관계는 이름을 부르는 것으로 시작하지 않나. 우리 가족에게 이렇게 기쁨을 선물해 준 아기를 그냥 일반 명사 '아기'라고 부르는 것도 좀 서운한 짓이다. 무엇보다 "빨리 태명 지어. 이제 누구 엄마, 누구 아빠 이렇게 불러야지" 하고 들떠 계신 장모님을 생각해서라도 빨리 태명을 지어야 한다.

공부는 잘하든 못하든 야구는 좀 잘했으면 좋겠으니까 '홈런이', 엄마가 꿨다는 태몽에 사자가 나타났다니까 '어흥이', 아내 별명이 나무고 내년이 갑오년 '나무 목' 든 해니까 '나무', 엄마가 해 준 홍삼즙을 열심히 먹고 만든(?) 아기니까 '홍삼이' 등 여러 후보들이 각각 나름의 이유들을 가지고 각축을 벌이고 있다. 며칠째 이 생각만 하는데 아무래도 너무 어렵다. 가족 투표에라도 부쳐야 하나. 행복한 고민이 늘었다.

"이제 편히 쉬세요"…
봉투 하나로 남은
큰아버지

"느그는 뭐 쫌 뭇나?"

"자, 교대로 밥 묵고 해라."

"언니야, 빨리 요 와가 한 숟가락이라도 무라."

큰아버지 상을 치르는 사흘 동안 가장 많이 오간 말들이 아닐까 싶다. "밥 무라." 우리는 서로에게 밥을 권했다. 누구도 진심으로 그 음식들을 맛있게 먹은 사람은 없었지만, 모두가 서로에게 '너라도 든든하게 밥을 먹고 씩씩하게 기운을 내라' 했다. 밥을 먹고 먹이면서, 우리는 서로의 슬픔을 녹이고 있었다.

'요즘 세상에는 청춘'이라는 예순아홉의 연세. 한창 인기 있는 예능프로그램인 〈꽃보다 할배〉에 나오는 '막내' 백일섭보다 젊다. 올해 벌초도 손수 하시고 추석 바로 전날까지 일을 나가셨단다. 그 전에 감기인지 몸살인지 머리가 계속 아프다 해서 MRI니 뭐니 다 찍어 봤지만 특별한 이상은 없었다 하고. 추석을 쇠고 결국 병원에 입원해서 한때 중환자실에도 잠깐 계셨지만 다시 호전돼서 일반 병실로 돌아오셨다 했다.

추석 날 댁에 누워 계신 것을 뵈었으니 딱 열흘 만이었다. 9월 30일. 큰아버지가 돌아가셨다는 전화를 받은 것은 네 시쯤이었다. 많이 좋아지셨다고, 그날 점심도 혼자 드시고 약도 챙겨 드시고 신문을 보면서 정치인들 욕도 하셨다 한다. 그렇게 모두를 안심시켜 놓고서는 두어 시간 만에, 그렇게 갑자기 돌아가셨다. 몇 년 몇 달씩 투병하다 돌아가셨다고 한들 슬픔이 덜할까마는, 너무도, 너무도 갑작스러운 죽음이었다.

바로 회사에서 나와 아내를 데리고 출발했다. 부모님을 내 차로 모시고 포항으로 가야 했다. 사람들의 얼굴이 눈앞에 스쳐 지나갔다. 제일 먼저 떠오른 사람은 할머니. 장남의 죽음 소식을 누가 알리기는 했을까. 아신다면 지금 제정신으로 계시기는 할까. 모르신다면 언제 어떻게 알려야 할까. 그리고 큰어머니, 사촌형, 아버지까지. 앞서 달려가는 내 마음을 애써 진정시키면서 그 아슬아슬하고 무거운 시간을 도로 위에서 보냈다.

영정 앞에서 아버지는 통곡하셨다. 큰고모도 오열하며 힘 풀린 손으로 아버지의 등을 때리셨다. 큰아버지가 다른 사람을 보고 '저 사람 대구동생(아버지) 아니냐'며 그렇게 찾았는데, 왜 이제 왔느냐고 우셨다. 큰어머니는 반쯤 혼절하신 채 울고 계셨고. 누군가 잔부터 올리라 해서 나도 무릎을 꿇고 영정 앞에 앉았다. 그 순간 네다섯 시간 동안 아슬아슬하게 눌려 있던 슬픔이 폭발해 버리고 말았다. 큰아버지가, 정말 가신 건가.

이튿날 아침, 견디기 힘든 긴장이 흘렀다. 바로 고모부님이 할머니를 모시러 갔기 때문이다. 큰아버지가 돌아가셨다는 사실은 이미 고모할머니가 가서 전하셨다고 했다. 하룻밤 동안 할머니를 위로하고 마음의 준비를 하시게 한 다음, 아들의 마지막 길에 인사를 하게 빈소로 모시고 오게 된 것이었다. 할머니가 어떤 모습으로 들어오실까. '큰일' 나지 않고 무사히 보실 수 있을까. 모두 걱정하며 기다린 끝에 할머니가 오셨다.

휠체어를 타고 들어오신 할머니. 영정 앞에 의자를 놓고 앉혀 드렸더니 기어이 통곡을 하셨다. "부모 앞에 먼저 가는 게 제일 불효다" 소리를 치며. 더 크게 우실 기운이 없어서 잦아질 듯 우시는 모습에 가족들 모두 따라 울 수밖에 없었다. 그때 큰어머니가 잠시 혼절을 하셨다. 팔다리를 주무르고 물을 드리고 청심환도 드시게 했다. 그렇게 '폭풍'이 지나가고, 할머니는 입관식은 결국 못 보고 큰댁으로 다시 가셨다.

가족들에게는 슬퍼하는 일 말고도 해야 할 일이 많았다. 절차에 맞춰서 장례를 진행해야 하고 문상객들을 맞아야 하고, 큰아버지를 어디로 어떻게 모실지도 얼른 결정해야 했다. 나도 사촌형들과 같이 상주 완장을 차고 문상객들을 맞이했다. 곡을 하고 절을 하고, 가끔은 음식을 나르거나 필요한 물건을 구하러 뛰어다니고. 어찌 보면, 가만히 앉아서 슬퍼할 시간이 없다는 것은 차라리 다행이었다.

돌아가실 거라고 정말 아무도 생각을 못했기 때문에 준비라고 할 만한 것이 돼 있을 리 없었다. 다행히 살아 계실 때 몇 번, 당신은 화장을 원하신다고 말씀하신 적이 있었단다. 가족들은 그 말씀에 따라 화장을 하고 납골묘에 모시기로 뜻을 모았다. 70년 가까이 '있어 온' 사람이 '없어지는' 데 걸리는 시간은 단 사흘. 보내 드리는 것도 너무 바빴다. 물론 그 '없음'을 받아들이는 데는 훨씬 더 긴 시간이 필요하겠지.

셋째 날 아침 발인식. 내가 영정을 들었다. 화장장으로 가기 전에 영정을 모시고 큰댁에 들러 정든 공간과 이별하게 해 드렸다. 길가에 차를 세우고 걸어서 큰댁으로 들어가는 길. 발걸음이 천근만근 무거웠다. 큰댁에 계신 할머니가 이 모습을 보고 또 어떻게 견디실까. 하지만 뜻밖에 할머니는 씩씩하셨다. 작은방, 큰방, 거실을 한 바퀴씩 돌고 할머니가 앉아 계신 의자 앞에 무릎을 꿇고 앉았다.

할머니는 꾹꾹 참았던 눈물을 다시 터트리셨다. '자식들 봐서도, 손주들 봐서라도 할머니가 꿋꿋이 이겨 내셔야 한다'는 말을 누가 옆에서 했다. '더 이상 발목 잡지 말고 훌훌 편하게 보내 주시라'는 말도 했다. 할머니는 여전히 눈물은 흘리셨지만 이제 그만 울겠다고, 편한 곳으로 잘 가서 아버지^(할아버지) 만나서 잘 지내라고 하셨다. 할머니의 그 약속을 가장 가까이서 들을 수 있어서 정말 다행이었다.

화장장에 간 지 두어 시간 만에 큰아버지는 회색 재로 돌아가셨다. 타고 남은 뼈 사이에서 큰아버지의 인공 관절과 의치 같은 것들을 골라 냈다. 흰 종이에 싸인 재와 뼛가루는 축구공보다 조금 클까 말까 한 흰 항아리에 담겼다. 항아리를 품은 사촌 큰형과 영정을 든 내가 같은 차에 타고 공원묘역으로 갔다. 가는 길에 포항제철을 지났다. 큰아버지가 일하셨던 곳. 노제는 지내지 못했지만 그래도 쭉 한번 둘러보셨겠지.

감포 바다가 보이는 전망 탁 트인 산등성이에 큰아버지를 모셨다. 사촌 누나가 "아버지 등산 좋아하셨는데, 여기 경치도 좋고 엄청 좋아하시겠네. 벌써 여기저기 구경하시느라 바쁘시겠다" 했다. 위패와 영정은 할머니가 평소 다니던 절에 모시고, 우리는 이제 상복을 벗었다. 저녁 때가 가까운 시간, 큰댁에 가서 할머니도 뵙고 밥도 '묵고' 가자고 해서 모두 큰댁으로 갔다.

할머니는 울지 않고 계셨다. 같이 계시던 고모할머니는 '아까 실컷 울게 놔 뒀더니 이제 울 힘도 없어서 그만 우는 모양'이라 하셨다. 울지 않겠다는 말씀, 지키지 않으셔도 좋았다. 그런 말씀을 하셨다는 사실 자체가 정말 든든했으니까. 우리는 저녁을 시켜 '묵고' 또 다시 밥과 술을 서로 권하며 앉았다. 누구도 신이 나서 웃지는 않았지만 실없는 농담도 하면서, 서로를 슬픔에서 건져 내려고 이리저리 손을 내밀고는 했다.

큰어머니가 흰 봉투를 하나 꺼내시더니 내 아내한테 전해 주셨다.

"추석 때 왔을 때 임신했다는 소식 듣고 용돈도 한 푼 못 줬다고 미안해하셨다. 큰아버지가 느그 주라고 챙겨 주신 거니까 나중에 아기 낳고 필요한 데 잘 써라."

큰어머니도 우시고, 아내도 울었다. 어릴 적 생각이 났다. 내가 초등학교에 들어갈 때 큰아버지가 '우주보안관 장고'가 그려진 책가방과 신발주머니를 사 주셨다. 할아버지에 대한 기억이 없는 내게 큰아버지는 마치 할아버지 같은 존재였다. 언제나 큰댁에 가면 할머니와 함께 우리 집안의 제일 큰 어른으로 계시는 분.

그 돈을 어떻게 할까 하다가 일단 작은 상자에 담아 장롱에 넣어 뒀다. 내년 봄이면 내 큰조카인 보연이가 초등학교에 들어간다. 그 돈으로 나도 보연이에게 가방을 사 줄까 생각 중이다.

78, 79, 80?
아니 아직 그 정도는
아닐 거야!

바지가 없다. 사무실 사람들은 눈치 챘을까. 내가 지난 일주일 내내 기모 스판 청바지 하나로 버텼다는 사실을. 여름에서 겨울로 순식간에 계절이 바뀌면서 장롱 깊숙이 곱게 접어 둔 겨울옷들을 다시 꺼내야 할 때가 왔다. 어느새 영하를 오락가락 하는 날씨. '오늘 날씨에는 그 바지 정도는 입어야겠구만' 하고 지난해의 기억만으로 바지를 꺼내 입어 봤지만, 이럴 수가. 단추가 안 채워진다. 이것도 저것도, 한결같이 작다.

그동안 살쪘다는 소리를 아침 출근길 신호 걸리듯 자주 들어왔지만, 그래도 1년 전에 입던 옷은 아직 입을 수 있을 거라 생각했다. 게다가 여름옷도 아니고 조금은 넉넉하게들 입는 겨울옷. 하지만 이게 다 뭔가. 원단의 신축성 덕분에 간신히 버티는 기모 스판 청바지 하나를 제외하고는 모두 고스란히 장롱으로 다시 들어갔다. 결혼 후 지난 1년 사이에 나는 얼마나 더 살이 찐 것인가.

그러고 보니 몸무게를 달아 본 적도 까마득하다. 지난여름까지 수영장에 다니면서 매일 몸무게를 쟀다. 76킬로그램에서 왔다 갔다 했다. 내 키는 175센티미터. 이 정도면 아직 '건장한' 수준 아니겠냐고 스스로 위로하기도 했다. 그때도 며칠 운동 쉬고 삼겹살 막 먹으면 78킬로그램까지 나갔으니, 지금도 아마 최소 78킬로그램은 될 것 같다. 80킬로그램까지는 아직 아닐 거다. 그래, 아니어야 한다.

7월 건강검진에서 '경도비만' 진단을 받은 뒤에는 내 스스로도 '이제는 건장한 것이 아니라 뚱뚱한 거다'라는 위기감이 들었다. 하지만 운명의 장난(?)처럼 마침 그때 아내가 임신 두 달째인 것으로 드러났고, 아내의 입덧을 핑계(라고 쓰고 기회라고 읽는다.) 삼아 나 역시 무시로 먹어 대는 것을 기쁘게 여겼다. 임신 일곱 달째인 아내의 입덧은 이미 끝났지만 한껏 무르익은 나의 식욕은 여전히 전성기를 달리고 있다.

사실 중간 중간 살을 빼려는 시도는 늘 있어 왔다. 지난해 봄, 뜻밖에 병원 신세를 잠시 진 뒤 한 달간 음주, 육식, 분식, 간식을 모두 끊는 혹독한 식이요법으로 무려 4킬로그램을 뺀 적이 있다. 그때의 기억을 되살려 올해도 아마 분기별로 한 일주일씩은 다이어트를 결행했을 거다. 고기를 끊은 적도 있고, 야식을 끊은 적도 있고, 단 음식과 간식을 끊은 적도 있고. 하지만 결과는, 지금 내 몸이 말해 주는 대로다.

솔직히 이 정도(양치를 하다 치약 거품을 흘리면 배에 묻는 정도)까지만 아니라면, 나는 이 살들을 좀 데리고 살아 볼 생각도 했다. 수영장에 다니던 시절처럼 '건장한' 수준이라면. 그래도 사람이 마르고 비실비실해 보이는 것보다는 등빨(?)도 좀 있고 튼튼해 보이는 게 낫지 않나 하는 생각 때문이었다. 아무래도 태어나서 20년 정도까지는 평생 작고 약하고 연약하게만 살아온 내 과거(?) 때문인가 보다.

초등학교 1학년 생활기록부에 적혀 있는 내 몸무게는 19킬로그램. 그 나이의 평균 몸무게가 약 25킬로그램이니, 나는 또래 덩치의 80퍼센트밖에 안 됐다. 특기는 잔병치레와 결석. '6년 개근'은커녕 한 학년을 개근한 적도 없었고, 멀쩡히 운동장에서 놀다가 누가 찬 축구공에 맞고 쓰러지면 이튿날쯤 깨어나곤 했다. 내내 교실 앞에서 둘째 줄 정도에 앉았고, 6학년이 돼서야 셋째 줄로 밀려날(?) 수 있었다.

그래 봤자 중학교 입학할 때 내 키는 150센티미터 정도였다. 키 순서대로 번호를 정하는데, 9번이 되느냐 10번이 되느냐 치열한 전쟁을 벌인 기억이 난다. 9번과 10번의 차이는 '1'이 아니다. 한 자릿수냐 두 자릿수냐 하는 문제는 어마어마한 것. 입학식에서 처음 만난 놈(이름이 박태용이었던 것 같다)과 서로 자기가 더 크다고 옥신각신하다가 결국 담임선생님이 판결을 내려 주셨다. 선생님 땡큐. 내가 10번이었다.

키는 작아도 몸이라도 튼튼하면 좋으련만 나는 너무 마르고 약했다. 하지만 중학교 2학년 때 첫 번째 반전이 일어났다. 2차 성징과 함께 성장판이 사력을 다해 폭주했다. 1년 사이에 거의 20센티미터가 큰 것. 그해에만 교복을 두 번이나 새로 해 입어야 했다. 엄마는 그게 다 초등학교 때 약 네 재를 연달아 먹은 사물탕(해물탕 같은 거 아니다. 한약이다.) 덕분이라고 지금도 강조한다. 어느새 키가 170센티미터! 기적이었다.

지긋지긋한 '단신월드'에서 벗어나는 것으로 충분히 감격할 만했지만, 그래도 아쉬운 것이 있었다. 나는 아직 너무 말랐다. 키는 평균 정도 됐지만 여전히 체격이 작고 체력도 약했다. 축구를 무지무지 좋아했지만 몸싸움을 하면 번번이 튕겨 나갔고, 남들 뛰는 것 반만 뛰어도 다리에 쥐가 나는 건 어쩔 수 없었다. 그때부터 내 마음속에 간절한 소망이 생긴 것 같다. '아, 건장하다는 소리 한번 들어 봤으면.'

그러나 고등학생, 대학생이 되고도 건장하다는 소리는 들어 보지 못했다. 내 목표 몸무게는 75킬로그램이었다. 키가 175센티미터니까 100 빼고 75. 그 정도면 아무도 나보고 말랐다는 말은 못 할 것 같고, 그렇다고 뚱뚱하지도 않은 '딱 좋은' 몸무게였다. 그 목표를 이룬 때는, 애석하게도 기억나지 않는다. 20대 후반까지도 73~74킬로그램 정도를 유지하던 몸무게가 30대가 되면서 2~3년 사이에 76킬로그램 이상으로 쭉 늘었다. 75킬로그램이었던 때는, 아마 그 과정에서 내가 느끼지 못할 만큼 반짝 하고 지나가 버렸을 것이다.

엄마는 요즘 나를 볼 때마다 "몸에 옷을 맞추면 안 된데이. 옷에 몸을 맞차라. 관리 좀 해라" 하고 신신당부하신다. 하지만 그것도 일단 바지 단추가 채워질 때 할 수 있는 얘기고. 결국 새 겨울 바지를 샀다. M, L, XL 세 사이즈 가운데 XL로. 아직 겨울은 석 달이나 남았는데 언제까지 청바지 하나만 입을 수는 없지 않은가. 그러면서 '빌어먹을 요즘 옷들이 스키니니 뭐니 하는 꼬라지로 나와서 내가 이번에는 XL을 샀지만 다른 스타일이라면 나는 아직 L을 입을 수도 있어' 하고 흥흥거리고 있는 내가 참 못나 보인다.

야식부터 끊어, 아니 좀 줄여, 아니 아니 끊어 봐야겠다. 그리고 가을 내내 쉰 운동도 뭐든 다시 시작하고. 며칠 전부터 퇴근길에 버스 두 정거장 전에 내려서 걸어오는데, 이 버릇도 아무쪼록 꾸준히 이어가 봐야겠다. 지금은 일요일 저녁, 토요일에 당직근무 서고 자정 넘어 들어온 나를 위해 아내는 항정살 구이를 준비했다. 일단 이건 아내의 사랑이니 맛있게 먹고, 다이어트는 내일부터 시작하자. 냄새 좋~다.

'사이다'를 만드는 시간, 제게도 영광입니다

"기자분들 목소리에서 사이다 맛이 납니다. 성우로도 대성할 것이라 생각합니다.ㅎㅎ 감사합니다."

눈물이 울컥 나올 뻔했다. 댓글 하나에 울고 웃고 할 나이는 아니지만, 그동안 기분이 좋지 않았던 것은 분명했다. 방송을 시작한 지 3주째. 2주째까지는 매일 아침 눈 뜨자마자 스마트폰으로 댓글을 확인하는 게 일과였는데, 3주째 되면서는 그 일을 그만뒀다. 활자로 보는 것이지만 아침마다 어제 없었던 욕설과 비난을 읽는 것은 기분 나쁜 일이었다. 그러던 중에 누군가 달아 준 이 댓글 하나가 정말 눈물 나게 고마웠던 것이다.(지금 생각하니 누구 나를 아는 사람이 '국정원짓'을 한 건 아닐까 의심스럽기도 하다. 어쨌든.)

기자, 그것도 제 기사도 안 쓰는 편집부 기자라는 놈이 뭘 방송 타령인가 하실 거다. 그러게 말이다. 나도 어쩌다 일이 이렇게 커졌나 모르겠는데, 내가 정말 팔자에 없던 방송이라는 걸 하게 됐다. 오해 마시라. 텔레비전에 얼굴 나오는 방송은 당연히(?) 아니고, 목소리만 나오는 팟캐스트 라디오 방송이다.

방송의 이름은 '사이다', '사는 이야기 다시 읽기'의 줄임말이다. 사이다는 원래 연재 기사였다. 국내 최초(?)의 생활글 비평을 한번 해 보겠다며, 지난해 가을부터 야심차게 시작한 연재. 〈오마이뉴스〉에 올라오는 생활글 '사는이야기' 가운데 매주 한 편씩을 골라 요리 조리 뜯어보면서, '사는이야기의 매력을 알려 주고, 좋은 글을 쓰기 위한 방법도 알려 주자'는 게 목적이었다. 하지만 쓰는 사람만 골치 아프고, 읽는 사람 반응은 별 볼일 없는 상태로 이어지다가 약 넉 달 만에 '조기종영' 하고 말았다.

그러고 나서 방송 이야기가 나왔다. 글쓰기 이야기를 또 글로 하니까 아무래도 딱딱하고 '훈장님 말씀'처럼 재미가 없으니, 팟캐스트 방송으로 유쾌하고 친근하게 만들어 보자는 제안이었다.(이 생각을 처음 한 사람은 같은 부서 김털보 기자요, 본격적으로 준비하고 추진하게끔 제안해 준 사람은 김미선 편집부장님임을 굳이 밝히는 바이다.) 그렇게 해서 팟캐스트 사이다가 시작됐다. '진짜 우리가 방송을 하게 될까' 하는 생각으로 뻘쭘하게(?) 준비에 들어간 지 두 달 만에 정말로 덜커덕 현실이 된 것이다.

팟캐스트 포털인 '팟빵'에 등록된 방송만 해도 6600여 개. 흔한 말로 '개나 소나' 하는 팟캐스트 방송 하나 하는 것 가지고 뭘 그러나, 할 것 같기도 하다. 맞는 말이다. 그냥 친구들끼리 재밌는 사건 하나 만들어 보자고 시작한 일이라면 나도 그러겠다. 하지만 '오마이뉴스', 게다가 '이털남'이라는 이름을 달고 시작한 일이니 마음이 편할 수가 없다. 이털남은 명실상부한 우리나라 최고의 데일리 시사 팟캐스트 방송 아니었나. 방송의 'ㅂ'도 모르는 '쌩초보'가 그런 방송의 새로운 시즌을 맡는다는 것이 얼마나 부담이었는지 모른다.

물론 나 혼자 그 방송을 진행하는 것은 아니다. 같은 부서의 이준호 선배, 디자인팀의 이은영 선배와 함께 진행하는 사이다는 '이털남 시즌3'의 목요일 프로그램이다. 이털남 시즌3는 요일마다 다른 프로그램으로 채워진다. 그중 사이다는 이전 시즌의 이털남 같은 시사 프로그램이 아니다. 〈오마이뉴스〉에 실리는 사는이야기^(생활글)를 읽어주고 수다도 떨고 세상 돌아가는 이야기도 하는 '본격시사타치생활감성수다쇼'다.

월화수목금, 모든 요일의 프로그램이 한꺼번에 시작했으면 부담감이 좀 덜했을 거다. 그런데 제일 '시사스럽지' 않은 사이다가 시즌3의 첫 타자로 문을 열었다. 이털남의 컴백을 기다리던 팬들이 황당해하고도 남을 거라는 건 충분히 예상했다. 지난 3주 동안 확인한 청취자들의 댓글 반응은 대충 다음과 같이 정리할 수 있다. 1주차 : "이털남이 돌아왔다, 오예!". 2주차 : "엥? 그 이털남이 아니네?". 3주차 : "(댓글 없음)".

나름대로 바쁜 일과 시간을 쪼개 열심히 연습을 한 끝에 시작했다. 그 전에 글로 쓰던 연재기사를 확실히 더 재미있게 살려 보겠다는 각오도 있었다. 딱딱한 시사 프로그램의 틀을 벗어나서 이웃들의 진솔한 생활글로 친근하게 세상 이야기를 풀어 내 보자는 포부도 있었다. 그런데 청취자들의 초기 반응은 좀 속상했다. 그래도 몇몇 '잘 들었다', '재미있다' 말해 주는 이들이 있어서 정말 고마웠다. 그리고 무엇보다 자신의 글이 방송에 소개되고 난 뒤, 정말 기뻐하던 바로 그 사람들이 있었다.

"아, 기대 이상이었습니다. 다들 목소리도 좋고, 유머도 재미있고요. 더 잘 들을 수 있었으면 하는 안타까움에 안절부절했지요. 고생들 많이 하셨습니다. 저는 이 영광스러운(?) 사건을 잊지 않고 열심히 살게요."

첫 번째 방송에 자신의 글이 소개된 시민기자의 소감이다. 중증은 아니지만 청각 장애가 있는 분이라 방송을 듣지 못할 거라 생각했는데, 다행히 방송을 약한 소리로나마 들으셨다 했다. 자신의 글이 방송에 소개되고, 자신과 같은 장애 여성의 삶이 같이 이야기되는 것을 듣고 정말 기쁘셨다고. 한 사람의 일상에 "영광스러운 사건" 하나 만들어주는 것, 사실 이런 게 우리 방송의 목적이다.

첫 방송에서는 그동안 변변한 직업 하나 없이 살다 40대 중반에 공무원 시험에 도전한 장애 여성의 글을 읽었고, 두 번째 방송에서는 덩치 큰 삼형제의 투정과 주위 사람들의 주제넘은(?) 걱정에도 경차만을 고집하는 중년 남성의 글을 읽었다. 세 번째 방송에서는 취업에 계속 실패하면서 가족들과도 점점 서먹해져 고민하는 스물여덟 살 취업준비생의 글을 읽었다. 그들의 입장에서 공감하며 수다를 떨고, 그들을 위로하고 응원하는 시를 읽고, 그들과 우리가 사는 세상도 꼬집었다.

자신의 삶을 용기 있게 글로 표현하고 타인과 소통하려 한 사람들에게는 '영광스러운 사건'을 만들어 주는 일. 그리고 청취자들에게는 자신과 같이 이 세상을 열심히 살아내고 있는 이웃들의 이야기로 공감과 위로를 느끼게 하는 일. 너무 거창하게 얘기했지만, 우리 방송은 그런 일을 하기 위해 시작한 것이다. 좋은 댓글만 잔뜩 달리기를 바라고 시작한 것도 아니고, 팟캐스트 순위에서 1등 먹자고 시작한 것도 아니다. 우리가 하고 싶은 일을 매회 최선을 다해 하다 보면, 그런 것은 따라올 수도 있고 아닐 수도 있고 뭐 '겨우' 그런 것.

그리고 무엇보다 중요한 건, 바로 내가 즐거운 것 아니겠는가. 누가 이거 안 하면 월급 깎겠다고 협박한 것도 아니고, 이거 잘 하면 부장 시켜 준다고 꼬드긴 것도 아니다. 내가 세상에서 가장 좋아하는 일, 삶의 진실이 담긴 글을 읽고 우리의 삶과 이 세상에 대해 이야기 나누는 일을 하고 있다는 게 가장 중요하다. 이 즐거운 일을 하면서 너무 이것저것 자잘하게 신경 쓰고 쓸데없이 욕심 내는 꼴이란 얼마나 우습나. 오마이뉴스, 이털남이라는 이름은 그래도 무거운 것이지만, 그저 즐겁게, 하지만 겸손하게 그냥 지고 가는 거다.

요즘은 어딜 가나 사이다 얘기를 제일 먼저 하게 된다. 나도 안다. 방송 이야기를 하면서 내가 얼마나 들뜬 표정을 짓는지. 네 번째 방송이 나가면 또 어떤 댓글들이 달릴지 여전히 궁금하고 좀 떨리지만, 그것 하나 때문에 기분 나빠 풀이 죽거나 반대로 기고만장 건방을 떨지는 않을 거다. '처음'이라는 이름에 걸맞게 차근차근, 내가 가장 보람을 느끼고 즐거워하는 일을 해 나갈 거다. 이것은 내게도 '영광스러운 사건'이니까.

3월 3일
오후 4시 46분…
'아빠'로 태어났습니다

　아내는 울지 않았다. 나는 평소에도 눈물이 많은 아내가 당연히(?) 울 거라고 생각했고, 아내가 울면 달래야 하나 놀려야 하나 고민하고 있었다. 하지만 온몸에 노르스름한 태지를 묻히고 내 손가락만큼 굵은 탯줄을 늘어뜨린 홈런이가 빨갛게 달아오른 얼굴로 아내 가슴에 안겼을 때, 아내는 울지 않았다. 아내는 그 어느 때보다 환한 얼굴로 활짝 웃으며, 제 몸에서 나온 홈런이를 맞이했다. 드디어.

　3월 2일 일요일 밤. 나는 소파에 가로로 누워 〈개그콘서트〉를 보며 낄낄거리고 있었다. 병원에서 말해 준 홈런이의 탄생 예정일은 2월 28일. 예정일 일주일 전부터 '비상 대기'에 돌입했던 우리는 일주일 넘게 계속된 긴장 상태에 살짝 지쳐 있었다. 날짜가 하루하루 지날수록 아내의 몸 속에서 홈런이는 그만큼 더 자랄 테고, 자연 출산을 목표로 오랜 시간 준비해 온 아내한테는 그만큼 더 부담이 되는 거였다.

그날 낮에는 엄마가 보내 준 장어를 구워 먹고 우리 둘이 결의대회(?) 같은 것도 했다. 홈런이한테 "엄마 아빠는 힘쓸 준비를 해 놨으니 오늘 좀 나와 주면 어떨까?" 하고 설득도 했다. 그리고 정말 그날 밤, '상황'이 시작됐다. 아내가 화장실에 갔다 나오면서 "자기야 어떡해, 뭐가 나와" 하고 말했다. 그리고 양수가 터진 것 같다면서 "이제 정말 홈런이가 나오려나 봐" 하고 울먹였다.

침착해야 한다. 내가 침착해야 한다. 나는 양수는 얼마나 나오는지, 진통은 오는지 물었다. 그리고 출산하기로 예정된 조산원에 전화해서 어떻게 해야 하는지 차분히 물어보라고 했다. 다행히 양수는 터진 게 아니라 새는 거였다. 진통도 아직 없어서, 조산원에서는 그냥 마음 편히 한숨 자고 진통이 3분 주기로 오면 조산원으로 오라고 했다.

이 상황에서 어떻게 마음 편히 잠을 잘 수 있느냐……고 생각했지만, 진정하고 침대에 누우니 잠이 또 왔다(나는 그랬는데, 미안하지만 아내는 어땠는지 모르겠다). 아침에 일어나서 조산원에 갈 채비를 하고, 부장님한테 전화를 해 상황이 시작됐다고 알렸다. 밤새 진통은 심하게 오지 않았는데, 양수는 계속 새고 있어서 걱정이었다. 양수가 너무 많이 빠져나가면 그만큼 홈런이가 나오는 데 힘이 들 것이기 때문이다.

조산원 가는 길에 들른 곳은 24시간 설렁탕집. 아내가 홈런이 낳기 전에 꼭 먹을 거라고 벼르던 음식이 설렁탕이었다. 조금씩 진통이 오는 와중에 설렁탕 한 그릇씩을 싹 비우고 조산원으로 갔다. 조산사 선생님이 초음파와 내진을 통해 홈런이의 상태를 봤다. 아직 양수 양도 괜찮게 남아 있고, 홈런이도 태변을 누거나 하지 않고 건강하게 잘 있다 했다. 아내 배 속에서 태변을 누고 그걸 먹거나 하면 위험하다 했다. 아직 진통이 심하지 않아 우리는 조금 머쓱하게 다시 집으로 돌아왔다.

진통을 촉진하는 운동과 마사지를 계속하라고 했다. 아내는 진통 주기를 체크하는 스마트폰 앱으로 주기를 기록하고(정말 별 게 다 있다), 나는 열심히 그동안 '아빠 되기 교육'을 통해 배운 마사지를 해 줬다. 12시가 다 돼 가자 진통은 2~3분 주기로 왔다. 이번에는 내가 먼저 '이제 조산원에 가야 할 때 아닌가' 말했지만 아내는 점심을 먹고 가겠다고 했다. 그래서 먹은 점심 메뉴는 자장면과 볶음밥. 나는 철없이 자장면 한 그릇을 다 비우고, 아내가 먹다 남긴 볶음밥도 냠냠 잘 먹었다. 그리고 드디어 조산원으로 출동!

도착하니 오후 1시가 조금 넘었다. 아내의 몸 밖으로 새어나오는 양수의 빛깔을 봤는데, 약간 누르스름했다. 홈런이가 태변을 눈 것이라 했다. 불안했다. 조산사 선생님이 나한테만 따로 살짝 이야기했다.

"지금은 다행히 맥도 정상이고 자연 출산을 시도해 볼 수 있는데, 양수가 너무 적어지고 태변 양이 많아지거나 태동이 줄어들거나 하면 위험해요. 그때는 병원 가서 수술해야 하니까 미리 알고 계시라고요. 우리가 계속 태동하고 맥하고 체크할 테니까 걱정은 하지 마시고요."

그 얘기를 들으면서도, 아내나 홈런이의 건강에 무슨 문제가 생길 거라는 불길한 생각은 전혀 하지 않았다. 다만 아내가 온전히 제 힘으로 홈런이를 낳기 위해 준비해 온 시간들을 잘 알기 때문에, 만약 수

술을 할 경우 아내가 실망할 것이 걱정됐다. 괜찮다. 아직 기회가 있으니 열심히 해 보면 된다. 그래도 안 되면 미련 없이 결과를 받아들이면 된다. 아내와 나는 심호흡을 하며 '아기 낳는 방'으로 들어갔다.

우리 두 사람뿐, 진통을 도와주는 사람은 없다. 진통은 이미 한 시간도 전부터 2~3분 주기로 오고 있었다. 진통을 늦춰서는 안 된다. 진통이 잦아들고 시간만 흘러가면 양수 양은 점점 더 적어질 것이고, 그럼 수술을 해야 하는 상황이 점점 더 가까워지는 거였다. 아내는 나보다 그 사실을 더 잘 알고 있었다. 진통을 끙끙 하면서도 계속 나한테 진통을 유도하는 마사지를 더 해 달라고 했다. 평소에는 아파도 엄살 한 번 부리지 않는 사람이 자기도 모르게 비명을 지를 정도인데도, 계속해서 진통을 유도하는 운동을 했다.

나는 그동안 내가 그냥 참 착한 여자와 결혼했다고 생각했다. 하지만 그 모습을 보면서 내가 참 대단한 여자와 결혼했다는 걸 알았다. 나는 두꺼운 겨울 긴팔 셔츠를 입고 있었고 아내가 그 위로 내 팔을 잡았는데, 나중에 보니 내 팔뚝에 아내의 손톱 자국이 선명했다. 손목과 손가락 관절이 안 좋아서 심할 때는 병뚜껑 하나 돌려서 못 따는 아내다. 그 정도로 아픈데, 어떻게 더 아프게, 더 진통이 오게 해 달라고 할 수 있었을까. 참 지금 생각해도 존경스럽다는 말밖에 나오지 않는다.

엎드렸다 누웠다 섰다 앉았다, 그렇게 진통을 견딘 지 두어 시간쯤 지났을까. 그동안 때때로 방에 들어와 홈런이의 상태를 체크하던 조산사 선생님이 장비(?)를 챙겨들고 다른 조산사 선생님 한 분을 모시고 왔다. 본격적으로 홈런이를 낳기 시작한 거였다. 나는 아내를 품에 안은 것 같은 자세로 아내의 등 뒤에 앉아, 계속해서 호흡과 '밀어내기'를 유도했다. 하나 둘 셋 넷 다섯 여섯, 하는 구령(?)을 몇 번이나 말했을까, 세상에나, 아내의 몸 밖으로 홈런이의 머리가 보이기 시작했다!

그 감격적인 순간, 나는 어쩌자고 그렇게 유치한 생각을 했을까. 아직 아내의 눈에는 홈런이가 보이지 않는 상황. 나는 세상에 나온 홈런이를 아내보다 내가 먼저 봤다는 걸 두고두고 자랑해야겠다는 생각을 하고 있었다. 내가 잠시 이렇게 유치함에 빠지는 사이에도 아내는 사력을 다해 홈런이를 밀어냈다. 2014년 3월 3일 오후 4시 46분이었다. 홈런이가 드디어 우리와 눈을 마주쳤다. 아내와 내가, 부모로 태어난 순간이었다.

홈런이는 아내의 가슴 위에 엎드려 엄마의 심장 소리를 들었다. 나오는 순간에는 조금 '응애' 소리가 나더니, 엄마 가슴 위에서는 울지도 않았다. 나는 태맥이 멎기를 기다려 탯줄을 잘랐다. 아내는 열 달을 준비해 온 자연 출산을 정말 멋지게 해 냈다. 어떤 의료 개입도 없이, 스스로 홈런이를 낳고 엄마가 됐다. 수술을 해야 할 수도 있는 불안한 상황 속에서 온 힘을 다해 홈런이를 낳은 아내가 정말 대견하고 자랑스럽다.

이제 홈런이가 세상에 나온 지 보름쯤 됐다. 아내는 밤새 배고프다 보채는 홈런이를 그 아픈 손목으로 달래 가면서도(아내의 손목은 출산 후에 더 안 좋아졌다. 흑.), 자연 출산에 이은 또 하나의 목표인 '완전 모유 수유'를 위해 애쓰고 있다. 아내의 대단한 결심과 헌신 덕분에 우리는 이렇게 소중한 기적과 손잡을 수 있었다. 내게 너무도 벅찬 행복을 선물해 준 내 아내 곽지현 씨, 사랑합니다. 고맙습니다.

꽤 예쁜 이름이 있지만, '털보'라고 불릴 때가 더 많다. 머리카락보다 수염이 더 많기 때문. <오마이뉴스>에서 기자로 일하면서 '미녀와 야수'처럼 아름다운 옆지기를 만나 즐겁게 산다. 곧 태어날 태양이 아빠이기도 하다. 담배와 커피 그리고 인연을 달고 산다.

6년 만의 고백…
"몽골 각하,
미안합니다"

　지금 이 글을 끄적이고 있는 나와 당신, 우리는 지극히 평범한 사람들이라는 이유로 미래를 예견할 수 있는 식견 따위는 허락받지 못했다. 때문에 1분 1초를 살아가면서 불안을 가슴 저기 한 편에 묻어 놓고 산다. 같은 이유로 우리는 급작스러운 상황에 당황하는 면상으로 세상을 대하곤 한다.

　그런데, 대개 급작스러운 상황은 어떻게든 '미안하다, 다시는 그러지 않겠다'는 말로 커버칠 수 있을 법하다. '오늘은 내가 쏘도록 하지, 마음껏 위장을 곤혹스럽게 만드시게'라며 술과 음식을 신나게 시켜 놓고 나서 내가 '카드 한도 초과' 상태임을 깨달았을 때, 솔직히 미안하다고 하면 어떻게든 수습할 수 있다.

　하지만, 그 어느 곳에 하소연할 수가 없는 일촉즉발의 상황도 존재한다. 그건 바로 생리적 '디폴트 사태'가 도래했을 때다. 생각해 보자. 당신은 지금 오줌이 마려워 죽을 지경이다. 그런데 엘리베이터

안에 있다. 엘리베이터에는 빌어먹을 사람들이 가득가득하다. 당신의 목적지는 18층, 하지만 11층부터 촘촘히 사람들이 내리기 시작한다. 당신은 무엇을 할 수 있을까……. 사람들에게 "저기요. 미안한데, 저부터 18층에 가면 안 될까요?"라고 할 텐가. 노노. 절대 불가하다.

지금부터 내가 풀어 갈 이야기는 이런 생리적 '디폴트 사태'가 얼마나 무서운지에 관련돼 있다. 또한, 수년의 세월이 지난 지금, 마음 한구석에 미뤄 놨던 공개 사과이기도 하다.

때는 2006년 7월, 숨만 쉬어도 더운 어느 날이었다. 당시 중국에 머물고 있던 나는 함께 지내던 형님(나아무개) 한 분과 큰 여행을 계획했다. 우리의 목적지는 몽고의 수도 울란바토르였다. 우리는 함께 생활하던 몽골인 친구 멍더의 집에 머무르며 지내기로 약속했다. 12시간의 장거리 버스, 24시간의 러시아산 기차를 타고 사막을 뚫고 초원에 닿았다.

"오오! 나의 고향, 울란바토르여!"

하루를 꼬박 달린 기차 안에서 멍더가 이렇게 외칠 때 우리를 맞이한 것은 초원 구릉에 새겨 놓은 징기스칸의 얼굴이었다. 그들에게 징기스칸은 울란바토르였고, 울란바토르는 몽골 그 자체였다.

우리는 현지인의 집에 머물다 보니 그들의 생활 습관과 100퍼센트 일치하는 귀중한 경험을 하게 됐다. 그렇게 3일 정도를 보냈을까. 생판 얼굴도 모르던 한국 사람을 재워 준 멍더의 아버지는 우리에게 이렇게 제안했다.

"한국 친구들. 시내 번화가에 한국 식당이 있는데, 거기서 점심이

나 먹자. 하하!"

말젖과 이상하게 딱딱한 빵, 우유에 밥을 말은 것만 같은 국밥류의
음식만 먹던 우리에게 그의 제안은 천상의 아리아와 다름없었다. 나
아무개 형님과 나는 마치 신문명의 전도사라도 된 것처럼 어깨를 으
쓱하며 "그래요? 한국 맛을 제대로 낼지 모르겠네요. 저희가 대접할
테니 걱정 말고 함께 가시죠"라고 말했다. 몇 시간 뒤 나는 이 말을
뱉은 것을 후회하게 된다.

울란바토르 시내에서 가장 번화한 거리의 이름은 '서울의 거리'다.
요새 한류가 장난 아니라고들 난리인데, 내 생각에는 레알 한류가 적
용된 나라 중에 하나는 단연 몽골이라 생각한다. 시내 중심가 이름에
다른 나라의 수도 이름이 들어가기 때문이다(물론 거기에는 서울시의 자매결연이
숨어 있었지만).

"애들아, 저 식당이다!"

(6년이 지난 지금까지 그대로 있는지는 모르겠지만) 우리가 찾아간 식당의 이름은
'야인시대'. 간판에는 드라마 〈야인시대〉에 나온 등장인물들의 얼굴
이 들어가 있었다. 아무렴 어떤가, 얼마만의 한국 음식인데……. 우
리는 전진 무의탁 자세를 취하며 식당에 들어갔다.

익숙한 향기가 가득했던 식당. 우리는 자신 있게 비빔밥, 갈비탕,
설렁탕 등 나름 특색 있다고 여겨지는 한국 음식을 주문했다. 나와
나아무개 형님은 손짓 발짓을 총동원하며 음식의 맛이 '따봉'이라는
것을 설명했다. 얼마 정도의 시간이 흘렀을까. 주문한 음식이 하나둘
씩 나오고, 내 앞에는 뜨끈하게 생긴 설렁탕 한 그릇이 놓여 있었다.

"자, 먹읍시다! 한국의 맛을 느껴 보세요!"

오랜만에 칼칼한 맛을 느끼고 싶었던 나는 식당 탁자 위에 올려져 있던 다대기를 한 숟갈 퍼 설렁탕에 풀었다. 냠냠, 냠냠, 후루룩, 냠냠. 매운 맛, 이 맛이 한국인의 힘이라고 신나게 떠들며 나름 즐거운 식사를 마쳤다.

이후 멍더와 나아무개 형님, 그리고 내가 향한 곳은 울란바토르의 볼거리 중 하나인 자이승전승탑. 이 탑은 특이하게도 산 위에 있어 울란바토르 전경을 한눈에 볼 수 있다는 장점이 있었다. 가파른 계단을 올라가면 닿을 수 있는 그 광장에서 나는 레닌의 얼굴을 볼 수 있었다. 조형물에 그의 훤한 대머리가 조각돼 있었다.

레닌을 보고 있던 그때, 내 안의 끓어오르는 뭔가가 느껴졌다. 하지만, 그 끓어오름의 진원지는 가슴이 아니었다. 아랫배였다. 이럴 때 인간은 빛과 같은 속도로 문제의 원인을 진단하곤 한다. 이런 제길. 끓어오름의 단초를 제공한 것은 설렁탕 안에 듬뿍 넣었던 다대기였다. 밍밍하지만 담백한 음식만 주로 흡수하던 내 예민한 장이 오랜만에 까칠하게 매운 다대기를 마주하고 난 뒤 탈이 난 것.

"멍더야……. 여기 화장실이 어디에 있어? 좀 다녀와야 할 것 같은데……."

"화장실? 웃흠, 우리 올라온 산 중턱에 기념품 파는 데 있었지? 거기에 유료 화장실이 있을 거야."

빠른 걸음. 대뇌에서 명령을 내리기도 전에 이 몸 안의 뉴런들은 잽싼 발걸음을 이미 주문한 상태였다. 사뿐사뿐, 하지만 빠르게. 그리고 치밀하게. 조금이라도 괄약근에 틈을 줬다가는 남의 나라 혁명 성지에 똥질을 한 '꼴불견 외국인 여행객'이 될 수도 있었다.

어느새 닿은 산 중턱 유료 화장실 앞. 올라올 때 힐끔 봤던 화장실 관리자는 자리에 없었다. 화장실 옆 기념품 가게 주인이 내 얼굴을 물끄러미 바라보고 있었다. '똥 마려운 개처럼 생겼군'이라는 표정으로. '내 장에 급변 경보가 울렸으니 살려 달라'는 메시지를 판토마임으로 표현했다. 기념품 가게 주인은 뭔가 떠먹는 몸짓으로 나를 절망의 구렁텅이에 빠트렸다. 제길, 아마 화장실 관리자는 밥을 먹으러 갔으리라.

나는 몽골어를 할 줄 모르는 내가 산 아래로 내려가 화장실을 찾는 것은 무리라고 판단했다. 다시 사뿐사뿐, 하지만 치밀하게 산 정상 광장으로 향했다. 나의 긴박한 사정을 말하자 멍더는 "그래, 더 이상 볼 것도 없으니 내려가서 화장실부터 가자"고 했다. 이어 그는 "여기 주변에 이태준이라는 한국 사람을 모신 곳이 있거든, 거기 화장실 있을 거다"라고 말했다. 세상에, 애국지사 중 한 분이셨던 이태준 열사. 그의 이름이 들자 나는 한민족임을 자랑스럽게 생각하기도 했다.

산 아래로 다시 내려온 우리는 멍더의 차에 탑승했다. 초원에 난 아스팔트 도로를 달리는 우리 일행. 내 주먹은 극도로 집중된 악력으로 하얗게 질려 있었고, 이마에는 식은땀이 흐르고 있었다(순간, 이런 생각도 했다. 장 속에 찬 수분이 땀으로 나오면 얼마나 좋을까라는). 이런 내 표정을 알아챘는지 멍더는 꽤 빠른 속도로 이준 열사를 모신 곳으로 향하고 있었다. 그런데……

"엥? 여기가 아닌가? 길을 잘못 들었네;;"

망할 놈. 내 장 속 평화는 그의 두 손에 달렸거늘, 길을 잘못 들었단다. 그러면서 그는 한마디 했다.

"얘들아, 오른쪽에 보이는 게 우리나라 대통령궁이야. 멋있지?"

"오오! 진짜? 야, 차 좀 세워 봐. 사진 좀 찍게!!!"

나아무개 형님이었다. 평소 존경하며 따랐던 형이었지만, 이때만큼은 정말 한 대 때리고 싶었다. 나아무개 형님은 "우리가 언제 몽골 대통령궁을 이렇게 가까이서 보겠냐, 잠깐 사진만 찍으면 되니까, 지현아, 조금만 참아라"라고 속삭였다. 그의 말소리 너머에는 한 줄기 실소가 담겨 있었다.

끼익. 내 바람과는 정반대의 일은 여기서부터 시작됐다. 차는 멈췄고, 멍더와 나아무개 형님은 차에서 내렸다. 차 안에 앉아 있던 나는 움직일 수 없었다. 적어도 내 장 속에서 다대기의 다른 이름은 '맹렬한 분노'가 됐다. 장 속의 민중봉기라고나 할까. 더 이상 '맹렬한 분노'를 제어할 수 없었던 나는 차 뒷좌석에 놓여 있는 휴지를 손에 쥐었다. 이젠 참을 수 없다. 나는 '맹렬한 분노'를 막을 수 없어.

차 밖으로 나왔다. 오른쪽으로는 나름 으리으리한 몽골 대통령궁이, 왼쪽으로는 광활한 초원이 펼쳐져 있었다. 나무 하나 없는 초원, 윈도우XP를 처음 깔았을 때 배경 화면으로 나올 법한 그런 초원, 망망대해만큼 무서운 초원. 나는 일단 한걸음 한걸음 앞으로 전진했다. "어디 가냐"는 멍더의 말을 무시한 채, 살짝 멀리 보이는, 풀떼기가 모여 있는 곳으로 향했다.

보기가 하나밖에 없는 객관식 문제를 본 적이 있는가. 나는 봤다. 주춤주춤 도착한 풀떼기 앞에서 말이다.

문제. 당신, 힘들죠? 일단 쌀까요?

① 아뇨, 당연하죠.

나는 ①번을 택했고, 풀떼기 앞에서 자세를 취했다. 숫자 7의 모양새로 말이다. 액상으로 추정되기 때문에 혹시나 튈지 모르는 '맹렬한 분노'가 무서워서, 지면과 허벅지 간의 거리를 최대한 확보해야 했다.

'뚫뚫뚫뚫!!! 뚫뚫뚫뚫!!! 뚫뚫뚫뚫뚫뚫뚫!!!'

'맹렬한 분노'는 맹렬했다. 그리고 다대기만큼 매웠다. 장까지 함께 나올 것만 같은 '맹렬한 분노'를 뱉어 낸 뒤 정면을 주시했다. 멀리 차가 한 대 지나간다. 그 차와 나 사이의 장애물은 없었다. 여긴 초원이다. 그리곤 하늘을 봤다. 참 맑은 날씨. 차라리 마음을 고쳐 먹었다. 난 하늘이 보이는 초원에서 자연과 하나가 됐다고……

액션 영화를 보면 간혹 이런 장면이 등장한다. 불타는 공장, 건물 속에 남아 있던 인화물질이 터지고 있는 가운데 악당을 물리치고 유유히 걸어 나오는 주인공의 모습. 한결 가벼워진 몸 상태여서 그런지 천천히 지금을 즐겼다.

그. 런. 데. 내 앞에 보이는 풍경은 뭔가 이상했다. 멍더의 차 앞에는 두 명의 경찰관이 서 있었고, 멍더는 그들에게 뭔가를 열심히 설명하고 있었다. 나아무개 형님은 자신의 여권을 경찰관에게 주고 있었다. 뭔가 사달이 났다. 본능적으로 나는 휴지 뭉치를 등 뒤에 숨기고 차로 접근했다. 열려 있는 창문에 몰래 휴지를 넣고 그들에게 다가갔다.

"서동스훙? 뮳꿟쏾빡 쿩뤍꺍꽁엥흐 크슳뷕뤍!"

"한국인이지? 여권 가지고 와!"(명더의 통역)

내가 그들에게 여권을 건네자 그들은 다시 무전기로 내 이름과 여권번호를 불러 주는 것 같았다. 그리고는 뭔가 메모를 하기 시작했다. 내가 왜 이국땅에서 여권을 내고 취조당하는 이상한 분위기에 처해야 하는가. 도저히 이해할 수 없었다. 나는 명더에게 무슨 연유인지 물었다. 그러자 명더는 "잠깐만, 내가 알아서 할께"라고 말하며 그들과 알아듣지 못하는 말을 나누기 시작했다.

10여 분이 흘렀을까. 급기야 명더는 아버지에게 전화를 걸었고, 경찰관들은 명더 아버지와 통화한 끝에 우리에게 가도 좋다고 했다(명더의 아버지는 세관에 근무하는 고위 공무원이었다). 다시 달리는 차 안. 나는 다시 명더에게 어떻게 된 일인지 물었다.

"아, 그게 말이야. 대통령궁 사진을 무단으로 찍거나, 5분 이상 거동 수상자가 보일 경우에 경찰이 와서 심문을 하거든……. 그래서 아까 나아무개가 찍은 사진 다 삭제됐어……. 니가 안 보여서 우리는 기다리고 있었지. 근데 너 어디 갔다 온 거야? 배 아프다며?"

"…… 사실은 말이야, 명더야……."

나는 자초지종을 설명했다. 그러자 명더는 화를 내며 잘못해서 걸렸으면 난 벌금 물고 너는 국외 추방당했을 것이라고 설명했다. 정확히 몽골의 법 조항이 어떻게 돼 있는지는 모르겠지만, 생각해 보자. 한 외국인 여행객이 청와대 주변을 기웃거리다가 풀밭에 앉아 똥질을 한다면? 만약 내가 걸려서 그런 처분을 당했다면 아마 해외

토픽 혹은, 뉴스에 한 줄 나왔을지도 모르겠다. '한국인 여행객의 몰지각함 때문에 외교 분쟁의 조짐이 보이고 있습니다'라는 리드와 함께 말이다.

나는 지극히 평범한 사람이다. 덕분에 미래를 내다볼 수 있는 능력 따위는 없다. '야인시대'의 다대기가 이런 위험하고도 매웠던 '맹렬한 분노'를 낳을 줄 어떻게 알았겠는가. 이미 6년이나 지났지만, 이 자리를 빌어 사과를 표한다.

몽골 각하(당시 대통령은 남바린 엥흐바야르), 참 미안합니다. 당신 집무 공간 옆에 '맹렬한 분노'를 표해서…….

밤새고 먹었던
라면 한 그릇…
젓가락을 멈췄습니다

며칠 전, 어김없이 마감을 치던 날. 선배들과 저녁을 먹으러 지하 식당가에 내려갔다. 세상에서 가장 어려운 문제 중 하나인 '무엇을 먹을까'에 끙끙대던 우리는 결국 분식집으로 발걸음을 옮겼다. 김밥과 라볶이, 그리고 라면을 주문한 우리는 별말 없이 말 그대로 '배를 채웠다'.

오가는 젓가락, 회전율이 높은 단무지. 이 음식 저 음식에 종횡무진하던 내 젓가락의 종착역은 라면이었다. 나온 지 꽤 됐기에 어느 정도 불은 면발을 젓가락으로 휘휘 저어 집어들자 문득, 옛 생각에 숙연해졌다. 퉁퉁 불은 라면을 먹을 때마다 떠오르는 한 남자가 있기 때문이다.

2003년 1월, 매서운 겨울. 수능을 치른 나는 '이젠 내 손으로 돈을 벌 수 있겠군'이라는 '사치스러운' 생각에 부풀어 있었다. 하지만, 특별히 일자리를 구할 수 없었던 나는 인력시장으로 향했다.

"여기 아저씨 왼쪽으로 열 명은 OO물류센터로 갈 겁니다. 길 건너 봉고에 빨리 타세요. 수수료 5,000원 안 주신 분 없죠? 빨리 가세요."

겨울이라 이미 컴컴해진 하늘, 나와 내 친구 그리고 이름도 성도 모르는 아저씨 여덟 명은 길 건너 승합차에 몸을 실었다. 겨울이었지만, 그레이스 봉고차에 장정 열 명이 탔지만, 차 속에는 한기가 가득했다. 우리를 물류센터까지 데려다 주는 물류센터 아저씨는 말이 없었고, 히터는 틀지 않았다. 아니, 틀 생각이 없어 보였다.

봉고에 타고 있던 우리의 임무는 오후 7시부터 다음날 오전 7시까지 OO물류센터에서 전국 각지로 뿌려지는 택배를 트럭에 쌓는 것. 작업장은(트럭을 대야 하니) 당연히 밖에 있었고, 몇몇 아저씨들은 봉고에서 내리자마자 누렇게 변색된 마스크를 착용하고 있었다.

OO물류센터의 조명은 새하얬다. 하지만 그보다 더 새하얬던 것은 일용직 아저씨들의 입김과 담배 연기였다. 동시에 밤하늘보다 컴컴한 것이 눈에 들어왔다. 그건 아저씨들이 차고 있던 마스크에 새겨지는 먼지들. 그 먼지들은 아저씨들의 콧구멍과 입 모양으로 새겨졌다. 마스크를 올려 코만 가리고, 담배를 뻑뻑 태우던 아저씨들은 누구보다 빨리, 그리고 차곡차곡 물건을 나르고 있었다.

무슨 뜻인지, 무슨 멜로디인지 전혀 알아들을 수 없는 노래를 흥얼거리는 아저씨부터 물건을 트럭 안에 넣을 때마다 "어이코"라는 추임새를 넣던 아저씨. 귤 상자에 손을 넣어 귤 몇 개를 손에 쥐고 막내인 나와 내 친구에게 던져 주던 아저씨까지. 우리는 장장 열두 시간을 함께 했다.

열두 시간의 야간노동. 오전 7시가 되자 아저씨들의 어깨는 차츰차츰 식어 갔다. 동이 터 오르는 작업장에 일렬로 서 일당 4만5천 원이 든 노란 봉투를 차례로 받았다. 그리고는 이내 어스름 형광등이 껌뻑이는 컨테이너 박스로 향했다.

"야, 막내들. 빨랑 와, 니네 라면 안 먹을 거냐?"

알고 보니, OO물류센터는 야간조가 일이 끝나면 시간에 맞춰 라면 한 그릇을 대접(?)해 줬다. 식당에 들어서니 눈을 제대로 뜰 수 없을 정도로 매운 기운이 느껴졌다. '맵기로 정평이 나 있는 썬라면을 맥이는 구만'이라는 생각을 하기 바쁘게 나는 아저씨들 뒤에 줄을 섰다.

계란 따위는 풀려 있지 않은 '조나단 매운 라면'과 단무지. 그게 아침 식사의 전부였다. 나는 우리 인력센터에서 나온 아저씨들과 함께 라면을 세차게 '마셨다'. 배고플 대로 배고팠던 상태라 대량 조리로 생기를 잃은 면발은 개의치 않았다. 그저 '배를 채울 뿐'이었다.

우리 테이블 맞은 켠, 한 남자가 퉁퉁 불은 라면을 역시 '마시고 있었다'. 라면을 한껏 들이킨 그 남자는 주머니에서 휴대전화를 꺼내 어디론가 전화를 걸었다.

"여보? 응, 아침 먹고 있어. 뭐? 또 안 잤다고? 3일째 그러면 어떡해. 낮에 일 나간다면서. 어휴."

땀 꽤나 흘리며 라면을 흡입하던 나는, 옆 테이블 남자의 의기소침한 목소리를 듣다 젓가락을 멈췄다. 라면 국물보다 뜨겁고 매운 뭔가가 귀청을 때린 듯, 가슴을 때린 듯.

벌써 10년가량이 지난 지금. 그날 아침 퉁퉁 불은 뜨거운 라면을 들이켰던 그 남자는 무엇을 하고 있을까. 그리고 남편 걱정에 잠 못 이루던 아내는 무엇을 하고 있을까. '비정규직'이라는 굴레에서 벗어나 오손도손 잘 살고 있을까. 따뜻한 쌀밥에 하루 일을 이야기하며 된장찌개에 숟가락을 섞고 있을까.

며칠 전, 불은 라면을 먹다가 감히 바랐다. 아침 7시에 4만5천 원짜리 일당 봉투를 받고 라면을 들이켜는 또 다른 그 사람들이 없기를 말이다.

박근혜에게
'수염 난 기자'란?

"어머, 수염이다."

지금으로부터 11년 전, 아침에 졸린 눈을 부비고 일어나 화장실 거울을 마주한 나. 내 턱에는 뭔가 거뭇거뭇한 게 기지개를 켜고 있었다. 놀랐다. '내 몸 안에 있던 남성 호르몬이 이제 그 기세를 떨치는구나'라며 손끝으로 그 턱수염을 만져봤다. 물론 그때는 몰랐다. 아주 짧은 한 줄기 획이 내 이름 석 자에 버금갈 정도로 나를 표현할 수 있는 대상 중 하나가 될 줄은……

남들보다 수염이 일찍 났던 나. 11년 전, 고등학교 2학년 때부터 수염이 나기 시작했으니 남들보다 일찍 난 건 확실했다. 내 수염은 듬성듬성 한두 가닥씩 나지 않았다. 하나가 둘이 되고, 둘은 넷이 됐다. 증식 속도가 남달랐던 내 수염들은 코 아래부터 시작해 하관을 거쳐 얼굴 절반 정도의 대지를 빠른 속도로 잠식했다.

수염에 거부감이 없던 나는 그들에게서 일종의 희열을 느꼈다. 시나브로 얼굴을 덮는 그들을 보면서 도종환 시인의 〈담쟁이〉가 떠오를 지경이었으니 말이다. 서두르지 않고 묵묵히, 함께 손을 잡고 올라가는 그들, 칼날의 억압에도 차츰차츰 절망을 놓지 않는 그들은 내게 '민중의 연대란 이런 식으로 이뤄져야 하는 것'이라는 가르침을 주기도 했다.

하지만, 이건 내 마음대로 한 '꿈보다 해몽이 좋은' 수준의 해석이었을 뿐. 내 주변 이들이 바라본 수염의 존재 의미는 확연히 달랐다.

[장면1] "수염, 그거 불편하지 않아?"

"어이! 산적 왔냐? 여기 앉어."

'끼익.' 문이 열리자 책상 앞에서 뭔가 키보드를 괴롭히고 있던 그는 내게 최대한 친근한 목소리로 말을 건넸다. 여기는 한 대학의 기획조정처 사무실. 당시 학보사 기자였던 내가 마주하고 있던 이는 기획조정처 김필종(가명) 선생. 그는 내 주요 출입처 취재원이었다.

학보사에 몸담았던 시절, 나는 등록금 문제라든가 대학 내 민간자본 유입 등 학내 사안을 마크하고 있었다. 때문에 취재를 위해 대학 본부를 자주 드나들게 됐고, 당연히 취재원과 긴밀한 관계를 유지해야 했다. 내 입장에서 그는 '최대한 잘 구워삶아 캐낼 것은 캐내야 하는' 대상이었고 그의 입장에서 나는 '앞에서는 웃다가 나중에 뒤통수 때리지만, 그래도 외면할 수는 없는 놈'이었다.

공생하지만 언젠가는 서로를 구워삶아야 하는 입장에 놓인 우리는 해야 할 이야기를 마치면 늘상 이런저런 잡담으로 시간을 보내곤 했다. 그런 그는 백이면 백, 담화의 마지막에 '내 수염'을 짚고 넘어갔다.

"지현아, 너 인마. 너 수염 때문에 본관에서 산적으로 불려, 알지? 좀 밀어라. 너 그 수염이 불편하지도 않냐?"

그는 내 수염을 '제거해야 할 불편한' 대상으로 취급했다. "에이, 이거 절대 불편하지 않아요. 전 좋아서 기르는 건데요"라고 답하며 돌아서는 내게 그는 "야, 다음에 올 때는 꼭 밀고 와라! 안 그러면 아래 얘기해서 못 들어오게 할 거야!"라며 껄껄 웃어댔다. 난 그에게 '불편한 것들을 턱에 주렁주렁 달고 다니는' 사람이 됐다.

[장면2] 턱수염 덕분에 '불량한 외손주' 되다

취업을 앞두고 마지막 학기를 보내고 있을 때였다. 명절을 맞아 찾아간 곳은 외할머니댁. 늘상 자식 걱정, 손주 걱정이 앞서는 외할머니는 언제나 이런저런 걱정을 우리 앞에서 늘어놓으셨다. 누군가를 꼬집기 위해 하시는 비난이 아닌, 걱정이 깊게 배어 있는 말씀에 나는 해마다 외할머니댁을 찾을 때마다 숙제를 한 보따리씩 안게 되기도 한다.

아니나 다를까. '넌 앞으로 뭐하고 살 거니?' '네가 옳다고 생각하는 게 전부 옳은 건 아니다' '정치적 색깔을 확연히 드러내고 살 필요는 없다' 등등. 그때도 난 열심히 외할머니 말씀을 경청, 또 경청하고 있었다. 그리곤 해마다 빠지지 않는 걱정이 귀청을 때린다.

"지현아, 수염 좀 밀어라. 너 그렇게 기르고 다니면 사람들이 불량하게 생각한다. 흉해 보여. 그게 뭐니?"

난 해마다 그렇게 불량해 보이는 외손주가 되곤 했다.

[장면3] "니가 강기갑이냐?"

"지현 씨. 땀 많이 흘리죠? 땀 때문에 생긴 재밌는 에피소드 있으면 좀 써 줄래요?"

〈오마이뉴스〉 시민기자 시절. 편집부로부터 기획 기사 청탁을 받을 때였다. 무더운 여름, 땀 때문에 고생했던 이야기를 풀어 달란다. 당시 나는 '흥건하게 젖은 영어 선생님의 겨땀이 어떻게 여성에 대한 환상을 깼는지' '땀이 많은 내가 어떻게 땀에 젖은 옷을 공공장소에서 말리는지' 등을 풀어냈다.

기사의 신뢰도를 확보하기 위해 나름 인증샷을 올리는 수고도 더 했다. 마로 만들어진 생활 한복을 즐겨 입었던 나를 보여 줌으로써 당시 내가 그럴 수밖에 없었음을 호소하고자 했다. 기사는 나름 잘 배치됐고, 많은 독자들이 읽었던 기억이 있다. 주변 친구들은 '기사 잘 봤다' '너 그런 놈이었냐 크크' 등의 응원 메시지를 보내 주기도 했다. 하지만 한 후배가 내게 의미심장한 말을 던졌다.

"형, 어떡해요. 형 네이버에서 털리고 있어요."

상황이 어떻게 된 건지 살펴보니…… 내가 송고한 기사를 네이버에서 퍼다가 자기들 누리집에 떡하니 걸어 버린 것. 나로서는 고마워해야 할 법한 일. 하지만, 문제는 그 기사에 달린 댓글들이었다. 댓글은 약 스무 페이지에 걸쳐 달려 있었다. 대충 그 댓글들을 정리하자면……

'ㅅㅂ, 어서 좌빨 새끼가 수염 기르고 지랄이야'

'좌빨들이 꼭 저래요, 수염 기르고 한복 입으면 니가 강기갑이냐'

'어서 못생긴 빨갱이가 소지섭 따라하고 ㅈㄹ이야'

덕분에 나는 '강기갑 코스프레 하는 못생긴 빨갱이'가 됐다. 수염이 진영주의자들의 공격을 야기하는 성격의 것이었을 줄이야.

[장면4] 왜요? 이 동네 사람들은 수염도 못 기르나요?

우여곡절 끝에 기자라는 명찰을 달게 된 나. 의도치 않게 유명 인사들을 만날 기회가 잦다. 그중에는 연예인도 있고, 유명 정치평론가도 있고, 유명 정치인도 있다.

몇 개월 전, 민주당 대선 경선 후보자 토론회 당시 '저녁이 있는 삶'을 슬로건으로 내밀었던 손학규 씨가 사무실에 들렀다. 으레 정치인들이 그렇듯이 그도 기자들과 일일이 악수를 하고 인사를 나누고 있었다. 이윽고 다가온 내 차례. 그의 입이 떨어지기 무섭게 나온 말은……

"아이고! 수염이 왕성하시네. 수염 관리는 언제 하십니까?"

"아, 저녁에 합니다."

차라리 손학규 씨는 수염에 대한 판단에 있어서는 가치중립적이었다. 하지만 한 정치인은 달랐다. 며칠 전이었을 게다. 서울 시내 모처에서 마주친 박근혜 씨. 그녀는 이 사람 저 사람과 눈인사를 나누고 있었다. 당시 그녀가 만났던 사람들은 〈오마이뉴스〉 기자들이었는데, 아마 조금은 불편했을지도 모른다. 그녀에 대한 날 선 비판을 하는 이들이니 더욱 그랬으리라.

그러던 박근혜 씨를 마주한 나. 박근혜 씨의 세계관과 역사관이 문제지 생명체로서의 그녀가 문제가 있다고는 할 수 없으니 나 역시 그녀를 외면해 버릴 수는 없었다. 그녀에게 눈길을 보냈고, 박근혜 씨도 나를 쳐다봤다. 찰나의 눈맞춤. 그녀는 한마디 말로 인사를 갈음했다.

"어머…… 수염도 기르시고……."

이 짧은 말에는 많은 뜻이 함축돼 있다. 함의는 바로 '자네가 속해 있는 직군의 남성들은 대개 수염을 기르지 않는 것 같던데 넌 기르는구나, 좀 의외네'가 아니었을까. 감히 추측해 본다. 난 그녀에게 '보편적 상식(?)에서 벗어난 사람'으로 인식됐을지 모를 일이다(이 블로그의 파워 글쟁이 이현진 선배는 '그들은 대화를 풍성하게 만들 수 있는 창의력이 없어서 수염 이야기에 국한된 채 담화를 이어 나간 것'이라고 분석했다).

수염을 기르는 건 전적으로 내 의지에 근거한 행위라고 할 수 있다. 나는 그 의지를 광활한 면상에 그대로 반영해 모양도 내고 숱을 쳐 주기도 하면서 다듬는다.

이는 수염에 대한 애착이 없으면 불가능한 일이다. 난 광대뼈부터 목젖 주변까지 나는 수염을 그냥 방치하는 걸 좋아하는 편이 아니기 때문이다(이래 봬도 깔끔한 걸 좋아한다).

수염을 기르는 건 당신이 어떤 머리 스타일을 완성하기 위해 머리를 기르는 것과 같다(순간, 몇몇 이들에게 미안함을 느낀다. 머리를 기르고 싶어도 황무지를 안고 사는 그들 말이다. 그래도 비유니까 이해해 주시길).

결코 '불편'하거나 '불량스러워 보인다'거나 '특정 정치 세력으로 보이기 위한 인식표'로 쓰이는 것이 아니란 말이다. 더욱이나 '의외의 행위'는 절대 아니다. 말 그대로, '있는 그대로의 모습'이다.

누군가의 일부를 그 자체의 의미로 인지하고 인정하는 것은 어려운 게 아니다. '그건 틀렸어, 네가 틀리게 생각하고 있는 거야'라는 말보다 '다름'을 인정하고 '관용'으로 나아가는 것은 어렵지 않다는 이야기다. 그 '관용'이란 것은 지금 당신 앞에 마주하고 있는 이의 턱수염을 비딱하게 바라보지 않는 것에서부터 시작될 수 있다고 믿어 의심치 않는다.

유희열이
악마일 수밖에 없는
이유

노래를 듣다가 멍 때리게 된 적이 있는가. 그런 노래가 있다면, 필히 그 노래는 당신과 깊은 연관이 있는 노래임이 분명하다. 지나간 사랑의 추억, 혹은 다가올 인연에 대한 설렘 때문에 그럴 수 있을 법하다.

물론, 내게도 그런 노래가 있다. 전주만 나와도 '앗, 이 노래'라고 혼잣말을 하다가 한숨을 푹 쉬게 되는 노래. 내게 그런 노래는 유희열이 쓰고 지은 〈좋은 사람〉이다.

"고마워 오빠 너무 좋은 사람이야"라는 노랫말이 지날 때면 눈을 살포시 감곤 한다.

최근 '오빠'라고 불리고 싶은 '아저씨'들의 이야기를 편집했다. 나는 20대 복학생 아저씨와 50대 노땅 아저씨의 고군분투를 다듬었다. 50대 아저씨의 글을 보면서 '아, 이 아저씨 참 젊게 사는구만'이라고 생각하며 희한해했다. 하지만, 20대 복학생의 글을 만지면서는 나도 모르게 한숨이 나왔다. 왜냐고? 이리 보나 저리 보나 내 이야기와 상당히 흡사했기 때문이다. 한편으로 지질하고, 애처로운 그런 느낌.

없는 머리카락에 스타일을 따져 보고, 있는 범위 안에서 옷맵시도 내 보려 했다. 인절미 같은 부드러운 말투와 알프스에서 가져온 듯한 청정한 매너로 단 한 사람의 '진짜 오빠'가 되고자 했던 지난날이 떠올랐다. 그때도, 나를 울리고 웃겼던 노래는 유희열의 〈좋은 사람〉이었다.

고백하건대, 나는 '오빠'라고 제대로 불려 본 적이 없다. 학교에 입학하자마자 활동을 시작하게 된 학보사 기자 생활, 내가 속한 신문사는 누나를 누나로, 오빠를 오빠로 부르는 것을 허락하지 않았다. 과거 '학형'이라는 호칭의 변이 형태인 '형'을 권장했다. 때문에 지금도, 학보사에 있는 귀여운 여성 후배들은 나를 형이라 부르고, 나 역시 매력적인 선배들을 형이라 부른다. 그만큼 '오빠'는 매혹적인 단어였다.

몇 년 전이었으리라, 나는 그 달콤한 단어를 입술에 얇게 펴 바르고 미소를 건네는 이를 만나게 됐다. 첫 만남, 그녀가 내게 조심스레 건넸던 말. 별것 아니었지만, 내 감정선은 이 한마디에 눈 녹듯 흘러내리고야 말았다.

"오빠, 오빠는 어디 살아요?"

둘 다 사귀던 사람이 있던 상황. 하지만, 관계는 여느 관계보다 빠르게 농익었다. 그냥 선후배라 생각했던 그 친구가 동생으로 다가왔다. 그러던 어느 날, 그 동생이 이성으로 보이기 시작했다.

밤거리를 거닐고, 함께 젓가락을 마주하고, 때론 서로의 눈물을 들어주는 그런 시간. 누군가가 아프면 서로 걱정해 주고, 날씨가 좋으면 함께 수업을 쨰고 도망갔던 그런 시간. 당시 내가 가장 많이 들었던 말은 공교롭게도 "고마워요. 오빠 너무 좋은 사람이야"였다.(제길, 이 정도면 이 글을 읽는 당신은 '쯧, 너 어장관리 당했어'라고 생각할지 모르겠다. 아마 그 분석이 나름 일리가 있다는 데 한 표 던진다.)

하지만, 난 그냥 '좋은 사람'이었기 때문에 그 어떤 것도 할 수 없었다. 내 인연을 정리하고 새로운 매듭을 짓고자 하는 시도는 없었다(아마 상대는 그럴 필요조차 느끼지 않았겠지만). 표현하기 묘한 순간이 찾아오면 "그저 장난"이란 말에 멈칫해야 했다. 그러다 결국 나는 '늘 너의 뒤에서 늘 널 바라보는, 그게 내가 가진 몫인 것만 같아'라고 생각하기 시작했다. 〈좋은 사람〉의 그 처절한 노랫말처럼.

거의 모든 짝사랑이 그렇듯 내가 겪었던 짝사랑 역시 무언가 명확하지 않게 끝이 났다. 짝사랑의 실패. 진짜 오빠가 되지 못한 나는 얼마 동안 실패의 충격에서 쉽게 벗어나지 못했다. 그리고 쉽게 그리워하고 쉽게 마음 아파했다. 그리고 나는, 결국 유희열이 만들어 낸 '좋은 오빠'의 전형에 머물렀다. 그때, 나는 지질한 내 모습은 돌아보지 않고, 유희열을 탓하며 중얼거렸다.

"유희열, 이 악마 같은 양반! 무슨 생각으로 〈좋은 사람〉 같은 노래를 만들어서 짝사랑하는 남자들 가슴에 못을 박는 거야!"

누군가를 혼자서만 원하는 자들의 습성과 사고방식이 그대로 녹아난 가사. 쿵쾅쿵쾅 어쭙잖은 핑크빛 감성을 돋게 만드는 전주. "난 이미 충분히 슬퍼, 그리움은 그만!"이라고 투덜대다가도 어디선가 〈좋은 사람〉이 나오면 눈을 지그시 감게 됐다.

지금은 어떠냐고? 옛날과 별반 다르지 않다. 물론 이역만리에서 만난 그녀를 떠나보낸 지(혼자 끌어들였다가 떠나보냈다니 잘하는 짓이다.) 오래 됐다. 하지만, 여전히 내 행동거지는 '좋은 사람'의 범주에서 크게 변하지 않았다. 그저 옛날보다는 좀 더 분위기 파악을 잘하는 '좋은 사람'이 되고자 노력할 뿐이다.

난 누군가에게 '좋은 사람'이 될 수 있다고 생각하니까. 이 멍청한 '좋은 사람'도 언젠가 〈좋은 사람〉을 듣고 가던 길을 멈추지 않길 바라니까.

신상 털어 버린
선생님들,
섬뜩합니다

　우리는 일상에서 '털다'라는 많이 쓰곤 한다. '은행 금고가 털렸다'
거나 '국고 예산이 외국 투기 자본에 의해 털렸다'거나. 이때 쓰이는
'털다'는 대상이 가진 것을 몽땅 빼앗거나 그것이 보관된 장소를 모
조리 뒤져 훔치는 것을 의미한다. 그렇게 반가운 단어는 아니라는 이
야기다.

　금품을 터는 것 말고 또 털 수 있는 게 있다. 바로 신상이다. 여기
서 신상은 신상품을 뜻하는 줄임말이 아니다. '한 사람의 몸이나 처
신, 또는 그 주변에 관한 일이나 형편'을 뜻하는 신상이다.

　최근, 한 시민기자의 기사를 편집하고 출고하는 과정에서 불미스
러운 일이 일어났다. 이 과정을 중간에서 목도한 나는 그냥 지나칠
수 있는 일이 아니라고 생각했고, 난파소 지면을 통해 그 이야기를
조금 하려고 한다.

　사건의 경과는 이렇다. 교단에서 학생들을 가르치는 시민기자가

있다. 그는 기간 교직 사회의 불평등 구조에 대한 고발성 기사를 써왔다. 단독 기사도 쏘아 올리기도 했고, 사람 냄새 나는 눈으로 〈오마이뉴스〉에 신선한 기사를 출고했다.

그 기자는 최근 〈오마이뉴스〉를 통해 교직 사회의 비정규직인 기간제교사에 대한 이야기를 하고 있다. 그러던 중, 임신한 기간제교사들이 모성 자체를 보장받지 못한다는, 아이를 가진 정교사와 기간제교사의 처우가 크게 다르다는 내용이 담긴 기사를 내보냈다. 기간제교사들이 겪는 부조리의 발생 원인은 간단했다. 기간제교사들의 고용 보장이 제대로 이뤄지지 않는 구조가 여전히 존재하기 때문이다. 기사에는 주로 년 단위로 계약이 이뤄지는 기간제교사의 임신을 반기는 학교는 없다는 사실이 담겨 있었다. 반면 정교사들은 각종 휴직 제도를 이용해 '(상대적으로) 효율적으로' 모성을 보장받고 있다는 이야기도 담겨 있었다.

이 기자는 기사에서 비교적 좋은 대우를 받고 있는 정교사들의 모습을 보여 주기 위해, 그리고 정교사들의 '효율적인' 행위가 기간제교사들에게 어떤 영향을 끼치는지 보여 주기 위해 일부 정교사들이 가입해 활동하는 인터넷 커뮤니티의 게시물을 인용했다. 기사를 편집하는 입장에서, 이런 사례는 기사의 논지를 강화시켜 주기 때문에 아주 반가운 존재다.

하지만 문제는 여기서 발생했다. 기사가 나간 뒤 얼마 지나지 않아 편집국에 전화가 한 통 울렸다. 수화기 너머 목소리의 주인공은 기사 안에 나와 있는 사례 글을 올린 당사자. 그는 침착하면서도 흥분한 목소리로 내게 따졌다. 그는 '사례 글은 인터넷 커뮤니티 비공개 게시판에 게재된 건데, 어떻게 이걸 아무런 동의 없이 무단으로 인용할 수 있느냐'였다. 이어 그는 인용 내용의 삭제와 공개 사과를 요구했다.

기자들이 기사를 쓸 때, 조심하는 부분 중의 하나가 바로 무단 인용이다. 때에 따라서는 언론중재위원회에 갈 수도 있고, 때에 따라서는 법정에서 얼굴을 붉힐 수도 있다. 기자들은 특종을 위해, 기사의 신뢰도 향상을 위해 사례 인용을 하는데, 이 대목에서 항시 주춤하기 마련이다.

상대의 동의 없이 무단으로 글이나 말을 인용해 보도하는 것은 문제가 있다. 하지만, 나는 그 보도의 내용이 공익을 위한 것이라면 그럴 수 있다는 입장이다. 물론 개인이 자유롭게 표현할 수 있는 권리는 중요하다. 하지만 그 기사가 상대적 약자들이 마주하고 있는 부조리를 해소하는 데 일조할 수 있다면 기자는 공공의 이익에 초점을 맞추고 취재를, 기사 작성을 해야 한다고 생각한다.

그 기사를 쓴 기자는 무단으로 해당 글을 인용했지만, 인용 사례에 등장하는 당사자를 보호하기 위해 본인이 할 수 있는 최대한의 조치를 했다. 그 인터넷 카페의 이름을 가렸고, 글이 게재된 구체적 시기를 가렸다. 게다가 그 글을 무단으로 캡쳐해 기사 안에 첨부하지도 않았다. 그 기자는 '이 사람이 이런 어이없는 글을 올렸어요'를 꼬집고자 했던 것이 아니라, '정교사 사회에서는 이런 일이 벌어지고 있어요, 이 과정에서 기간제교사들이 피해를 보고 있어요'라는 것을 고발하고 싶었던 것이다.

편집국에서 전화를 받은 나는 그 기자의 의도를 수화기 너머 당사자에게 최대한 조곤조곤 설명했다. 하지만 그의 대답은 변하지 않았다. 줄기차게 인용 부분 삭제를 요구했다(따지고 보면 당사자는 자신의 글에 담긴 내용이 정확히 맞다는 것을 시인한 셈이다. 무단 인용 자체를 집요하게 문제 삼았으니까).

그런데, 하루 뒤 놀라운 일이 발생했다. 그 기사를 쓴 기자가 내게 다급히 전화를 걸었다. 수화기 너머, 기운이 쭉 빠진 목소리가 들렸다.

"기자님, 저 어떡해요. 저 신상 털렸어요."

전날 저녁에 발생한 일은 이랬다. 인용의 대상이 된 정교사 인터넷 카페 회원들(당연히 이들은 현직 정교사들이다.)이 그 기자의 신상을 털어 버린 것이다. '근무지가 어디인지' 같은 비교적 접하기 쉬운 신상부터 시작해 지극히 사적인 영역까지 모조리 털어 버렸다. 그리고 그들은 '우리의 요구에 응하지 않으면 당신이 근무하는 곳에 항의 전화를 할 것'이라고 '경고'했다. 기사를 쓴 기자는 내게 "너무 슬픈 현실을 마주하고 있다"고 털어 났다.

편집국은 결국 인용 글이 담긴 부분을 덜어 냈다. 그들의 요구가 일리가 있어서? 절대 아니다. 우리 기자를 보호하기 위해서였다. 그 기자의 신상이 털려 사회생활 자체에 문제가 생긴다면 그것이야말로 정말 큰일이기 때문이다.

그들(정교사)은 '저열'했다. 자신들이 밀실에서 떠든 이야기가 공개됐기 때문에 생긴 분노, 이해할 수 있다. 그 기사가 나가면서 생겼을 심리적 상처, 이해할 수 있다. 단지 내가 '저열하다'고 표현하는 대상은 '적'이라고 상정한 자의 신상, 즉 정보 인권을 털어 버리면서 '응징'

을 단행하고 '경고'를 띄운 그들의 대응 방식이다.

그 기사가 '조진' 것은 교직 사회의 기득권층이 돼 버린 일부 정교사들의 '사고 방식'과 '제도'지 그들 자체가 아니었다. 하지만 그 정교사들이 '조진' 대상은 그 불편한 진실을 까발린 한 사람의 인격이었고, 교단에서 묵묵히 부조리를 참고 있는 '비정규직 기간제교사'들이었다.

갑자기 다른 비정규직 기간제교사가 왜 나오냐고? 자신들의 기득권·카르텔이 침범당했다고 생각한 뒤 행한 정교사들이 작태를 보면 쉽게 답이 나온다. 그들은 상대적 약자를, 그리고 약자를 옹호하는 사람들에게 무서운 경고를 서슴지 않고 단행했기 때문이다. '까불면 이렇게 된다'고.

현재까지도 이 정교사들은 그 기자에게 공개 사과를 요구하고 있단다. 나는 기사를 작성한 기자에게 담담하게 말했다. "이 정도 조치를 했으면 된 겁니다. 사과할 것 없어요. 우리가 사실관계를 틀리게 보도했다면, 그 부분에 대해 논쟁하면 됩니다. 그리고 그 사실관계가 틀렸다고 판명되면 정정하면 되지만, 이번 일은 그 영역에 속해 있지 않아요"라고.

울타리를 '공격'당하자 '적'을 털어 버린 그 선생님들. 그들은 학교에서 학생들에게 '인권'을, '사회 정의'를, '공공의 가치'를, '약자의 소외'를 제대로 가르칠 수 있을까. 교과서에 적혀 있는 내용을 읊는 수준이 아닌, 진짜 교육자로서의 음성으로 말이다.

괜찮아,
유재석도 이럴 때가
있었잖아…

"털보야, 주말에 강연 하나 맡아서 할래?"

"오오!"

5월 마지막 주, 키보드 때리는 소리만 가득해 가끔 하품이 나오는 사무실. 마주 앉아 있던 규화 선배가 눈이 번쩍 뜨이는 제안 하나를 투척했다. 제안의 요지는 이랬다.

《미션임파서블》 BGM을 깔고 싶다. 빰! 빰! 빠밤~) 지역의 한 시민단체가 있다. 그 단체에서 청소년 기자단을 꾸린다고 한다. 자네에게 맡겨진 임무는, 이 청소년 기자들에게 기사쓰기의 기초를 강의하는 것. 덧붙여 〈오마이뉴스〉에서 야심 차게 시작한 청소년 특별면 '너, 아니?'를 조나단 홍보하라. 알겠나?

'우오오! 예쓰!'

결정 장애를 앓고 있는 나는 평소와 다르게 엄청난 추진력을 발휘, 주말 일정을 후다닥 급 조정했다. 강의를 해 벌 수 있는 수입도 이유였겠지만, 사무실에서 활자와 씨름하는 삶을 잠깐 벗어나 새로운 사람을 만날 수 있다는 설렘도 이유라면 이유였다. 나 같은 재야의 미물에게도 쓰임새가 있다는 것에 감사했다.

그날 저녁, 집에 닿아 골똘히 생각했다. 아주 진지한 표정과 자세로 말이다. '청소년 기자들은 전문기자가 아니니까 생활 속에서 그냥 지나칠 수 있는 것에서 취재거리를 잡아 기사화시키는 걸 강조해야겠어. 사실 기사라는 건 거대한 이야기를 작은 이야기로 풀어 내는 게 중요하잖아. 거기서 따라와야 하는 건 바로 구체화지. 구체화. 그래, 이걸 강조하자!'

머릿속의 나는 이미 이름도, 얼굴도 모르는 청소년 기자들 앞에서 땀을 연신 흘리며 강의를 하고 있었다.

다음 날 아침, 의욕에 불타올라 신나게 기사 편집을 하고 있던 내게 규화 선배가 메신저로 조심스레 말을 걸었다.

'털보야. 좋은 소식이 있다.'

나는 자연스레 전날 이야기했던 강연에 대한 것임을 직감했고, 승천하려는 광대뼈를 가까스로 억제하며 표정 관리를 하고 있었다. 하지만, 돌아온 대답은…….

"털보야, 그 강연 말이야, 네가 안 해도 돼. 그 쪽에서 '인지도 있는 다른 강사'를 섭외했다고 하더라."

"ㅅㅂ.^(이건 추임새다, 오해 마시라.)"

나는 자존심에 심각한 타격을 입었다. '시민참여저널리즘의 최전방에 서 있는 매체'에서 '시민기자와 함께 호흡하는 부서'^(편집부)의 기자라면 그 시민단체가 원하는 강사일 법도 했다. 하지만, 현실은 달랐다. 그쪽 관계자를 직접 만나 본 것은 아니었지만, 그들의 가치 판단 요소 중 최우선은 바로 '인지도'였다. 돌려 말하지 않겠다. 핵심을 콕 찌르면 이렇게 정리된다.

'넌 이름 없는 기자야.'

당시 입은 상처는 꽤 깊었다. 부서 내에서 무슨 이야기만 나오면 결국 '인지도' 이야기로 귀결되고 말았다. 가령 '제가 인지도가 없어서 개그가 먹히지 않아요'라든가 '제가 인지도가 없어서 전화도 안 와요'라든가 '제가 인지도가 없어서 기사 편집이 잘 안 돼요' 등등.

슬슬 냉정을 잃어 가고 광기가 고개를 들 때 다행히도 내게 가장 가깝고 친밀한, 사랑하는 인생 벗이 한마디 해줬다.

"그건 지금 네 상황에선 당연한 일이야. 앞으로 뭘 할지가 중요한 거지."

엄습해 오는 광기는 뭔가 뻘쭘했는지 뒤통수를 벅벅 긁어대며 돌아섰다. 자존심의 상처는 있었지만, 냉정하게 생각해 보면 지극히 당연한 게다. 말만 앞섰지, 뭐 하나 제대로 해 놓은 게 없는 나를 다시 발견하니 그놈의 '인지도 논란'도 사그라졌다.

지금까지 이런 이야기는 신물이 나도록 들어 왔지 않은가. 비틀스도 리버풀 구석에서 클럽을 쏘다니며 음악을 시작했고, 유재석도 오랜 세월 무명으로 살지 않았나. 빌보드 상위권에서 이름을 날리던 세계적인 메탈 밴드 세풀투라, 슬레이어, 머신 헤드도 조인트 콘서트인 메탈페스트(2001)를 열었지만 공연장인 동대문운동장에서 500명의 팬들과 조우하지 않았나. 하나 더, 최근 5·16민족상의 존재와 이 행사에 상당한 돈을 기부한 한국야쿠르트의 민낯을 까발린 규화 선배도 결국 뉴시스의 후속 보도에 거의 모든 영광을 돌려야 하지 않았나.

이런 생각들을 하고 있자니, 지금 나 같은 재야의 미물들에게 필요한 건 '왜 나를 불러 주지 않았어…… ㅠㅠ 엉엉엉 ㅠㅠ' 같은 생떼가 아니라 '그래? 난 이런 걸 한 건데, 날 부르지 않은 걸 나중에 후회할걸? 히히' 같은 패기가 아닐까 싶다.

그러던 며칠 전, 패기를 가다듬고 와신상담하겠다는 내게 전화 한 통이 걸려왔다. 지난해 공동기획 하나를 함께 진행해 인연의 다리가 놓인 한 사회복지재단의 간사였다. 그의 제안은 단순했다. '우리 사회복지재단 누리집에 읽을거리 볼거리 콘텐츠를 좀 운영하려는데, 재능 나눔 좀 하시지요? 고정란 하나 갑시다. 호호.'

망설임 없이 수락했다. 앞으로 글로 소통하면서 먹고 살기로 결심한 거, 이런 기회를 통해 하나둘씩 경험을 쌓는 게 낫겠다고 생각했기 때문이다. 사실 마음속으로 겁이 나기도 했다. 나름 고정란인데 마감 못 맞추면 어쩌지? 지금 난파소에 글 쓰는 것도 힘든데…… 하지만, 이미 수락은 했고, 다시 무를 수도 없는 일이다. 날씨도 점점 뜨거워지는데, 없는 머리카락이지만 머리도 뜨겁게 달궈야 할 때가 왔다.

'인지도'야, 요 며칠, 날 괴롭혀 줘서 고마워. 덕분에 깨달은 게 참 많아.(하지만, 인간은 참으로 간사하다. 그 시민단체에서 과연 누굴 강사로 섭외했는지 궁금할 따름. 이따금 그 시민단체 누리집에 들어가 확인해 본다. 하지만, 이 시민단체, 소식 업데이트가 안 된다. 흥. 나, 아직 성인이 되긴 그른 듯하다.)

"니네 공산당이지?" 막말… 고맙습니다

최근 한 후배 녀석이 대형 햄버거 가게에 관리직으로 취업했다. 취업한 지 얼마 되지 않았던 시점, 이 녀석은 페이스북에 갖가지 불만을 털어놓곤 했다. '당신이 조나단 더운 주방 안에서 1분 안에 햄버거를 만드는 거라 생각해 봐라, 그것도 하루종일 말이다' '밤늦게까지 햄버거 냠냠하고 있는 사람들을 보면 분노가 치밀어 오르기도 한다' 등등. 이런 투덜거림을 읽어 내려가다가 갓 〈오마이뉴스〉에 입사했던 때가 떠올랐다(먼 것 같지만, 그래 봐야 2011년 말, 2012년 초다). 누구나 갖고 있는 '처음, 그때'의 기억 말이다.

나는 〈오마이뉴스〉 시민기자로 활동하다가 편집기자 채용에 인연이 닿아 입사했다. 바깥 시민기자의 관점에서 본 〈오마이뉴스〉와 월급 받는 입장에서 바라본 〈오마이뉴스〉 사이에는 엄청난 차이가 있었다. 생각해 보니 그때 나도 참 투덜거렸던 기억이 있다. 그중에서도 가장 나를 힘들게 했던 것은 다름 아닌 '전화 응대'였다. 다음 상황을 함께 보자.

[상황①] 2012년 1월, 칼바람이 볼살을 저밀 것같이 추운 겨울날. 〈오마이뉴스〉 뉴스게릴라본부 편집부 말석에 한 남자가 앉아 있다. 일하는 꼴을 보니 이제 막 수습 딱지를 뗀 막내 편집기자다. 조심스럽게 기사를 편집하고 표준국어대사전 누리집에 들어가 단어가 제대로 쓰였는지 확인 또 확인한다. 제목을 뽑을 때도, 기사의 등급을 매길 때도 전전긍긍하는 듯.

처리하는 기사량이 많은 것도 아닌데도 이 기자는 분주하다. 그리고 바짝 긴장하고 있다. 특히 전화벨 소리가 울리면 옆 사람에게 들리지 않을 정도의 심호흡을 하다가 전화를 받는다. 익숙하지 않기 때문이다. 이날도 전화벨 소리가 유난히 크게 울렸다. 이 남자, 손끝에 긴장을 묻히고 수화기를 들었다.

"네, 〈오마이뉴스〉 편집부입니다."

"아, 독자인데요. 기사 보고 여쭤 볼 게 있어서……"

무척 신사적인 수화기 너머 한 독자의 목소리. 막내 편집기자는 친절하게 전화 응대했다. 기사에 대한 이런저런 설명까지. 참기름 짜내듯 쥐어짜는 듯한, 최선을 다하는 모습이었다. 그때 수화기 너머 독자 왈.

"아, 설명 고마워요. 그런데 마지막으로 하나 여쭤 볼 게 있어요."

"네, 말씀하십시오."

"야! 이 씨X! 니네 이 개XX들 죄다 공산당이지? 아니면 빨갱이인가? 이 빌어먹을 XX들, 오연호가 니네 사장이지? 사장 바꿔 이 XX 야!"

이 편집기자는 이 문구를 마음속으로 은밀하게 하지만 장대하게 새겼다.

'아놔, ㅅㅂ······'

느낌 딱 오겠지만, 이건 내 이야기다. 솔직히 취재기자는 취재 열심히 하고, 편집기자는 기사 잘 편집하면 장땡인 줄 알았다. 하지만 현실은 달랐다. 대중과 소통하는 것을 업으로 삼고 있으니 대중의 반응 역시 기자들이 감수해야 할 몫이었다. 그렇다고 싸움닭처럼 내가 하고 싶은 대로 전화를 건 익명의 누군가와 싸울 수는 없었다. 난 몰랐던 것이었다. 이 직종에도 '감정노동'이 존재한다는 것을. 생각해 보니 나를 키운 2할가량은 아마 '전화 폭언'이었을 게다.

평소 편집부는 〈오마이뉴스〉 시민기자 그리고 불특정 다수의 독자들과 주로 전화로 소통한다. 시민기자가 쏘아 올린 기사를 편집하며 사실관계를 확인하거나 글에서 수정 및 보강이 필요한 부분을 논한다. 또한 〈오마이뉴스〉의 편집 방향에 대해 의견을 제기하거나 응원의 메시지를 전하는 독자들과도 목소리 대 목소리로 소통한다. 대개 이런 통화는 〈오마이뉴스〉의 건강함과 직결되기 때문에 훈훈한 마무리로 끝나곤 한다. 하지만, 당시 그 전화는 '훈훈'으로 시작해 '막말' 로 끝났으니 욕이 나왔을 수밖에(전화 응대 태도가 그게 뭐냐고 의아해 하는 사람도 있을 법하다. 하지만 난 기계가 아니다. 그리고 나 솔직히 말하면 욕 좀 한다).

그렇다고 매일 이런 전화만 받고 스트레스만 팍팍 받고 사는 건 아니다. 기분 좋은 응원의 메시지가 듬뿍 담긴 전화를 받기도 하고, 기사에 대한 생산적 토론을 통해 더 나은 기사가 완성되기도 한다. 때로는 '저널리즘의 기본'을 배우기도 한다.

[상황2] 어느 날 뉴스게릴라본부에 걸려 온 전화, 대전의 한 고등학교에서 아이들을 가르치고 있는 박병춘 시민기자였다. 그는 전화로 "시급하게 처리해야 할 기사를 하나 송고했어요, 빨리 봐 주세요!"라고 전했다. 다급하게. 나는 '무슨 일이라도 터졌나' 싶어 급히 그의 기사를 찾아봤다. 그리고 놀랐다.

기사의 내용은 박병춘 시민기자가 재직 중인 고등학교 운동장에 빗물이 고였는데 거기에 흰뺨검둥오리가 찾아왔다는 것. 그냥 지나칠 수 없는, 한국에서는 박병춘 시민기자만 쓸 수 있는 '단독' 기사였다. 평소 조류를 상당히 무서워하는 나였지만, 무서움을 억누르며 기사를 손봤다.

박병춘 시민기자를 통해 '뉴스는 기자의 관점과 독자의 요구에 따라 가치가 달라질 수 있다'는 것을 배웠다. 상황에 따라서 흰뺨검둥오리가 박근혜보다, 문재인보다, 안철수보다, 노회찬보다, 이정희보다 중요할 수 있다는 이야기다.

시간이 조금 지나고 나서 돌이켜 보면 폭언이든 응원이든 전화로 대표되는 '직접적 반응'은 〈오마이뉴스〉를 지탱하는 큰 힘 중에 하나

다. 이런 직접적 반응들이 없었다면(SNS에 글 깔짝 남기는 것도 아니고, 언론사에 직접 전화까지 거는 것은 엄청난 공이 들어가는 일이지 않은가), 〈오마이뉴스〉는 '한때 쫌 하던 언론사'로 남아 대중의 기억 저기 어딘가 구석에 처박혔을지도 모른다.

그래서 요새는 은근히 이런 전화를 기다린다. 때로는 비자발적 '감정노동'을 해야 할 때도 있지만, 뭐 그래도 좋다(이런 감정 스트레스를 풀 만한 노동 여건은 갖춰졌다고 생각한다). 이런 전화가 신나게 울린다는 것 자체가 언론사 입장에서는 생명이라 할 수 있는 '영향력'을 행사하고 있다는 것 아니겠는가. 충분히 고마워할 만한 일이다. 쌍시옷으로 시작하는 육두문자만 아니라면 말이다.

덧글. 돌이켜 보니 이런 글을 쓸 정도니 수습기자로 살 때보다 나, 많이 큰 것 같기도 하다. 히히

군침 도는 야식,
이래도 먹고 싶습니까

새벽이다. 너무 심하지는 않게, 그렇다고 그냥 지나칠 정도는 아닌 배고픔. 모락모락 김이 피어오르는 야식을 생각하며 보내는 시간. 잠은 멀고, 침은 달달하게 달아오르는 그때. 머릿속에 그려지는 심상은 사뭇 공감각적이다. 눈앞에 없는 치킨의 맛이 그려지고, 잡히지 않는 라면의 면발이 혀끝에 맴돈다. 그리고는 물밖에 없는 냉장고에 맥주가 있을 것이라 상상하겠지. 이어 목 넘김의 상쾌함에 고개를 파르르 떨겠지.

익숙한 장면이다. 야식에 길들여진 한국인의 일상에서 빠지지 않는 풍경이다. 나 역시도 야식을 참 좋아하는 편이라(그래서 배가 시나브로 땡땡해지고 있다.) 이따금 이런 순간을 마주하면 이성을 잃고 만다.

지난 5월부터 집 앞 슈퍼가 밤샘 영업을 시작했다. '고객의 편의를 위해서'라는 명목으로 비장하게 형광등을 밤새 켜 놓고 손님을 기다리고 있다. 아마 지난 6월 말이었으리라. 오마이뉴스 전국투어 광주

전라 지역 행사에 다녀온 뒤 내가 집 앞에 닿은 시각은 대략 새벽 2시. 적막이 감도는 거리 위에 그 슈퍼는 살짝 큰 음악을 틀어놓은 채 나를 유혹하고 있었다.

'이러면 안 되는데'라면서 빨려 들어가듯 들어간 슈퍼마켓. 손님이라곤 나 혼자가 전부였고, 밤샘 노동을 하는 직원은 한 아주머니뿐이었다. 귀신에 홀린 듯 오OO 스파게티면을 집어드는 순간, 실내 스피커 안에서 흘러나오던 트로트가 귀에 꽂혔다. 지금 시각에도 일하는 아주머니는 분명 '뽕삘' 나는 노래를 사랑하는 듯, 분명 이 트로트는 그녀만의 노동요리라 생각했다.

계산대 앞에서 나를 기다리는 아주머니를 응시했다. 눈은 40퍼센트가량 감겨 있었다. 새벽 2시가 넘은 시각, 누군들 졸리지 않을까. 계산을 하면서 아주머니와 이야기를 나눴다. 정확히 말하면 나의 이런저런 질문에 아주머니가 답을 한 것이리라. '뽕삘 노동요'와 함께 계산대를 지키던 그녀 왈.

"근무 시간이요? 밤 11시에 시작해서 다음날 새벽 5시에 끝나요. 6시간 근무죠. 그래도 피곤해요. 근무일은 월요일부터 일요일까지, 그러니까 매일매일 나와요. 언제 쉬냐고요? 아침에 집에 가서 잠깐 쉬다가, 집안일 하다가 나오는 거죠, 뭐."

쉬는 날 회사 근처에만 가도 뭔가 손해 보는 것 같은 느낌을 받는 내게 그녀의 대답은 충격적이었다. 휴일이든 평일이든 언제든지 나와야 하는 일터, 게다가 근무시간은 야간. 하루에 6시간 노동이라고 해도 생체리듬을 바꿔야 하는 터라 버티는 게 쉽지 않을 텐데……

이야기를 마무리하고 나오는 길은 그렇게 찜찜할 수가 없었다. 그녀의 불편함 덕분에 나는 편해졌으니까. 졸린 눈을 비비며 버티고 있는 그녀의 노동이 새벽 2시에 라면이나 찾는 내게 배부름을 줄 것이라 생각되니, 식욕이 뚝 떨어졌다(결국 그 라면은 그날 먹지 않았다).

그날 침대에 누워 '과연 이게 당연한 걸까'라는 생각을 했다. 그러다 문득 옛 기억이 주마등처럼 스쳐 지나갔다.

때는 2009년 겨울. 당시 나는 영국 맨체스터에 있었다. 나는 스코틀랜드 에든버러를 여행하다 크리스마스 즈음에 맞춰 맨체스터로 돌아왔다. 그리고는 맨체스터에서 며칠 쉬고 런던에 가 2010년 새해를 맞을 계획이었다. 크리스마스 이브에 맨체스터에 떨어진 나는 일단 노곤한 몸부터 침대에 눕히기 위해 부랴부랴 집으로 향했다. 집에 닿자마자 뻗어 버린 나는 크리스마스 아침에 일어나 굶주린 위를 달래며 냉장고 문을 열었다. 그리고 작은 탄식을 내뱉었다. "헐!"

왜 그랬냐고? 집을 오랫동안 비웠기에 냉장고에 아무것도 없었음이 당연했다. 우유는 유통기한이 훨씬 지나있었고, 그렇게 흔하던 식빵은 단 한 조각도 없었다. 주방을 샅샅이 뒤져 본 결과, 나온 것은 감자 대여섯 알뿐. 배고프다는 생각에 무작정 밖으로 나갔다. 버스정류장에 선 나는 다시 한 번 허망한 탄식을 내뱉을 수밖에 없었다. 우리 집 근처에서 먹을 것을 아무것도 구할 수 없었기 때문이었다.

빨간 날인 크리스마스이기에 문을 연 슈퍼마켓은 단 한 군데도 없었고, 버스마저 모두 운행을 하지 않았다.(심지어 이날. 눈이 엄청나게 왔다. 시내까지 한 시간 반 걸려서 걸어갈 엄두조차 나지 않았다. 그마저도 시내에 하나 있는 24시간 편의점에 가는 게 내가 할 수 있는 것의 전부였다.) 크리스마스 같은 대목을 놓칠 수 없다는 신조로 이브부터 바짝 장사를 하는 한국의 상업 문화와는 180도 다른 풍경이었다.

결국 나는 집에 터벅터벅 돌아와 감자로 연명할 수밖에 없었다. 감자를 찐 후 으깬 뒤 소금 간을 해 먹는 것으로 그날 식사를 대신했다. 하지만 곰곰이 생각해 보니 이게 당연한 거였다. 왜? 쉬는 날은 모두가 쉬는 날이지 돈 쓰는 사람만 쉬는 날이 아니기 때문이렷다.

과연 쉴 때 쉬고 일할 때 일하는 게 정상일까 아니면 잠자는 시간마저 쪼개 가며 일을 하는 게 정상일까. '정상'이라는 단어를 쓰는 건 항상 조심스러운 일이지만, 이것만큼은 분명하게 말하고 싶다. '돈 쓰는 사람의 편리함을 위해 타인이 쉬어야 할 때가 박탈된다는 것은 비정상'이라고.

오OO 스파게티면을 사 온 그날 새벽부터 나는 비상 상황(응급약을 사야 하는 상황 등)이 아니면 그 슈퍼나 24시간 편의점을 가지 않기로 결심했다. 아직까지는 그 다짐을 외면하진 않았다. 앞으로 이런 다짐을 할 필요조차 없는 상황이 오길 바라는 것은 나 혼자만의 헛된 상상일까. 분명 아닐 거라 믿는다.

덧글. 그래도 새벽 야식의 매력을 저버릴 수는 없다고? 강하게 권한다. 냉수 한 잔 마시고 그냥 주무시길. 뱃살도 늘지 않고, 얼마나 좋은가.

1년에 15킬로그램 빼도 불만족, 왜 이렇게 됐을까

최근, 거울을 자주 보게 됐다. '고놈 참 잘 생겼다' 따위의 자기 최면을 걸고자 함이 아니다. 봄과 함께 물씬 피어오른 식욕이 얼굴을 얼마나 동그랗게 변하게 만들었는지 확인하기 위해서다. 턱관절 알피엠을 한껏 높이곤 난 뒤 몰려오는 묘한 느낌, 볼살 언저리 광대뼈 주위에서 마치 꽃 피듯 '확' 기지개 켜는 징후가 요새 들어 부쩍 자주 감지되기 때문이렷다. 거울 속 고기완자를 살피고 난 뒤 스스로에게 꼭 이런 말을 건네곤 한다.

'돼지가 따로 없군.'

이왕 솔직해지기로 한 거 과감해지자. 현재 나는(굳이 귀엽게 표현하자면) 통통한 편이다. 뱃살도 두둑하게 배치돼 있고, 턱살도 넉넉히 딸려 있다. 키는 또래 나이 친구들에 비해 작은 편이기 때문에 이런 외적 조건은 날 '두꺼운 사람'으로 만들었다. 간혹 내가 이런 말을 하면 지인들은 이렇게 말한다. "야, 그 정도면 치료가 시급한 병적 비만도 아닌데, 왜 그래?" 왜냐고? 내게는 '뚱뚱함'에 대한 트라우마가 있기 때문이다.

나는 태어난 이래 단 한 번도 말라 본 적이 없다. 어려서부터 보이는 건 땡땡한 배뿐이었고, 뭔가를 먹을 때는 입술에 피가 쏠릴 정도로 집중력 있게 음식물을 섭취해 왔다. "엄마, 된장찌개에 밥 말아 먹는 게 너무 맛있어!"라고 외쳤던 1991년, 초등학교 1학년 때부터 나는 '뚱땡이'로 불렸다.

초등학교 6학년 졸업 앨범 사진 찍는 날, 옆 반 담임 선생님의 말한 마디는 내게 평생 지울 수 없는 사진 한 장을 선사했다. 주의가 산만하던 나는 앨범 촬영에는 관심을 두지 않고 친구와 장난치기 바빴다. 그때, 문제의 담임 선생님이 이렇게 말했다.

"야! 4반 돼지! 너 여기로 와 봐"

선생님의 일갈도 굴욕적이었지만, 당시 학교 복도에 길게 줄지어 서 있던 아이들, 그 선생님의 외침을 들었던 아이들의 눈빛은 지금도 잊을 수 없다. 아이들의 시선 위에는 '쟤는 돼지'라는 문구가 새겨져 있었다. 덕분에 나는 골이 잔뜩 나 입술이 한 접시인 상태로 졸업 사진을 찍게 됐다.

물론 '야, 솔직히 유아 비만은 흔하잖아'라고 할 수도 있겠다. 하지만, 사람들이 그 보편성을 가늠하는 순간에도 나는 먹었다. 밥은 한 숟갈 크게 푸는 게 미덕이었고, 음식물을 입에 왕창 넣으면 대충 씹고 꿀꺽 넘기는 게 일상이었다. 맛있는 밥이 담겨 있는 밥그릇에 바닥이 보일 때면 속으로는 아쉬워했고 입은 이미 "한 그릇 더"를 외치고 있었다.

고등학교 1학년 때 80킬로그램을 돌파하고, 대학생이던 시절에는 97킬로그램까지 찍었다. 텔레비전 뉴스에서 '이거 문제예요'라며 등장하는 고도비만 수준은 아니었지만, 식습관은 엉망이었다. 백반집에 식사 주문할 때면 식사 메뉴를 고르지 않고 남들이 시킨 요리를 같이 먹으면 된다는 생각에 공깃밥 네 그릇을 주문할 정도였으니까.

이렇게 쪄 본 사람들은 잘 안다. 스스로에게 그리고 타인과의 관계에서 이 뚱뚱함을 얼마나 불편한 존재로 여기게 되는지. 조금 속도를 내 걷거나 계단을 오르내리면 숨이 헐떡거렸고, 땀은 불투명한 데다가 냄새까지 났다. 배 속에는 항상 가스가 차 있었는데, 말 그대로 '유독성 가스'. 쾌변이란 단어는 사전 속에만 있는 단어였다. 그저 잔변과의 지리멸렬한 신경전만 있을 뿐. 타인과 만날 때는 어땠는가. 튀어나온 배를 최대한 집어넣고자 숨을 참을 때도 있었다(이는 자연스레 소화불량·가스 충만으로 이어졌다). 그런다고 상대방이 감쪽같이 속아줬을까. 아니다. 상대방은 "너, 운동 좀 해야겠구나"라는 걱정 담긴 멘트를 날리곤 했다. 내 뚱뚱함이 상대방에게(스스로 나 스스로도) 걱정 유발 요소로 인식되는 건 한순간이었다.

물론 이렇게 살아온 내게도 살이 빠지는 시기가 왔다. 태어나서 한 번도 해 보지 못한 경험이니 참 색달랐다고나 할까. 그 시기에 나는 다른 나라에 있었는데, 현지 음식 혹은 풍토에 잘 적응하지 못해 살이 빠진 것으로 추정한다. 몸이 상당히 안 좋아서 1년 사이에 15킬로그램가량이 빠져나갔으니까. 하지만, 뚱뚱하다는 게 불만족스러웠던 나는 이내 '살이 빠지고 있다는 느낌'을 좋아하게 됐다. 골골 거려도 '빠지니까 가볍다, 나는 정상에 가까워지고 있다'는 생각 때문이었을까. 오죽했으면 밥 한 공기 이상 먹으면 뜨거운 침이 입안을 감싸며 변기통을 부여잡고 섭취한 모든 걸 뱉어내는 증상까지 나타났으니 말이다. 이때의 경험이 내 식습관을 150도 정도 바꿔놨지만, 몸도 그만큼 망쳐놨다.

이런 전력이 있으니, 살이 찌고 빠지는 것에 본의 아니게 민감할 수밖에.

이미 오래된 이야기지만 텔레비전이든 신문이든 맵시 있게 마른 몸이 좋다고 떠든다. 한국 드라마나 영화에서는 뚱뚱한 주인공을 찾아보기 어렵다(대개 악당이거나 멍청하게 단순한데 주인공에게 조나단 헌신적인 조연일 경우가 많다). 그러니 자연스레 '마른 게 정상, 나는 비정상'이라고 여기게 된다. 자의든 타의든 마름과 뚱뚱함에서 권력관계의 냄새가 느껴진다.

사실 '비만 분자'들이 바라는 건 깡마른 몸매 따위가 아니다. 뚱뚱함이라는 기준으로 도마 위에 오르지 않는 걸 원한다(덧붙이면 몸이 무너지지 않을 정도의 건강함 정도). 정리하자면, '뚱뚱함'이 나와 너와의 관계에서 하나의 평가 요소 혹은 조건으로 작용하지 않길 바라는 것이랄까. 하지만 이는 결코 쉬운 일은 아니다. 나 스스로도 힐끔힐끔 거울을 쳐다보며 얼굴의 원형화를 '걱정'하는 자기모순을 행하고 있으니까. 언제쯤 이런 모순에 균열이 가해질 수 있을지 참 의문이다.

앤 해서웨이의 입 냄새,
그게 큰 문제인가요?

"누가 양파를 먹었나?"

한 남성이 불쾌하다는 표정을 짓는다. 그리고 그 남성의 앞에 있던 여성은 뭔가 뜨끔했는지 자신의 입 냄새를 확인한다. 그리곤 뭔가 아리송한 표정을 짓는다. 아마도 '양파 냄새가 풍기나?'라고 되물을 듯하다. 이 여성은 한 패션 잡지 편집장의 비서직 구직을 희망하는 사람이었다. 이 여성은 캐주얼한 옷차림을 지적질당하곤 '뭐 이런 곳이 다 있나'라는 표정으로 뒤돌아선다.

영화 〈악마는 프라다를 입는다〉(2006) 중 한 장면이다. 극중 앤 해서웨이(앤디 역)는 패션지 〈런웨이〉 편집장의 비서직 채용 특채(?)에 면접을 보러 가서 캐주얼한 옷차림과 아침에 먹은 양파 맛 크림치즈 베이글 덕분에 된통 '수모'를 겪는다. 아무리 해당 업계의 특성 때문에 패션 감각이 있어야 함은 물론이겠지만, 아침에 먹은 음식 때문에

'대책 없는 물건' 취급당하는 앤 해서웨이를 보면서 괜스레 나 역시 낯이 뜨거워졌다.

단순히 영화 속 한 장면이지만, 이런 찰나는 일상에서 주로 겪는 일이라 할 수 있다. "누가 양파를 먹었나?"와 같은 성격의 말들이 세상에 난무한다는 이야기다. 대개 평가라는 것은 범위가 정해져 있기 마련이지만, 일상에서 마주하는 '평가'는 그 범위가 상당히 모호한 상태에서 이뤄지는 경우가 많다.

누군가는 표정 관리 때문에 한 '갈굼'을 냠냠 처먹기도 하고, 누군가는 특유의 냄새 때문에 '미개하다'는 소리까지 듣는다. 또 누군가는 결론을 나중에 말하는 자신만의 화법 덕분에 하고 싶은 말을 도륙당한 뒤 윗사람과의 앙상한 대화를 나누게 되곤 한다. 본연의 역할 수행으로 평가받기보다는 그 영역 밖의 일로 저울질당하는 일들은 비일비재하다. 평가의 객관성과 공정성? 그건 이미 엿 바꿔 먹은 지 오래됐다.

"띠리링~ 띠리링~"

사무실의 정적을 깨는 손전화 벨소리. 나른한 오후 사무실에서 활자와 씨름을 하던 나는 '에휴, 한숨 돌릴 수 있겠다'고 생각하며 손전화를 들었다. 손전화 액정 화면에 뜬 건 낯선 번호, 지역 번호가 들어간 유선전화 번호였다. 분명 카드회사의 상품 가입 권유 전화나 이름 모를 업체의 손전화 교체 권유 전화겠거니 생각했다. 받을 이유가 없었다. 매월 카드 대금 결제일만 다가오면 내 머릿속 뉴런들은 '야, 이번 달은 도대체 어떻게 막을 거냐! 우리도 피곤해!'라고 말한다. 새

카드를 만드는 것은 스스로를 무덤으로 인도하는 행위와 다름없을 것이라 생각했다. 손전화? 이 요물은 가뜩이나 빈곤한 재정 상황을 악화시키는 A급 전범이다. 이 녀석과 이별을 하려면 '위약금 원자폭탄'을 맞을 게 빤히 눈에 그려진다. 내게 전후 복구를 할 여력 따위는 없었다.

그래도 전화를 받았다. 왜? 어딘가에서 응답 없는 통화 연결음을 온종일 듣고 있는, 콜센터의 이름 없는 전화상담원들의 노동 때문이었다. 내 상황이 초라하다고 해서 그들의 노동이 초라한 건 아니다. 그들의 노동을 '무가치 무대응'으로 만들고 싶진 않았다.

그런데, 전화를 건 쪽은 다름 아닌 SK 브로드밴드. 3월 초 새로 살게 된 원룸에 인터넷 선을 들여놨는데, 전화를 건 쪽은 담당 방문 기사의 서비스를 평가해 달라고 했다. '지금부터 내가 뱉는 말이 이 사람의 업무 실적과 연결되겠군'이라는 생각이 들자 나는 자못 숙연해졌고, 성심성의껏 평가에 응해야겠다고 다짐했다.

누가 봐도 매뉴얼을 내려읽는 듯한 전화 상담원의 목소리가 이어졌고, 나는 7점 만점에 7점을 연신 날리며 당시 방문 기사님을 떠올렸다(실제 그의 서비스는 완벽했다). '기사님이 약속한 시각에 늦지는 않았나요' '선 정리는 잘 했나요' '기사님이 인터넷을 설치하면서 충분한 설명을 했나요' 등 무난한 질문이 나왔다. 그러던 와중에, 내 머리를 찡하고 울리게 한 질문 하나가 던져졌다.

"고객님 댁에 방문한 기사님의 청결도는 어땠나요?"

황당했다. 도대체 방문 기사의 청결도를 어떻게 평가하란 말인가.

내가 그이에게 '기사님, 잠시 위생 검사 좀 하겠습니다. 옷 좀 벗어주세요'라고 할 수도 없는 것이고, '머리는 언제 감으셨나요? 샤워는 며칠 주기로 하시나요?'라고 물으며 그를 조사할 수도 없는 일이다. 뭐라고 명확하게 답할 말이 없던 나는 조심스레 전화 상담원에게 물었다. "대체 저는 무슨 기준으로 청결도를 평가해야 하나요?"라고. 전화 상담원은 거리낌 없이 '이놈은 왜 이런 걸 되묻나'라는 목소리를 흘렸다.

"방문 기사에게서 발 냄새가 났다거나, 담배 냄새가 났다거나 그런 거 있잖아요."

"아니, 하루 종일 돌아다니다 보면 발 냄새가 날 수도 있죠. 그런 걸 왜 평가해요?"

"저희는 평가 기준에 맞춰서 고객님의 평가를 듣고자 하는 겁니다."

궁금했다. 그럼 SK브로드밴드는 피고용자의 청결 유지를 위해 따로 비용을 지출하는 걸까. 발 냄새나 담배 냄새가 나는 직원이 인터넷을 설치하면 인터넷 품질이 나빠지는 걸까. 왜 인터넷 설치와 관련된 업무를 한 이를 평가하는데 개인 청결도가 포함돼야 하는 걸까. 질문이 목구멍까지 차올랐지만, 묻지는 못했다. 매뉴얼대로 응대하는 전화상담원에게 무슨 죄가 있을까 싶어서였다.

직무 수행이 이윤 창출과 성과로 연결되는 사회에서 평가는 피할 수 없는 존재다. 하지만 평가를 하려면 직무와 직접적으로 연결되는 영역에서 행해져야 한다고 생각한다. 하지만, 사회는 그리 호락호락

하지 않은가 보다. 업무 이외의 것으로 평가가 이뤄지고, 이 영역의 것들에도 열과 성을 다해야 인정받는다(사실 영역 밖의 것들은 잘해도 본전일 경우가 많다).

찝찝한 마음으로 다시 영화 〈악마는 프라다를 입는다〉의 앤 해서웨이를 떠올렸다. 그녀가 아침에 양파맛 크림치즈 바른 베이글을 먹은 게 그렇게 큰 잘못이었을까. 업무에 전혀 관계없는 일을 했음에도 평가자가 불쾌하다는 이유로 자존심의 상처를 입어야만 했을까. 내 일상을 편하게 해 준 방문 기사님을 머릿속에 그려 본다. 그 방문 기사님이 온종일 '발바닥에 땀나게 뛰어다닌' 게 그렇게 큰 과오였을까. 일하기도 바빠 죽겠는데 왜 입 냄새·발 냄새까지 신경 써야 하는 걸까.

궁금해진다. 황당한 질문에 발끈한 내가 까칠한 건지, 사회가 지나치게 많은 것을 요구하는 건지.

백 퍼센트의 나쁜 놈,
엄마는 걱정이다

"야! 지현아! 빨리 거실에 좀 나와 봐! 어서!"

한가한 주말, 방에서 아늑하게 기사 편집을 하고 있던 나는 화들짝 놀라 거실로 나갔다. 무슨 일인지는 모르겠지만, 뭔가 목소리가 심상 치 않았다. 거실에 나가 보니 엄마는 운동기구에 앉아 텔레비전을 응 시하고 있었다. 스피커에서는 현란한 비트의 음악이 흘러나오고 있 었다.

"꺼져 줄래~ 잊어 줄래~ 나란 놈, 놈, 놈~ 나쁜 놈."

브라운관 속에서 격정적인 안무를 선보이고 있던 이들은 100퍼센 트라는 신인 남성 아이돌이었다. 나는 무슨 일인가 하고 그들의 노래 〈나쁜놈〉을 가만히 듣고 있었다. 이내 떨어지는 엄마의 입술.

"야, 요새 애들은 어쩜 저렇게 잘들 생겼냐? 코 좀 봐라, 오똑도 하 다."

"그러게, 애들이 훤칠한 게 잘들 생겼네."

"어머 어머, 저거 봐라. 다들 참 머리숱도 많네."

"……."

뭐라 할 말이 없었다. 아이돌이 잘생기고 멋있다는데 무슨 할 말이 더 있겠는가. 순간, 나는 하늘을 향해 뚫려 있는 콧구멍과 푹신한 안락의자처럼 낮고 넓은 코를 가진 그리고 반질반질한 두피를 가진 사내를 마주할 수 있었다. 그렇다, 나는 거울을 바라보고 있었다. 그러자 엄마는 상처에 물파스를 바를 듯한 기세로 한마디 더 던졌다.

"쟤네가 나쁜 놈이냐? 나쁜 놈들도 머리숱은 많네!"

'아들의 두피가 걱정이다. 애가 머리가 없다.' 이 이슈가 엄마의 관심사가 된 건 최근 일이 아니다. 꽤 오래된 일이다. 2005년, 대학교 3학년 때 스트레스성 탈모로 이마 위에 500원짜리 동전만 한 구멍이 생기고 나서부터는 '아들의 탈모'는 엄마에게 '뉴스'에 불과했다. 하지만, 2년 전부터 '아들의 탈모'는 엄마에게 '핫 이슈'가 돼 버렸다.

2009년 9월부터 이듬해 8월 말까지. 나는 빚을 등에 얹고 타지에서 새로운 세계와 조우하고 있었다. 당시 내가 살던 동네는 물가가 비쌌다. 당연히 이발비도 비쌌다. 때문에 나 같은 빈털터리에게 헤어디자이너의 손길은 사치나 다름없었다. '이때가 아니면 앞으로 머리기를 일이 없을 것 같다'고 생각했던 나는 무작정 머리를 기르기 시작했다.

머리는 비교적 빠르게 자랐다. 하지만, 당시 내 두피는 점점 사막화되고 있었던지라 머리카락은 상당히 가늘었다. 모근이 약하다 보니 머리에 힘이 없는 건 당연지사. 나는 그런 머리를 안고 꽁지머리로 살았다. 힘없이 축 처지는, 게다가 두피까지 완연히 보이는 앞머리는 도대체 정리할 재간이 없어 헤어밴드로 꽉 누른 채 말이다.

그리고 다시 한국으로 돌아오는 날, 인천공항. 22시간 비행을 마치고 기운차게 한국 땅을 밟았다. 당시 공항에는 부모님이 마중 나와 계셨는데, 인산인해를 이루고 있는 공항에서 엄마는 내게 한마디 건넸다.

"야, 넌 단번에 딱 알아보겠더라."

"그거야 내가 엄마 자식이니까 그렇지."

"니 머리 보고 알아봤어. 무슨 생각으로 머리를 기른 게냐. 주인한테 반항하다가 머리 쥐어뜯긴 노비 같더라."

"……."

일순간에 '망이·망소이' 혹은 '만적'이 된 나. 엄마는 그때부터 내 두피의 현황에 대해 지극한 관심을 보이기 시작했다. 엄마가 외출할 때 사용하는 여성용 부분가발을 한 번 착용해 보라고 권하며 "얼마나 좋으냐, 사람이 달라 보인다, 가발 하나 하자"는 말을 하기도 했다. 겨울이 되면 "야, 가발 쓰면 좀 따뜻하지 않겠냐? 하나 하자"는 말도.

언젠가는 이런 일도 있었다. 집에 돌아와 책상 앞에 앉으니 내 랩탑 앞에 종이 한 장이 곱게 접혀 있었다. 펴 보니 흑채 광고 전단이었다. 사정을 알아보니 미용실에 갔다가 잡지에 광고가 있어 한 장 찢어 왔단다.

"야, 요새는 기술이 좋아져서 흑채도 쓸 만하대."

"……."

"안 되려나? 너 땀이 진짜 많잖아. 흐를 수도 있겠네."

"휴우……."

이따금 지인 자녀들의 결혼식에 다녀온 엄마는 결혼식 풍경을 스케치하면서 꼭 한마디 덧붙인다. "근데, 신랑이 참 머리가 많더라"고. 그 말 속에는 이런 뜻도 담겨 있다. '너, 머리가 그래서 어디 결혼이나 하겠느냐'라는 뜻이. 이런 말을 듣고 있으면 울컥하다. 머리 없는 게 서러워서가 아니다. 그저 자식새끼 두피 걱정에 온갖 관심이 쏠려 있는 엄마가 고마워서다. 하지만, 이 글을 통해 엄마에게 꼭 전하고 픈 말이 있다.

'엄니. 걱정 마세요. 저는 그냥 있는 대로 살렵니다. 없으면 없는 거죠. 머리숱이 많은 게 당연히 정상적인 것이라고 단정 지을 수는 없죠. 나중에 옆머리 왕창 기른 다음에 무스를 발라 참빗으로 곱게 넘길 일은 없어요. 무엇보다, 두피 사막화도 있는 그대로 받아들이고 사랑해 주는 사람과 행복하게 지내고 있으니 탈모는 신경 쓰지 않아요. 제 두피에서 머리카락은 좀 덜 나지만, 사랑꽃이 피고 있으니 걱정은 없답니다. 행복은 머리숱 많은 순이 아니니까요.'

내가 부처를
무시하는 이유,
아빠 때문이다

내게 있어서 석가탄신일은 단순히 부처님 오신 날이 아니다. '아버지 오신 날'이다. 음력 사월 초파일이 아버지 생신이기 때문이다. 사실 이 글도 그때에 맞춰 포스팅되는 게 시의적절했겠지만, 게으름 때문인지 아버지에 대한 미안함 때문인지 미루고 또 미루다 이제야 키보드를 두드리기 시작했다.

올해로 예순넷을 맞은 아버지. 매년 당신께 무슨 선물을 할까 고민, 또 고민한다. 마음 같아서는 지중해의 어느 섬 하나를 통째로 사 드리고 싶지만, 현실은 녹록지 않다. 집 앞 횟집 해녀도에서 회 한 접시에 소주 몇 병 사 드리기도 벅찬 게 갓 서른이 된 내가 마주하고 있는 현실이다. 결국 고심에 고심을 거듭하던 나는 지폐 몇 장 가지런히 봉투에 담아 "얼마 되진 않지만……"이라고 말하며 건네는 것으로 선물을 대신했다.

이것밖에 할 수 있는 게 없으니 한숨이 나오는 건 당연지사. 아마

내 또래, '사회'라고 불리는 정글에 갓 진입한 이들도 비슷한 한숨을 쉴 것만 같다. 다행히도 봉투를 받은 아버지의 얼굴은 방긋 피어올랐다. "뭐, 이런 걸 다"라고 말씀하시면서도 아버지는 맑게 웃었다.

일을 핑계 삼아 자취방으로 향하는 길. 지하철 손잡이를 잡고 있는데 문득 아버지의 그 미소가 떠올랐다. 당신의 기준으로 봤을 때, 얼마나 감개무량했을까. 늘 꼬마였던 아이가 수염 덥수룩하게 기르고 허허 웃으며 생일 축하랍시고 용돈을 줬으니 말이다. 아버지의 관점에서 내 행위를 톺아보니 문득 옛이야기 하나가 떠올랐다.

용돈. 나도 아버지로부터 정해진 돈을 매주 꼬박꼬박 받아 챙기는 아이였다. 세상에는 맛있는 군것질거리가 참 많았고, 사고 싶은 장난감도 참 많았다. 현실과 욕망의 시소는 항상 욕망 쪽으로 기울어져 있었으니 당연히 주머니에 적색 신호가 들어올 수밖에. 그때마다 아버지는 내게 일종의 임무를 제안했다. 아마 많은 이들이 겪어 봤을 매력적인 조건의 제안. 기억을 되살려 보니 대략 이런 조건이었다.

'용돈이 모자라? 그럼 뭔가 하렴. 아빠 구두 닦기 100원, 아빠 출근길에 인사하기 50원, 엄마 설거지 도와주기 100원, 엄마아빠 어깨 주물러 주기 100원……'

화폐를 매개로 가정교육을 해서 좀 불순해 보인다고? 물론 그렇게 볼 수도 있지만, 이는 무턱대고 큰돈을 떡하니 줄 수 없는 아버지의 고뇌가 담겼던 제안이라 할 수 있었다. 당시 오락기 하나를 꼭 내 소유로 하고 싶었던 나는 이 조건을 흔쾌히 받아들였고, 하루하루 이를 열심히 수행했다.

그때 당신의 마음은 어땠을까. '어린놈이 돈에 독기가 올랐구나' 싶기도 했겠지만,(세상 상당수의 아버지들이 그런 것처럼) '이 녀석, 꽤나 열심히 구나, 귀엽네'라고 할 법하다. 그리고 그 용돈을 주면서 당신의 존재 감을 확인받고 싶었을지도 모른다(돈을 주고 존재감을 산다는 생각은 마시라. 부모와 자식은 갑을 관계가 아니지 않은가). 언젠가 당신이 어린 내게 이런 말을 한 적이 있다. "아빠는 너한테 몇 푼이라도 용돈 줄 때가 가장 기분이 좋다"고. 당시 나는 그런 내리사랑을 피부로 느끼면서도 머리로 인지하지 못했던 듯하다.

세월은 무심하다. 잡지 않아도 스윽 하고 흘러간다. 그렇게 흘러간 세월 속에 아버지는 늙었다. 젊음의 정도는 이제 내가 아버지보다 상 위에 있게 됐다. 젊음의 정도가 더 강하다고 해서 높게 평가되는 건 아니다. 가족 간의 '정'에 있어서 아버지만큼의 정신적 성숙은 아직 멀었다. 그러기에 난 아직도 당신에게 '꼬꼬마'다.

내리사랑의 대상이었던 내가 생일이랍시고 없는 살림에 뭐라도 준 비해 건넸으니 얼마나 대견했을까. 적어도 나는 내 '생신 축하'의 마음이 그 어떤 진귀한 것보다 값졌으리라 믿는다(물론 아버지도 그렇게 느꼈길 바란다). 사람의 마음이란 게 '뒤에 공(0)이 몇 개가 붙는지'로 평가된다고는 생각하지 않으니까.

하지만, 집에 가는 길 내내 나를 부끄럽게 만들었던 게 있다. 왜 이 '꼬꼬마'는 "생신 축하해요. 저는 당신을 아주 많이 사랑합니다"라고 말하지 못했을까. 어떤 크나큰 가시가 목에 걸렸기에 그 말 한마디 튀어나오지 않았을까.

자취방 근처 버스 정류장에 선 버스, 나는 터벅터벅 내려 정류장에
서 있었다. 그리고 생각했다. '이제 당신과 뭘 공유하고, 뭘 함께할지
적극적으로 고민해야겠다'고. 하지만, 나는 아무것도 하지 않은 채
며칠을 흘려보냈다. 지금이라도 늦게나마 문자 하나를 보내 본다.

'아버지, 날씨 점점 더워지는데 건강관리하셔요. 너무 컴퓨터 앞에
만 앉아 있지 말고 스트레칭도 좀 하시고요. 주말에 봬요. 사랑해요.'

날이 갈수록 더 희끗희끗해진 아버지의 수염이 떠오른다. 참 갈증
나는 날이다.

(* 이 글은 지난 5월 24일에 작성된 글이다. 오늘은 26일, 주말에 아버지를 만났지만 문자에 대한 언
급은 없으셨다. 평소 손전화를 잘 보지 않으시긴 한데, 보셨는지 안 보셨는지는 굳이 묻지 않았다. 진심은
전해졌으리라.)

내 똥만 관심 있던 내가
남의 똥에 환호하다니

"오오! 똥! 제자리에 잘 쌌네! 윤기도 흐르고, 묽지도 않고, 잘 쌌다, 잘 쌌어!"

방 한구석에 덩그러니 놓여 있는 똥 덩어리. 오해 마시라. 내 똥이 아니다. 난 바닥에 똥을 싸는 취미 따위 없다(비록 난 내 변의 상태에 때로는 환호하기도 하지만). 그 똥은 나와 함께 사는 반려견 웅순이의 똥이다.

지난 6월 말부터 내 일상에 큰 변화가 시작됐다. 앞서 언급했듯이 함께 살기 시작한 웅순이 덕분이다. 솔직히 고백하자면, 웅순이와 동거하게 된 것은 온전히 나라는 인간의 이기심 때문이었다. 내가 반려견에 관심을 보이자 주변에서는 '너 같은 1인 가구가 반려견을 들인다고? 얼씨구, 그건 안 되지'라며 말렸다. 하지만, 나와 함께 지내는 누군가가 성장하는 걸 지켜보고 싶다는 이기심에 웅순이를 집에 들이게 됐다. "털이 곱고 색깔이 잘 나왔다, 얼마나 예쁘게 생겼느냐"고 자랑을 늘어놓던 분양업자의 말은 애초에 관심조차 없었다.

그 이기심 때문에 나는 웅순이에게 매일 '못할 짓'을 하고 있다. 매일 출근을 해야 하는 나, 웅순이는 집에 홀로 남게 된다. 그러면 웅순이는 약 여덟아홉 시간을 홀로 지내야 한다는 이야기. 출근만 하면 끝나는 게 아니었다. 그 '못할 짓' 때문에 나는 퇴근 이후 바로 집으로 달려온다. 어디에 들르거나 누군가를 만날 생각은 아예 사라져 버렸다. 혹시라도 버스를 놓칠까 봐 한숨을 쉬고, 손끝은 초조해진다.

집에 닿으면 신발 벗기가 무섭게 반가움을 표하는 웅순이를 껴안으며 놀이 기구로 녀석과 논다. 내 나름대로의 '사과의 표시'라고나 할까. 대안을 모색하지 않은 건 아니다. 세계 최초로 24시간 개를 위한 방송을 한다는 DOGTV를 구독할까 알아보기도 하고, 반려견 유치원도 생각해 봤다. 하지만 웅순이는 DOGTV의 맛보기 영상에 아무런 흥미를 보이지 않았고, 반려견 유치원은 나 같은 박봉 월급 노동자에게 어울리지 않는 시설이었다.

내가 페이스북에 웅순이 사진을 이것저것 올리니 한 후배가 "형, 요새 살 맛 나시겠어요"라고 댓글을 달았다. 사는 맛이야 지난해 7월 말부터 야무지게 맛보고 있으니 논외로 두고, 사는 맛보다는 내가 시나브로 바뀌고 있음을 느낀다. 실제 웅순이가 내 삶에 끼친 영향은 컸고, 앞으로도 더 커질 것으로 보인다.

크게 두 영역에서 변화의 조짐이 있다. 인간 중심의 사고에서 벗어나고 있다는 점이 바로 그것이다.

무척 더운 어느 날. 후텁지근한 날씨, 가뜩이나 더위를 많이 타는 나로서는 '죽을 맛'인 그런 날이었다. 저녁, 집에서 밥을 해먹고 웅순이랑 놀고 있는데 녀석이 입을 벌리고 긴 혀를 내민 채 헥헥거렸다. 난 어디서 주워들은 게 있었는지 '아, 웅순이 덥구나'라는 생각을 하게 됐고, 자연스레 에어컨 제습 기능을 틀었다. 그러더니 얼마 지나지 않아 '콜록' 기침 소리를 내는 웅순. 나는 실내 온도나 습도가 바뀌어서 그런가 보다 혹은 사레들렸나 보다 하고 넘겨짚었다. 이후 웅순이가 헥헥거리면 약속이라도 한 듯 에어컨을 켰다.

이런 내 이야기를 들은 수의사는 걱정스러운 표정과 함께 다음과 같은 설명을 이어 나갔다.

"어린 개들에게 치명적인 게 두 가지가 있어요. 담배 연기랑 에어컨 바람이 위험해요. 실내에서 담배는 피우지 마시고요, 에어컨은 틀지 않는 게 좋아요. 사람 호흡기관은 미세 먼지에 어느 정도 적응할 수 있지만, 강아지는 다르거든요. 청소가 제대로 안 된 에어컨을 계속 사용하시면 강아지 기침 증세는 만성이 되는 거죠."

이쯤 되면 혹자는 '나, 개 눈치 보고 사는구나'라며 비웃을 만하다. 하지만, 내가 깨달은 건 하나. '적어도 내 방에는 나 혼자만 사는 게 아니야, 그렇다면 함께할 수 있는 삶의 조건을 만들어야겠어. 웅순이가 더울 거라는 건 포장이고 사실은 내가 더웠던 거였잖아'라는 것. 이후 나와 웅순이는 선풍기로 연명하고 있다. 녀석은 나름 선풍기 바람에 만족했다. 또한, 내 한 몸 식히는 데 선풍기 한 대는 충분했다(열대야에 타이머 맞춰 놓고 자면 좀 힘들지만). 웅순이의 성장이 끝나고 성견이 됐을 때, 에어컨이 괜찮을지 한번 따져 볼 생각이다.

내가 이곳저곳에서 웅순이 이야기를 늘어놓으면 늘상 돌아오는 말이 있다. '그렇게 개고생 할 거면 애초에 데려오지 않았으면 됐잖아.' 하지만, 나와 웅순이는 이미 '루비콘강'을 건너 버렸다. 책임지기로 약속했으니 끝까지 함께하겠다는 다짐이다(물론 이 다짐에는 웅순이를 극진히 아 끼는, 내가 세상에서 가장 굳게 믿는 사람 중의 하나인 인생 벗의 도움 역시 주효했다).

그리고 반려견과 함께한다고 해서 사람만 '개고생' 하는 건 아니다. 반려견도 사람에게 헌신적 개고생을 한다고 생각한다. 서로가 서로를 기다리는 것은 물론이요, 서로 피곤할 때는 가급적 건드리지 않는 배려도 발휘한다(고 나는 생각한다. 웅순이 생각은 아직 파악 못했지만).

이렇게 하루하루 다른 종에게 배우며 산다. 지금, 웅순이가 배변 패드를 담아 놓은 비닐봉투를 툭툭 건드린다. 이것저것 물어뜯을 조짐이다. 지금까지 내가 파악한 바로는 배고프다는 뜻. 어서 사료를 챙겨야겠다.

'대머리 털보 드워프', 청혼합니다

남자 : "네가 듣고 싶어하는 말들…… 다 해 줄 수는 없지만, 네가 그리는 미래에 내가 함께하고 싶은 건 사실이야."

(남자, 반지를 스르륵 꺼내 여자에게 건넨다. 여자는 미소를 지으며 남자를 응시)

여자 : "나 끼워 줘."

(감미로운 음악이 짜르르, 여자는 눈물을 또르르)

여자 : "나 이런 유치한 프러포즈 꼭 받아 보고 싶었는데……."

남자 : "난 이런 유치한 프러포즈 하게 될 줄은 몰랐어."

여자 : ^(하늘을 바라보면서 나지막이) "완벽하게 행복하다."

다들 아시리라. 세간의 화제인 드라마 〈별에서 온 그대〉 19회의 속한 장면이다. 무슨 일로 목요일 본방을 사수하지 못하고 금요일 밤에 이 드라마를 여자친구와 함께 봤다. 도민준^(김수현 분)이 천송이^(전지현 분)에게 프러포즈하는 장면, 김수현이라는 배우를 무척 좋아하는 여자친구는 스크린에서 눈을 떼지 못했다^{(길을 가다가도 김수현이 나온 광고를 보면 목}

이 돌아갈 때까지 시선을 떼지 못한다). 몰입이라면 몰입이랄까. 나는 물끄러미 김수현의 대사 하나하나에 귀를 쫑긋 세우는 여자친구를 쳐다봤다.

'좌불안석'은 아마 이럴 때 쓰는 말이리라. 왜 나는 좌불안석이라는 말을 이 상황에 가져다 붙였을까. 내가 김수현을 질투해서? 에이, 아니다. 비교조차 할 수 없다. 김수현은 우월하다. '대머리 유망주 털보 드워프'인 나는 여자친구에게 '김수현이 잘생겼어, 내가 잘생겼어? 나보다 좋아?' 따위의 '개 망언'을 싸지를 배짱이 없다. 그럼 뭐 때문에 좌불안석인 거냐고?

현재 나는 여자친구와 결혼을 준비하고 있다. 결혼 날짜도 잡았고, 살 집도 구했다. 심지어 가구 가전도 장만했다. 회사 선배들은 "오우, 그 정도면 준비 다했네"라며 "이제 식장만 들어가면 되겠구나"라고 말해 주기도 했다. 하지만, 나는 아주 중요한 것을 아직 '못'했다. 글의 서두에서 대충 눈치를 챈 분도 있겠지만. 그래, 아직 프러포즈를 하지 못했다. 사실 2월 내내 언제, 어느 타이밍에 내 진심을 전할까 고민만 했다.(변명은 하지 않겠다. 행위가 일어나지 않은 건 피할 수 없는 팩트니까. 나의 우유부단에 여자친구는 이따금 "프러포즈 언제 할 거야?"라고 묻기도 했다.)

그런데 마침 도민준의 프러포즈 장면이 공중파를 탔고, 여자친구는 그 장면에 집중하고 있었다. 순간, 나는 식은땀이 삐질삐질 났다. '사실 나도 저런 말을 하고 싶었지, 내가 할 말을 〈별그대〉 작가가 주워갔나 보네, 엣헴' 따위의 말은 용납될 수 없다. 평생을 함께하자는 약속치고는 격조가 없을뿐더러, 청혼이 어디 장난인가. 나는 '내일에는 꼭!'이라 마음먹었다.

그래서 지금, 나는 내가 가장 효과적으로 내 진심을 전달할 수 있는 방식인 '글쓰기'로 그녀에게 청혼하려 한다. 정식으로.

2013년 여름, 어느 토요일 저녁. 나는 주말 당직으로 온종일 기사와 씨름하고 있었다. 당시 당직데스크였던 구영식 선배와 밥을 먹고 짧은 산책을 하고 있었다. 얼마나 걸었을까, 구 선배가 노을로 발갛게 물든 하늘을 보며 운을 뗐다.

"지현아, 어떤 마음가짐으로 결혼을 하는지 아냐?"

"글쎄요, 결혼을 안 해 봐서 모르겠는데요."

"결혼은 할 계획이냐?"

"그럼요. 하고 싶어요."

"그럼 말이다. 내가 상대를 '감당할 수 있겠다' 싶은 확신이 생기면, 그때 하는 게 좋아."

"'감당할 수 있겠다'요?"

"그래. 사람이 살면서 좋은 것만 볼 수 있겠냐. 나쁜 것도 보고, 보기 싫은 것도 보게 될 것이야. 그래도 '이 사람하고 살면서 그런 것들을 다 감당할 수 있겠다'는 확신이 생겨야 진짜 사랑이라고 생각해."

"오오, 오오, 오오오……."

기억보다 추억이 더 달콤하다. 구 선배와의 대화는 내게 추억으로 남아 있기 때문에, 위의 대화 전개가 일정 정도 미화됐을 수 있다. 하지만, 메시지의 내용은 지금까지도 잊히지 않는다. 내가 만나고 있는 상대가 감당할 수 있는 사람이어야 한다는 것 말이다. 그날 구 선배와의 대화 이후로 나는 내 여자친구를 다른 각도로 바라보기 시작했다. 또한 내 여자친구도 나를 다른 각도로 바라보길 원했다. 서로가 서로에게 감당할 수 있는 사람인지를 확인하고 싶었다.

그렇게 수개월을 보낸 뒤, 나는 그녀와 나 사이에 많은 것이 다름을 깨달았다. 물건은 각기 제자리가 있고, 그 자리에 있어야 효용 가치가 있다는 생각을 가진 나를, 어차피 내일 또 사용할 물건이라면 마지막으로 사용한 자리에 그대로 놔도 상관없다는 그녀를 발견했다. 가끔 내가(혹은 그녀가) 못난 짓을 해 그녀를(혹은 나를) 실망하게 했을 때, 그녀는 쌩한 반응으로 본인의 불만을 표현하면서도 곧잘 풀어지는 반면 나는 소심한 마음으로 며칠이 지나도 그 못난 짓을 되새김질했다. 식습관도 달랐고, 피로나 분노를 푸는 방법도 달랐다.

하. 지. 만. 함께 발걸음을 맞추는 시간이 늘어나면 늘어날수록 이런 '다름'은 서로의 '토닥임'으로 중화됐다. 서로가 서로의 습성을 닮아 갔고, 서로가 서로의 자존감이 됐다. 내가 아무리 못났어도, 그녀와 함께라면 뭔가를 일부러 꾸며 낼 이유도 필요도 없었다. 나를 온전히 나 자체로 바라봐 주는 사람이 바로 그녀였다.

나와 그녀는 '아, 이 사람은 내가 감당할 수 있는 사람이군'이라는 결론을 얻게 됐고 우리는 서로를 닮아 갔다(다행히도 외양은 닮아 가지 않았다. 여자친구의 외모가 날 닮아 간다면 그건 무척이나 미안할 일이다).

여자친구의 표현에 따르면, 나는 그녀에게 '집 같은 사람'이 됐다. 그리고 그녀는 내게 '바다 같은 사람'이 됐다. 때로는 거세게 파도쳐도, 결국은 땅을 어루만지는 그런 사람, 꾸밈없이 솔직하고, 언제나 나를 감싸 안아 주는 그런 사람이라고 할까. 그리고 우리는 '바닷가 근처 평화로운 집' 같은 풍경을 만들자고 뜻을 모았다.(오해 마시라, 진짜 집 이야기가 아니다. 신접살림은 응암동 산동네다. 흑.)

25년 이상을 서로 다른 세계에서 살다가 만난 두 사람이 전광석화처럼 합일을 이루는 것은 불가능하다. 앞으로도 서로 부딪칠 일은 더 많을 게다. 하지만 그런 일이 두렵지는 않다. 자신이 없는 것도 아니다. 지금까지 그랬던 것처럼, 앞으로도 서로 하나하나 발 맞춰 가며 뚜벅뚜벅 헤쳐 나갈 생각이다.

최근 들어 내 마음가짐에 변화가 생겼다. 지금까지는 '내가 당신을 감당할 수 있다'고 생각해 왔지만, 이제는 '내가 당신을 감당하고 싶다'는 마음이다. 말장난처럼 들릴 수도 있겠지만, 둘의 차이는 명확하다. 수동적인 마음에서 능동적인 마음으로의 전이라고 하겠다.

그래서 오늘, 이 자리를 통해 그녀에게 진심을 전한다.

주영아. 우리 함께 살자.

신혼집 구하기?
쫄지 마, 어깨 펴!

요새 내 머릿속에 가득 찬 단어 하나가 있다면, 그건 바로 '결혼'이
렷다. 예전에 이 블로그의 안방마님(으엉?) 규화선배가 "결혼, 결혼" 하
면서 노래를 부를 때는 남 일 같았는데, 막상 내가 결심을 하고 나니
이 일 보통이 아니더라. 먼저 '유부세계'로 떠난 선배들이 조언하길,
결혼에 있어 가장 어려운 난제 세 가지는 '식장 예약' '신혼여행지 선
정' 그리고 '신혼집 구하기'라고 한다(뭐, 이견이 있을 수 있겠지만). 내게 있어
신혼집 구하기는 난제 중의 난제다.

참 많이 돌아다녔다. 결국 근로자서민 전세자금대출을 이용해 신
혼집을 구하기로 결심한 나와 예비 옆지기는 휴가 기간 내내 집을 보
러 다녔다. 가만히 있을 때도 포털 부동산 시세를 확인하기도 했다(물
론 우리가 처한 현실도 덤으로 확인할 수 있었지만). 방화에서 화곡, 신정, 합정, 망원,
가양, 상암…… 여기에 포털 검색에 로드뷰로 살펴본 것까지 합치면
인천, 부천, 고양, 구로까지. 서울의 서쪽과 그 인근을 주르륵 훑은

듯하다. 가격 비교 누리집에서 최저가 검색하는 것도 아닌데, 내 검색 기준은 늘상 하한가에 머물렀다. 그게 현실이었다.

발품을 팔고, 검색질을 하다 느낀 게 하나 있다. 서울^(수도권까지 포함)에서 신혼집을 구하는 것은 마치 인도를 향해 배에 오른 사람들의 항해와 비슷하다는 것을. 아프리카를 비잉 돌면 황금의 땅이 있을 것이라 여기며 망망대해에서 목말라하던, 이름 없는 사람들의 항해 말이다.

신정 쪽에 갔을 때의 일이다. 포털에서 전세 보증금 7000만 원짜리 매물을 확인하고 부랴부랴 집을 나섰다. 포털 부동산 누리집에 기재된 공인중개사 사무소를 찾아 그 집을 보자고 했지만, 이미 나가고 없단다. 대략 보증금 7000만 원 정도 되는 전셋집은 없냐고 물었지만, 공인중개사는 냉담하게 말하며 자리에서 일어났다. "이 동네에서 전셋집 구하려면 1억2000만 원 이상은 주셔야 해요. 전세 7000만 원이면 반지하밖에 없어요. 보실래요?" 나도 괜스레 쿨한 척 일어나 황급히 자리를 떴다. 더 이상 있을 곳이 아니었다.

·아쉬움을 뒤고 하고 화곡동으로 향했다. 초행길이라 어리바리하게 헤매다 버스 두 정거장 거리를 걸은 뒤 겨우겨우 공인중개사 사무실에 닿았다. "저는 근로자서민 전세자금 대출을 받으려 합니다"라고 운을 떼자, 다짜고짜 "심사는 받았느냐"는 질문이 돌아왔다. "아직은 아닌데요, 한번 어떤 집이 있는지 보려고 왔어요"라고 하니 공인중개사는 펜을 굴리며 나를 타일렀다. "일단 심사부터 받고 오세요. 지금 봐도 아무 소용없어요." 나는 그저 어떤 매물이 나와 있는지 보고 싶었을 뿐인데, 인터넷으로 몇몇 집을 확인해 놨는데 그에게 내

부탁은 '헛된 노동'에 불과했다. 그는 너무 효율적이었고, 나는 너무 순진했다.

결국 나와 내 옆지기는 예산상에 무리가 따르긴 하겠지만, 전세금을 상향 조정해 집을 구하기로 결심했다. 어느 정도 감당할 수 있을 것이라 판단했기 때문. 운이 좋게도 방화역 주변에 전세 9000만 원짜리 아파트가 나왔다며 한 공인중개사에게 연락이 왔다. 옳거니, 느낌이 좋았다. 하지만, 그 예감은 내 기대를 비껴갔다. 나보다 더 나이가 든 아파트를 보면서 과연 물이 잘 나올까 생각이 들었기 때문이다. '눈이 높다'는 핀잔은 먹히지 않았다. 그 핀잔을 최초로 던졌던 내 예비 옆지기의 표정도 나만큼 좋지 않았다.

우여곡절 끝에 신방화역 주변에 한 빌라를 찾아냈다. 전세금 8000만 원, 융자도 없다 하고, 주인이 1층에 살아 이것저것 잘 챙겨 준다는 설명을 들었다. 직접 가 보니 햇살도 잘 들어오고, 내부도 꽤 널찍했다. 그런데 건물 전체를 감싸 안은 특유의 코를 찌르는 냄새가 참싫었다. 네이밍을 해 보자면 그 집은 냄새 품은 집, '냄품집'이었다. 하지만, 그 정도면 괜찮을 것이라 생각했다. 현관 중간문 콘크리트 하중이 꽤 돼 콘크리트를 받치고 있던 나무틀이 살짝 휘어지긴 했지만, '설마 붕괴 같은 일이 일어나겠어?'라고 자위했다.

내 항해도 어느덧 반환점을 도나 싶었다. 나는 집을 보고 들뜬 마음으로 아버지께 보고를 올렸다. 보고 온 집을 설명하다가 시나브로 입에서 다른 말이 튀어나왔다.

"집 앞에 교회가 있어 창문을 열면 교회 벽이 보이긴 하지만, 그래도 햇볕은 잘 들어와요.”

“뭐어?”

아버지의 물음표에 내 가슴은 철렁. 31년 동안 들어온 아버지의 목소리다. 이 정도 톤이면, 돌직구가 날아올 차례일 게다. 느낌 아니까. 아버지의 설명에 따르면, 풍수지리상 교회나 절 같은 종교 시설 근처에 거처를 구하는 것은 좋지 않단다. 센 터이기 때문에 주변에 사는 이들에게 그리 좋지 않은 영향을 끼칠 것으로 보이며, 특히 교회의 경우 첨탑이 있기 때문에 사람을 찌를^(악영향) 위험이 있다고 한다. 나와 내 옆지기는 신방화 라이프의 싹을 틔우기도 전에 씨앗부터 없애버렸다.

하루하루 검색에 검색, 하루하루 방문에 방문, 하루하루 보고 또 보고를 반복하다 보니 심신이 지치는 건 사실이더라.

근데, 왜 내가 부모님께 이렇게 열심히 보고를 했느냐고? 어차피 살 사람은 따로 있는데, 살지도 않을 사람들에게 왜 보고를 열심히 하느냐고? 나나 예비 옆지기나 양가 부모님들의 은혜를 두 팔 벌려 안고 새살림을 꾸릴 계획이기 때문이다. 이건 예의의 문제요, 정당성의 문제다. 30여 년 전에 이런 과정을 이미 거친 인생 선배들의 관록을 어찌 무시할 수 있겠는가.

보고를 최대한 예쁘게 포장해 올리면서 나와 내 예비 옆지기는 부모님의 안목에 감탄하곤 했다. 덤으로 교훈까지 얻었다. 그건 바로 만만디^(천천히). 조급해하지 말고 하나하나 천천히 살피고 확인하면 된다는 주의, 그게 부모님의 가르침이었다.

전셋집이 마음에 든다고 덥석 물지 말 것, 서민의 현실 따위는 고려하지 않는 전셋값에 기죽지 말 것, 대출로 생기는 부담을 최대한 장기적인 관점에서 바라볼 것, 무슨 문제가 닥쳐도 너희 두 사람이 차근차근 하나하나 각개격파할 수 있게끔 계획을 짤 것, 사람이 살 곳이기에 최대한 까다롭게 따질 것, 전에 살던 이들의 사연에도 귀 기울일 것, "곧 계약될 것"이라는 공인중개사의 말에 조바심 갖지 말 것,(비과학적이긴 하지만) 집에도 인연이 있기에 여유로운 자세로 그 인연을 기다려 볼 것 등등. 대략 종합하면, '쫄지 마, 어깨 펴' 정도가 되겠다. 이 가르침은 그 어떤 금전적 지원보다도 값지다.

신혼집을 구하고, 부모님들께 가르침을 얻는 과정 속에서 내가 하나 깨달은 게 있다. 바로 두 삶이 한데 어우러져 한 곳에 정착하는 데는 은근한 '불'이 필요하다는 것. 한 번에 확 끓어오르는 센 불이 아니라, 끈기 있게 달이고, 달이는 은근한 불 말이다. 그런 불에서 우러나온 국물이 진국임은 분명하다. 그게 두 삶을 하나로 우려내는 데 바람직한 자세이지 않겠는가.

나와 내 예비 옆지기는 오늘도 저기 멀리 황금의 땅을 향해 열심히 노를 젓고 있다. 그리고 바란다. 노를 젓다 보면, 옛 뱃사람들이 그랬던 것처럼 희망봉을 만날 수 있겠지. 그 희망봉을 찍고, 달이고 달이며 노를 저으면 원하고 바라던 그곳이 우리를 기다리고 있겠지. 이렇게 보니 나나 내 예비 옆지기나 하루하루 '어른'이 되고 있는 것 같다.

덧글. 그나저나 저기 멀리 희망봉이 보이는 듯하다. 은평구 응암동의 어느 산 아래에 한 빌라를 찾았는데, 나나 내 옆지기나 마음에 쏙 들어 한다. 등기부 등본도 열람했다. 별다른 문제는 없었다. 비록 교통편은 조금 안 좋긴 하지만, 그래도 그런 불편을 감수하더라도 살고 싶은 곳이다. '저게 진짜 희망봉이겠지?'라는 희망이 스멀스멀 피어오른다. 야호!

입이 가볍고 남의 일에 참견하기를 좋아한다. <오마이뉴스> 기자로 일하는 이유. 털보의 아내, 태양이의 엄마로도 불린다. 반려동물인 웅순·웅미의 동거인이기도 하다. 장래 희망은 즐거운 사람. 인생 한 번뿐, 그래서 오늘도 살고, 사랑하고, 쓴다.

이주영

취미는 오지랖
일과 사랑과 삶

끝없는 파도처럼
못비꾸개사람들이 출직한상사는이야기

호텔 객실을 스친 투명인간들… 보이나요?

나는 잠이 많다. 넘치는 잠 때문에 장소와 상황에 상관없이 잠이 들고는 한다. 지하철이나 버스에서 앉기만 하면 잠이 들어 종점을 찍고 오는 건 기본이다. 한번은 집에서 빨래를 널다가 잠이 들기도 했다.

그런데 잠들지 못하는 곳이 있다. 호텔이다. 새하얀 침대 시트만 봐도 가슴이 먹먹해진다. 어쩔 수 없이 호텔 침대에 누워 잠을 청할 때는 남몰래 눈물을 훔치기도 한다. 귀신이라도 나올까 봐 무서워서 그런 건 아니다. 내가 호텔 객실에 들어오기 전 스쳐 지나갔을 누군가들이 생각나서다.

일본에서 교환학생으로 머물던 2009년 여름. 일본에서 가장 큰 호수가 내려다보이는 시가현(滋賀縣)의 한 호텔에서 객실청소 아르바이트를 하게 됐다. 오전 7시부터 오후 3시까지 총 여덟 시간 근무였다. 시급은 850엔. 일본인 아르바이트 직원이 받는 시급은 1,050엔이었다. '이주노동자'였던 내 시급은 200엔 적었다.

매일 아침 6시 30분이 되면 9인승 승용차가 기숙사 앞으로 왔다. 중국인 유학생 친구와 함께 차에 올랐다. 승용차 안은 늘 국적이 다른 사람들로 가득 차 있었다. 한국, 중국, 몽골 출신 유학생이 대부분이었다. 일본인이라고는 이주노동자 아르바이트 직원을 관리하는 운전기사와 주름이 깊게 팬 중년 여성 둘뿐이었다.

호텔에 도착하면 건물 구석에 있는 철문으로 들어갔다. 어두침침한 주황색 조명 아래에서 다들 작업복으로 갈아입고 있었다. 나 역시 흰색 티셔츠에 베이지색 반바지를 입고, 그 위에 분홍색 앞치마를 둘렀다. 머리에도 분홍색 두건을 썼다.

객실 청소는 층별로 조를 나눠 진행됐다. 출퇴근관리 기계에 '이 씨'(李さん)라 적힌 카드를 넣어 출근 시간을 찍고, 조장을 따라갔다.

우리 조는 10층에서 일했다. 10층에는 17개 객실이 있었다. 8시부터 10시까지는 전 객실의 침대시트와 이불, 베개 커버를 갈아 끼웠다. 침대는 전부 27개, 객실마다 있는 다다미방까지 합치면 총 44개의 침실을 정리해야 했다. 일본인 조장은 나보고 그 일을 혼자서 다 하라고 시켰다.

"시트 10초, 이불 10초, 베개 10초. 30초에 한 자리 정리를 끝내도록!"

조장은 첫날부터 내게 이렇게 윽박질렀다. 무리였다. 시트를 빼내는 데만 10초가 넘게 걸렸다. 새 이불 커버를 갈아 끼울 때면 커버 속으로 솜이불이 들어가는지 내가 들어가는지 헷갈릴 정도로 버둥거렸다.

그럴 때마다 조장을 비롯한 일본인 직원들은 나를 향해 눈을 흘기며 제대로 알아듣지 못하는 일본어를 중얼거렸다. '한국인' '냄새' '돈' '게으름' 등의 단어가 대화 사이에 오갔던 걸로 기억한다.

침실을 다 정리하고 나면 11시가 됐다. 그 다음엔 객실마다 있는 전기포트 안에 담긴 물을 갈았다. 식었을 줄 알고 무작정 물을 세면대에 붓다가 손이 데인 일이 수차례였다. 하지만 일본인 직원들은 그런 나를 보며 웃을 뿐 "뜨거우니 조심하라"고 알려주지 않았다.

17개의 포트에 담긴 물을 전부 갈고 나면 12시께가 됐다. 일본인들의 점심식사 시간은 20분이었다. 내 점심시간은 5분이었다. 차가운 삼각김밥을 한 두입 물어 급히 삼키다 보면 어느새 5분이 됐다. 가끔은 5분마저 없기도 했다.

12시부터는 손님들이 체크인을 시작했다. 그때마다 조장은 내게 경고했다.

"손님이 지나가면 둘 중 하나의 행동을 하도록. 첫째, 손님이 보이는 순간부터 허리를 120도로 숙일 것. 손님이 다 지나간 다음 일어날 것. 둘째, 안 보이는 곳으로 숨을 것. 이게 제일 좋다. 넌 손님에게 보이면 안 되는 존재야. '투명인간'이라고."

낮 시간부터는 투명인간으로서 남은 일을 마저 했다. 손님이 아직 오지 않는 객실을 돌아다니며 화장실 유리를 닦고 세면도구를 새 것으로 가져다 놓았다. 일본인 직원들은 삼삼오오 모여 수다를 떨었다. 내게는 말을 걸지 않았다. 오후 3시까지 나는 말없이 일만 했다.

집에 돌아오는 길이면 중국인 유학생 친구와 일과를 공유하느라 바빴다. 어느 날은 친구가 손이 붉게 부어올라 있었다. 나처럼 전기

포트 물에 손을 데었다고 했다. 그런데도 조장이 약은커녕 일이 서툴다고 화를 냈다고 내게 털어놨다. 화가 난 나는 관리자에게 부당함을 고발하겠다고 각오했다. 친구는 부은 손으로 내 팔을 잡으며 말했다.

"불만 있는 거 다 말하면 우리 일 못 해. 여기서 돈 벌려면 이 정도는 참아야지."

투명인간 생활 한 달째. 나는 참지 못하고 일을 그만두었다. 몸이 힘든 건 참을 수 있었다. 하지만 늘어 가는 외로움을 감당하기 힘들었다. 사람에게 둘러싸였는데도 그들과 함께할 수 없는 건, 그들과 같은 '사람'으로 인정받을 수 없는 현실은, 생각보다 무서운 일이었다.

8월이다. 휴가철이기도 하다. 호텔, 콘도 등 숙박업체는 사람들로 북적일 테다. 호텔 청소하는 직원들도 한창 바쁠 것이다. 깔끔하게 정돈된 객실에서 사람들이 한번쯤은 생각해 줬으면 좋겠다. 그 자리를 스쳐 지나갔을 수많은 투명인간들을. 말끔한 객실 향기에 묻어 있을 그들의 땀 냄새를.

최초 고백…
"이승기 만나려다
F학점 받아"

한때 나에게는 '팬덤포비아'가 있었다. 원색의 풍선을 흔들며 울부짖는 팬들만 보면 등골이 싸늘해졌다. (누군가의 열렬한 팬인 당신. 이 문장만 읽고 발끈해 이런 육갑할 년이 다 있느냐며 댓글 테러해서는 안 된다. 절대 그런 내용 아니다.) 2004년 동방신기가 〈Hug〉란 노래로 데뷔하면서부터 생긴 증상이었다.

수컷 사자마냥 머리카락을 사방으로 세운 그들이 "네 방의 침대가 되고 싶어", "네가 주는 마.딛.는(발음주의) 우유"라고 속삭이는 노랫말이 달갑지 않았다. 내 손가락들은 메슥거리는 속을 견디지 못했다. 동방신기 컴백 기사에 "기름 빼고 와"라는 댓글을 달았다.

단 열 손가락으로 끄적인 글귀였건만 100만 손가락의 역습이 내 메일로 쏟아졌다. 초딩부터 20대까지의 동방신기 팬들은 나를 향해 쌍자음, 된소리, 두음법칙, 사이시옷 등의 문법을 총동원한 육두문자 메일을 날렸다. 욕설 쓰나미에 휩쓸리고서야 이팔청춘 고2 소녀였던 나는 빠돌·빠순님들을 두려워하게 됐다.

대학 3학년이던 2008년. 그런 트라우마를 말갛게 씻겨 주는 존재가 내 인생에 강림하면서 이 세상 모든 팬클럽과 풍선, 플래카드를 애정하게 됐다. 그 존재는 바로 '이승기'다.

그가 동방신기와 같은 해에 데뷔할 때만 해도 별로 관심 없었다. 연상 꼬득이는 동갑내기 남자로만 보였다. 그로부터 4년 후 봄이었다. 텔레비전을 켰는데 〈1박2일〉에서 이승기가 나왔다. 말라 있던 심장이 뛰기 시작했다. 그의 어리바리한 모습이 내게 순수한 매력으로 다가왔다. 한용운의 말처럼, 님의 향기로운 말소리에 귀먹고 꽃다운 님의 얼굴에 눈멀었다. 그렇게 해서 20대 늦깎이 '빠순이질'을 시작하게 됐다.

처음에는 "나 빠순이 됐어요"라고 커밍아웃하는 게 두려웠다. 온라인에서만 활동을 시작했다. 그의 음반과 뮤직비디오는 기본이요, 출연한 방송 프로그램을 싹 쓸어 독학했다. 이승기의 공식 팬클럽 카페 '아이렌'에도 가입했다. 실시간으로 올라오는 원본 영상 및 사진마다 댓글을 다는 착실한 모범 회원이었다.(아이디를 공개하지 못하는 점은 양해 바란다. 과거 이력 때문에, 자칫 겨우 들어온 회사로부터 자진 사퇴를 통보받을까 무섭다.)

사람 욕심은 끝이 없다는 경구가 사실인 걸까. 만날 평면 스크린에서 그의 온기를 느끼려니 답답했다. '3차원 4D 체험'에 갈증을 느끼기 시작했다. 사생팬의 영역에 한 발짝 디뎠다. 그의 사생활을 주워 모으기 시작했다. 포털에서 이승기 혈액형, 여자친구, 집, 동생, 아빠(?) 등의 순으로 검색의 지평을 넓혀 갔다.

도서관에서 기말고사를 준비한답시고는 노트북으로 이승기 정보를 검색하던 어느 날이었다. 그가 몇 시간 후 학교에 시험을 치러 갈 거라는 특종을 입수했다. 모범생인 그는 시험 기간에도 착실히 학교에 나간다는 사실을 카페 회원을 통해 알고 있긴 했다. 그런데 그게 오늘이라니. 구석에 펼쳐 놓은 전공 필기 노트를 고이 접었다. 이승기가 다닌다는 동국대로 날랐다.

캠퍼스 곳곳에 부처의 자비로움이 가득했다. 이 어딘가는 이승기가 거닐었던 곳일 거란 생각에, 지나는 길목마다 발바닥을 문지르고 냄새를 맡으며 그의 체온과 향기를 느꼈다. 어느덧 그가 출몰할 거라는 사회과학대 건물에 도착했다. 이승기의 전공인 국제통상학과 층의 시험장들을 기웃거렸다. 그가 없었다. 건물 1층부터 옥상까지 샅샅이 뒤졌다. 없었다. 바지 밑단을 걷어 올리고 온 캠퍼스를 돌기로 작정했다.

동국대 여학생들 종아리 근육의 8할을 키워 냈다는 중앙도서관 옆 언덕을 힘겹게 오르는 중이었다. 후배로부터 문자 메시지가 왔다.

"언니 어디야? 오늘 시험 안 봐?"

걸음을 멈췄다. 뇌 한 구석에 버려진 이성을 꺼내 왔다. 알고 보니 이날 오후 'XXX원론' 시험이 있었다. 이승기에 눈이 먼 나머지 시험 일정마저 스스로 리셋했던 것이다.

그날의 충동적인 사생팬질은 내 학점조회란에 F학점을 선명하게 찍어 주었다. 성적표를 받아 든 어머니가 날릴 등짝스매싱과, 후배에게 둘러대야 할 변명 등 후폭풍이 두려워졌다. 결국 난 그를 놓았다. 약 4개월 동안의 소심했던 빠순이 생활은 그렇게 끝이 났다.

빠순이질 때문에 잃은 게 많다. 하지만 얻은 것도 있었다. 팬덤의 본심을 이해하게 된 것. 연예인을 좋아하는 건 수줍은 짝사랑과도 같다. 누군가를 좋아하게 되면 그가 다니는 길목을 서성이거나 주변 사람들에게 그가 어떤 사람인지 수시로 묻는다. 그가 좋아하는 음식이 궁금하고, 이상형은 어떤 사람인지 알고 싶어진다. 당연한 현상이다. 좋아하는 사람에 대해 알고 싶고 보고 싶은 욕심은.

이 세상 빠돌이, 빠순이들도 마찬가지다. 짝사랑의 대상이 연예인일 뿐이다. 짝사랑은 로맨스이고 팬덤은 극성이라는 법은 없다. 좋아할 사람이란 게 따로 정해져 있진 않으니까. 〈파우스트〉 등의 명작을 남긴 괴테도 혼자서 수십 년 동안 다른 남자의 여자를 짝사랑했다. 팬덤 역시 또 다른 사랑 방식이 아닐까.

빠순이질은 끝냈지만 여전히 이승기를 보면 설렌다. 그가 드라마에서 다른 여배우와 키스신을 찍으면 질투심에 화가 난다. CF 속 냉장고 옆에서 미소를 지으면 부끄러워 얼굴이 붉어진다.

그래서 아직 난 '아이렌'에서 탈퇴하지 않고 있다. 그는 나의 또 다른 사랑이다.

막내 기자, 화장실에서 '선배' 수십 번 부른 사연

"말이 씨가 된다"는 경구는 사실인 걸까. 취업준비생 시절 어떻게든 올해 안에 언론사에 붙어 보고자 내뱉었던 말이 실현되는 사태가 벌어졌다. 면접관들에게 진취적인 모습을 보이고 싶어 "뜨거운 대선 판에서 뛰어 보고 싶습니다!"라고 외쳤을 뿐인데. 지난 10월 29일 "네가 내일부터 정치팀으로 가서 대선 현장을 취재하게 됐다"는 사회팀장의 전화를 받게 됐다.

사회팀 교육·인권 담당 기자로 정식 발령 난 지 4개월 됐다. 그동안 수습기자 시절 '수습'하지 못한 구멍들을 자존감을 퍼다 메우며 살았다. 이제야 좀 사회팀에 적응해 용기를 0.0000001퍼센트 얻게 됐는데, 또 다시 생판 모르는 현장에 던져진 것이다.

특히 정치팀은 내게 벅찬 현장이다. 여의도 정치판이라는 곳은 정치인들의 입에서 'BB탄'부터 '핵미사일'까지 다양한 총알들이 오가는 '전쟁터'다. 기자들은 이 총알을 맨손으로 낚아채 기사화시킨다.

'탈수습' 기자인 내가 이 총알들을 잡기는커녕 '총알받이'로 전사할까 봐 두려웠다.

어차피 일은 벌어졌다. 10월 30일부터 서울 영등포 민주당사로 출근을 시작했다. 정치팀 선배들이 몸소 방어해 준 덕에 일주일 동안 무사히 목숨을 부지했다.

이번 주부터 문재인 민주통합당 대선후보와 안철수 무소속 대선후보의 단일화 국면이 시작될 것으로 예상된다. 8개월 차 막내 기자의 업무도 본격적으로 '정치팀 국면'으로 접어든다. 앞으로의 생존은 온전히 내 몫이다. 일주일 간 드러난 취약점을 되짚어보며 보완책을 고민해 보고자 한다.

[취약점 ①] 절대 입에서 나오지 않는 두 글자, '선배'

보통 선배란 단어는 학교나 직장에 먼저 들어온 사람을 뜻한다. 정치판은 다르다. 정치부 기자들은 의원·당직자·보좌진 대부분을 선배라고 부르곤 한다. 취재원과 나이 또는 역직 관계가 애매해질 때의 상황을 모면하고자 생긴 이 바닥 관습이라나. 취재원과 돈독해야만 사용 가능한 표현이라는 증언도 있다. 이 사실을 알기 전까지는 '저 기자는 도대체 어느 학교를 나왔기에 모두가 자기의 선배일까'라고 곧잘 오해했다.

관습을 알고도 도무지 이해가 안 되는 상황도 간혹 있었다. 70세를 넘긴 조부모님과 연세가 비슷한 국회의원을 '선배'라고 부르는 20대 기자들을 볼 때다. 생각해 보자. 본인보다 스무 살 어린 친구가 "선배, 밥 한번 먹어요"하고 엉겨 붙으면 얼마나 어색한가. 신기하게도 이 바닥에서는 통한다.

이 바닥에서의 기본인 '선배' 호칭이, 지난 일주일 동안 내 입에서는 도저히 나오질 않았다. 화장실에서 아버지뻘 되는 당직자 얼굴을 떠올리며 "선배! 점심 먹어요^^"라고 수십 번 연습도 해 봤다. 하지만 당직자 앞에만 서면 선배는커녕 주머니에 있는 명함도 못 내밀고 그의 주변을 얼쩡거리는 정도에 그쳤다.

정치팀에서 일하는 동안 얼굴에 착용할 '변신 철판'이 필요한 듯하다. 국회나 당사에서 낯선 사람을 만났을 때는 마치 그가 나와 전생에 인연이 있었던 것처럼 행동할 수 있도록 돕는 가면이랄까. 취재할 때 상대를 학창 시절 존경하던 선배처럼 대할 수 있도록 해 주는 '철면피' 기능도 있었으면 좋겠다.

[취약점 ②] '소주 세 잔'이 한계, '술자리 = 고행'

정치 현장에서 나오는 뉴스는 '맨 정신'에서만 흘러나오지 않는다. 정치인의 목숨을 쥐고 흔든 특종들은 술자리에서 나오기도 한다. 취재원과의 술자리 약속이 정치부 기자들에게 중요한 이유다. 그만큼 막강한 주량이 기자들에게 요구된다.

'소주 세 잔'이 주량인 내게 술자리는 고행 그 자체다. 게다가 사람들은 '술을 못 마신다'는 고백을 믿어 주지 않는다. '소주 한 짝 옆에 두고 마시게 생겼다'는 게 그들의 일관된 지적이다. 대학 신입생 때는 이런 일도 있었다. 환영 MT 날, 나를 재수 없게 여긴 여자 선배들이 옆에 앉아 술을 강요했다. 결국 열 모금 마시고 술 취한 뒤 2층 창문 앞에서 '내 고향은 안드로메다'라고 고백하자, 그때서야 선배들은 미약한 주량을 사실로 받아들였다.

'안드로메다 드립'은 여의도 정치판에서 통하지 않는다. 안드로메다든 블랙홀이든 집에 가는 일은 스스로 책임져야 한다. 그렇다고 술자리에서 혼자 덩그러니 물만 마실 수도 없다. 투명하게 제 몸을 드러낸 컵 사이로 '소맥^(소주+맥주)'이 가득 찬 컵이 들통 나면, 취재원들은 은근슬쩍 눈치를 주기 일쑤다.

이럴 때 필요한 게 '역공'이다. 공격당하기 전에 먼저 치고 나가는 것이다. 방법은 하나다. 상대방이 먼저 마시게끔 해야 한다. 술병의 주도권을 쥐어야 한다는 이야기다. 소맥이 술자리의 기본이니, 시작부터 병따개·술병·잔들을 앞에 두고 끊임없이 술을 제공하면 된다. 그들이 취하면 나의 취약한 주량이 감춰질 수도 있다. ^(그럴 수도 있다는 '가정'이다.)

이외에도 취약점은 많다. 달리는 버스에서 기사를 마감할 때마다 울렁거리는 위장, 여섯 손가락만으로 발언을 받아 적는 잘못된 타법 등. 앞으로도 더 많은 취약점이 드러날 수도 있다.

그래도 "영원한 건 없다"라고 하지 않나. 취약점이라는 구멍을 메우다 보면 언젠가 그 구멍이 작아지리라고 믿는다. 5년마다 돌아오는 이번 대선, 자신감을 가지고 '기록하는 사람'으로서 현장의 목소리를 담아내는 기본 임무에 충실해보고자 한다.

"뜨거운 대선 판에서 뛰어보겠다"던 그 말, 씨가 되게끔 하고 싶다.

경찰에게
두 손 빌던 엄마,
절대 보지 마세요

엄마를 따라 경찰서에 간 적이 있다. 초등학교 3학년에 갓 올라간 때인 1996년 겨울이었다. 자정이 다 되어 가는 밤. 어린 나는 졸린 눈을 비비기에 바빴지만 그날 엄마의 모습만은 또렷하게 기억난다. 엄마는 철제 책상 건너편에 앉은 경찰에게 "한 번만 봐 달라"며 애원했다. 두 손을 싹싹 빌며 눈물을 흘리는 엄마의 모습에 나 또한 "엄마 왜 우냐"며 덩달아 울음을 터뜨렸다.

엄마는 지극히 평범한 사람이었다. 아빠와 함께 경기도 안양의 한 골목에서 식당을 운영했다. 낮에는 백반을, 저녁에는 닭볶음탕과 소주를 팔며 집과 식당만을 오갔다. 원래 부모님은 내가 유치원에 다닐 때는 서울 구로구 신도림동에서 분식 장사를 했다. 터가 좋은 덕에 수입을 꽤 올렸고, 평촌 신도시에 아파트 한 채를 분양받아 안양으로 이사하게 됐다. 내가 초등학생이 되면서 식당도 안양에서 새로 개점했다.

하지만 신도림에서만큼 장사가 잘 되지 않았다. 신문과 방송에서 연일 경기가 어렵다는 보도가 이어질수록 부모님 식당에 놓인 금고 안 화폐가 줄어들었다. 결국 수입이 임대료를 겨우 메우는 수준에까지 이르게 됐다. 경영난에 봉착한 부모님은 돈을 더 벌기 위해 '24시간 영업'을 하기로 결심했다. 어린 나는 부모님끼리 한밤중에 '부족한 잠은 식당에서 쪽잠으로 때우고, 밤손님을 위해 야식 메뉴를 늘리자'고 속삭이던 이야기를 들었다.

하지만 법이 문제였다. 당시 현행법상 일반 식당의 야간 영업이 불가능했고 이를 어기면 수백만 원의 벌금을 내야 했다. 법을 개정한 지 얼마 안 됐을 때라 지방자치단체에서도 밤마다 단속에 혈안이 됐다. 그래도 부모님은 "당장 우리 식구 밥 굶지 않는 게 우선"이라며 위법을 감행하기로 결정했고, 야간 단속을 피할 수 있는 두껍고 어두운 커튼을 장만했다.

부모님은 법의 구멍을 쉽게 통과하지 못했다. 내 기억으론 밤에 몰래 장사를 한 지 얼마 안 돼 곧바로 단속에 걸렸다. 엄마가 초등학생 딸과 함께 경찰서에 간 이유였다.

엄마의 애원과 어린 나의 눈물은 법 앞에서 무용지물이었다. 한 끼 더 여유롭게 먹기 위한 부모님의 위법은 두세 달치 수입만큼의 벌금으로 돌아왔다. 그동안 모아 온 꼬깃꼬깃한 화폐들까지 탈탈 털어 벌금을 낸 엄마는 이후 틈만 나면 내 손을 잡으며 "힘없는 우리 같은 사람들은 법을 어겨선 안 된다"고 입이 닳도록 말했다. 그러면 어린 나는 '법을 지킬 사람이 따로 있나'라는 의문이 들어 고개를 갸우뚱하곤 했다.

　그때보다 열여덟 살을 더 먹은 요즘에서야 그 이유를 알게 됐다. 국회 인사청문회 과정에서 위법 사항이 드러난 장관 후보자들은 엄마와 어딘가 달랐다. 위장 전입은 "어쨌든 잘못"이라고만 하면 넘길 수 있는 문제였고, 수천만 원의 세금 탈루는 "죄송하다"는 말과 함께 뒤늦게라도 미납하면 그만이었다. 새 대통령이 약속한 '원칙'은 보이지 않았다.

　한 후보는 국회의원들의 추궁에 오히려 고개를 빳빳이 세우고 "위법"이라고 시인했다. 일부 국회의원도 "다른 장관 후보자의 의혹에 비하면 먼지에 불과하다"며 그의 법 위반을 도리어 보호해 줬다. 위법을 저지른 그는 장관으로 발탁됐다. 며칠 영업을 더했다는 이유로 경찰 앞에서 고개를 조아리던 엄마, 그런 엄마에게 자비를 베풀지 못한 경찰과는 다른 모습이었다.

　엄마에게 '딸이 쓰는 장관 후보자 인사청문회 기사를 봐 달라'는 말을 차마 못 하고 있다. 다른 기사는 봐도 인사청문회 기사만큼은 엄마가 읽지 않길 원해서다. 만인에게 평등하다는 법이 엄마 당신과 고위공직자에게 다르게 적용되는 현실에 초라함을 느낄까 걱정된다.

안철수 후보,
분리수거통은
어찌하실 겁니까

안철수 대통령 후보께. 아, 이제 '전' 후보시죠.

사회팀에서 정치팀으로 파견 온 지 한 달 된 막내기자입니다. 후보께서도 저를 아실 겁니다. 문재인 후보와의 단일화 TV 토론을 앞두고 서울 가산디지털단지의 한 스튜디오에서 리허설을 할 때, 그 앞에서 '뻗치기'를 하던 기자가 저였습니다.

후보가 리허설 끝내고 나올 때 서둘러 제 명함을 건네자, 유심히 살펴보고는 "사회팀 기자시네요?"라고 물어보셨죠. 사실 그때 울컥했습니다. 명함에 깨알같이 적힌 '사회팀'이라는 글자를 확인하며 의심을 품은 취재원은 후보가 처음이었으니까요.

그럼에도 저는 한동안 후보에게 의심을 품은 기자였습니다. 후보가 말하는 '진심'과 '새정치'가 뭔지 도통 감이 오지 않았습니다. 단일화 협상이 중단될 때 특히 그랬습니다. 문 후보에게 '새정치를 위해 민주당이 정치 쇄신을 해야 한다, 진심을 담아야 한다'고 말은 하셨지만, 정치 쇄신의 내용과 그 진심이 무엇인지는 구체적으로 밝히지 않았으니까요. 캠프 핵심 관계자에게 물어도 "민주당이 잘 알 것"이라고만 답하더군요. 이건 뭐 관심법을 요구하는 것도 아니고……. 답답했습니다.

그런데 어느 날이었습니다. 그날 저는 후보가 있는 공평동 캠프로 출근했습니다. "네" "아니오" "모르겠습니다"라는 답변으로 일관하며 정보를 주지 않는 안 후보 캠프의 유민영 대변인을 원망하면서 취재 보고를 하는 중이었습니다. '호랑이도 제 말 하면 온다'는 옛말이 맞는 건지, 순간 유 대변인이 대변인실에서 나오더군요.

유 대변인은 제가 앉은 자리 왼편 기자휴게실로 가더니 손에 들고 있던 테이크아웃 컵에서 플라스틱 뚜껑을 떼어냈습니다. 그러고는 앞쪽 무언가를 빤히 쳐다본 뒤 뚜껑과 컵을 각각 다른 통에 넣었습니다.

그가 대변인실로 돌아가자마자 기자휴게실에 가봤습니다. 그가 빤히 보던 것은 '분리수거통'이었습니다. 일반쓰레기, 병, 캔, 플라스틱으로 구분된 분리수거통을 자세히 보고 나서 정확히 분리해 쓰레기를 버린 것이더군요. 옆에 있던 캠프 자원봉사자는 "캠프 모든 곳에는 자원봉사자들이 청소하기 쉽게 분리수거통이 놓여 있다"고 귀띔했습니다.

기억하건데 새누리당과 민주통합당에는 분리수거통이 따로 없었습니다. 제가 주로 출근하는 영등포 민주당사 기자실 뒤쪽에는 검정색 비닐을 덧씌운 파란색 커다란 통 두 개가 놓여 있습니다. 기자들은 자판기 컵과 페트병, 김밥 상자 등을 한꺼번에 파란색 통에 버립니다. 나중에 유니폼을 입은 청소노동자가 조용히 와서 검정색 비닐 봉지를 거두어 가죠.

한번은 청소노동자에게 "분리수거통이 따로 없냐"고 물었습니다. 그 청소노동자는 "글쎄요, 분리수거는 우리가 하는데"라며 "그래서 그런지 몰라도 사람들이 아무렇게 쓰레기를 버리던데……"라고 말을 흐렸죠.

그때 전 생각했습니다. '안 후보 캠프 한 구석에서 발견한 분리수 거통이 후보와 캠프의 진심이 아니었을까'라고요. 버리는 사람부터 알아서 분리수거해 청소하는 누군가의 번거로움을 덜고자 한 '상식' 적인 행동에서, 안 후보 캠프의 진심을 느꼈습니다.

이러한 진심을 느낀 적이 또 있습니다. 아침 7시를 갓 넘은 시간에 양천구 택시기사들과 후보가 조찬간담회를 할 때였어요. 밥 먹는 모습을 취재하는 기자들에게 후보는 "밥은 드셔야죠"라고 말을 건넸습니다. 형식적인 말일지라도 왠지 고마웠습니다.

후보 사퇴를 발표한 23일 아침에도 기자들에게 "고생하십니다, 밤에 잠도 잘 못 주무시고"라며 단일화 협상이 장기화되는 상황과 관련해 미안한 마음을 전하셨다지요? 행사가 끝나자마자 발언 몇 마디를 남기고는 쏜살같이 사라지는 박근혜 후보에게서는 볼 수 없는 모습이라서 그런지, 가슴이 짠했습니다.

코흘리개 기자로서 감히 판단하건데, 어쩌면 후보가 말하는 진심과 새정치는 연단에서 발표하는 공식 발언에 있는 게 아닐 수도 있다는 판단이 듭니다. 후보가 현장에서 기자들을 만났을 때 했던 말들과, 캠프 구석구석에 묻어 있는 게 아닐까요.

안철수 전 후보, 당신은 이제 18대 대통령 후보가 아닙니다. 백의종군을 선언한 당신은 지방 모처에서 쉬고 있겠죠. 그래도 후보에게 이 말 만큼은 전하고 싶습니다. 후보 캠프 한 귀퉁이에서 발견한 분리수거통을 새누리당과 민주당사에서도 볼 수 있을 때까지, 후보는 계속 움직여야 한다고 말입니다. 그것이 바로 후보가 말한 진심과 새 정치의 실현이라고 생각합니다.

그동안 수고 많으셨습니다. 곧 뵙겠습니다.

성당 꼭대기에서 생활하는 '엄마'…
나를 바꿨다

청소년 시절 즐겨 보던 신문은 각종 농성과 집회를 '불법시위'라고 규정지었다. 길거리에서 촛불을 드는 사람들은 '전문 시위꾼'이라 일컬었다. 그래서일까. 언론에서 고공 농성 소식을 접할 때 드는 감정은 걱정이 아닌 편견이었다. 고공농성을 '시위를 위한 시위'라고 생각했고, 시위를 해 오던 그들에게는 하늘에서 농성하는 일도 어렵지 않은 일일 거라 지레짐작했다.

지난 6일 오전 해고된 재능교육 학습지교사 2명이 서울 혜화동성당 종탑 위에서 고공농성에 돌입했다. 사회팀장은 내게 이 현장을 취재하라고 지시했다. 솔직히 취재하고픈 욕심이 나지 않았다. 취재 지시를 받자마자 '또 고공농성이군'이라고 생각했다. 그래도 일단 현장으로 갔다.

이날 오전 11시께 혜화동성당 앞에 도착했다. 성당 가운데는 20미터 높이의 종탑이 우뚝 서 있었다. 십자가가 세워진 종탑 가운데로 두 사람의 모습이 보였다. 지상에서 종탑을 물끄러미 바라보는 한 여성을 붙잡고 취재를 시작했다.

"일단 같이 올라가서 얘기하죠."

고공농성자들과 같은 노조에서 활동한다는 그는 나를 비롯한 대여섯 명의 기자를 데리고 종탑 꼭대기로 올라갔다. 1층에서 보기에는 4층 정도의 높이로만 보였기 때문에 아무 걱정 없이 따라 올라갔다.

대리석 계단을 따라 2층 정도 올라가자 가파른 간이 계단이 나왔다. 발꿈치를 들고 2층 정도를 더 올라가니 몸보다 큰 금색 종이 나타났다. 종을 둘러싼 벽돌 사이로 뚫린 구멍에서 칼바람이 들어왔다. 이날부터 기록적인 한파가 시작된다고 일기예보는 전했었다.

여기가 끝이 아니었다. 두 고공농성자가 있는 곳은 종탑 옥상이었다. 벽돌에 붙은 간이사다리를 따라 4미터 정도 올라가야 그들을 만날 수 있었다. 기자들이 줄지어 사다리를 타고 올라갔다. 사다리의 재료인 철재는 오래됐는지 녹이 슬어 기자들이 디딜 때마다 휘어졌다. 사다리가 벽돌에서 빠질까 조마조마한 마음을 참아 내고 계속 올라가자 옥상 입구가 보였다. 네모난 구멍의 옥상 입구로 고개를 살짝 내민 순간, 내 눈을 의심했다.

10평 정도 되는 종탑 옥상에는 지난날 내린 흰 눈이 쌓인 그대로였다. 쌓인 눈의 끝자락에는 난간이 아닌 허공이 있었다. 몸을 지탱할 난간이 없는 것이었다. 자칫 눈 위에서 미끄러지면 목숨을 담보할 수가 없는 정도였다. 먼저 올라간 기자들은 혹여 미끄러질까 선 자리에서 얼음 자세로 굳어 있었다. 별로 어렵지 않은 일일 것이라는 내

짐작은 그렇게 엇나갔다.

사다리에 선 채로 고공농성자로 보이는 사람들을 찾았다. 몸에 플래카드를 건 두 사람이 보였다. 두 명 중 한 명을 불렀다. 내 쪽으로 고개를 돌린 그는 오수영(40), 여성이었다. 매서운 농성 현장과 다르게 오씨의 얼굴은 평범했다. 화장기 없는 얼굴로 환한 미소를 짓고 있었다. 생각해 왔던 고공농성자의 얼굴(?)과는 달랐다. 남들보다 진피부터 두터울 것처럼 검게 그을려진 피부, 강철도 씹을 수 있을 듯한 인상. 내가 상상한 고공농성자들의 모습이다(고공농성 중인 분들께는 죄송합니다).

오 씨에게 "어떻게 이런 곳에 있을 수 있냐, 무섭지 않냐"고 물었다. 그는 "솔직히 아침에는 바람이 많이 불어 춥고 무서웠는데 지금은 조금 괜찮아졌다"며 "내가 이런 곳에 서 있을 정도로 담력이 센 줄 몰랐다"고 웃으며 말했다. 고공농성자인 오 씨를 다시 생각하게 된 대답이었다.

오 씨를 향한 편견을 깨는 계기가 또 한 번 찾아왔다. 성당 종탑 현장을 취재한 지 이틀이 지난 8일 설 연휴 기획 기사를 쓰기 위해 오 씨에게 전화를 걸었다. 여전히 그는 성당 종탑 위에서 생활하고 있었다.

그도 다른 사람들처럼 가족이 있었다. 오 씨는 남편과 함께 70세 넘은 시어머니를 모시고 살아왔다. 매년 설 연휴 때마다 친척들이 그의 집에 찾아오면 오 씨는 시어머니를 도와 전을 부치고 차례상을 차렸다.

"올해에는 시어머니 혼자 제수 음식을 준비해야 하는데 걱정이에요. 시어머니한테는 아들만 셋이거든요. 제대로 된 음식을 만들 줄 아는 사람은 저밖에 없는데…….”

또한 오 씨에게는 아홉 살 아이도 있었다. 그는 통화 내내 “아이가 엄마를 많이 그리워한다”며 걱정했다. 그 역시 평범한 엄마였다.

평범한 그가 모진 고공 농성을 하게 된 이유는 ‘밥줄’ 때문이었다. 취재 과정에서 알게 됐다. 오 씨를 비롯한 재능교육노조 소속 학습지 교사들은 2007년 12월부터 각종 농성에 돌입했다. 회사와의 단체협약 이후 갑자기 임금이 절반 가까이 떨어졌기 때문. 학습지 교사들은 단체협약을 다시 맺자고 요구했지만 회사는 거부했다.

약 1년 후 회사는 돌연 ‘학습지 교사는 노조를 결성할 수 없는 특수고용직’이라는 점을 들어 단체협약을 파기했다. 사실상 노조를 인정하지 않는다는 입장을 밝힌 것이다. 이후 노조 활동을 하는 학습지 교사들은 하나 둘씩 해고됐다. 오 씨도 그중 한 명이었다.

서울행정법원은 지난해 11월 “재능교육 학습지 교사들에 대한 계약해지는 무효”라고 판결했지만 오 씨는 여전히 복직되지 않았다. 해직 상태가 5년째 이어지면서 그의 생계마저 벼랑 끝에 몰리게 됐다. 그가 선택 가능한 물리력도 점점 극단적으로 변할 수밖에 없게 됐다.

감히 비교할 수는 없겠지만, 어린 시절 부모님을 설득하기 위해 모진 방법을 썼던 게 떠올랐다. 통금 시간을 늦추기 위해 일주일 동안 부모님과 말을 안 하거나, 집을 나가겠다는 못된 말도 내뱉었었다. 경제력을 쥔 부모님을 상대로 어린 내가 쓸 수 있던 힘은 반항적인 행동밖에 없었다. 어쩌면 경제력을 쥔 회사를 상대로 오 씨가 쓸 수 있는 힘 역시 당신의 몸이 전부 아니었을까.

　남들이 떡국과 만두를 먹으며 배부른 설을 보내고 있을 때, 오 씨는 동료들이 올려 준 차가운 떡국을 먹으며 배를 채웠을 것이다. 하늘에서 설을 보낸 사람들은 오 씨말고도 여덟 명이나 된다. 그들이 오는 추석에는 따뜻한 명절을 보냈으면 한다. 평범한 사람들처럼.

"먹고살자고 하는 짓"
이라고?
제발 먹게라도…

취업준비생 시절 "노동은 결국 먹고 살자고 하는 짓"이라는 말을 동경했다. 그때는 스스로 배를 채울 수 있는 일자리를 얻는 게 쉽지 않았기 때문이다. 그래서일까. 지난해 4월 회사 계약서에 사인을 하며 부푼 가슴을 부여잡았다. '드디어 나도 부지런히 일해 내 입에 풀칠할 수 있다'는 생각에 말이다.

부푼 가슴은 수습 교육 3개월 후 사회팀 기자로 일을 시작하면서 풍선 바람 빠지듯 줄어들었다. 취재기자에게 먹고 사는 일은 노동에 따라오는 대가가 아닌 하나의 '도전'이었다.

[도전①] 규칙적인 세 끼? 하루 세 번 위장에 음식물 투여라도……

통상적인 식사 시간은 아침(오전 6시~8시), 점심(낮 12~2시), 저녁(오후 6시~8시)이다. 아침 식사의 개념은 현대 사회에 접어들면서 모호해져서 굶거나 간단하게 때우는 추세다.

나 역시 아침 식사는 보통의 현대 사회인과 다를 바 없다. 출근 시간에 쫓겨 식빵이나 바나나 한쪽으로 때운다. 문제는 점심과 저녁이다. 두 식사 시간이 기사 마감과 겹칠 경우 밥을 포기하는 편이다.

오전 11시께 시급한 현안 관련 기자회견이나 기자 간담회가 있다고 치자. 30분~한 시간 정도 취재를 하면 낮 12시, 점심시간이 된다. 이때 "밥 먹고 하자"며 식당으로 달려간다면? 그사이 내가 다니는 회사와 경쟁 관계에 놓인 여러 인터넷 매체에서 같은 현장의 기사를 마감한다. 밥 먹고 빨리 마감하려고 해도 기사 쓰는 데 한 시간 정도 걸린다. 결국 밥을 먹을 경우 오후 2시께 마감을 하게 되는 것인데, 이미 그때 이 기사는 더 이상 '뉴스'가 아니게 된다.

오전 동안 취재한 아이템이 시급을 다투지 않는 사안일 경우, 점심을 먹고 마감하는 경우도 있다. 하지만 마감 없이 먹는 밥은 단지 배를 달래기 위한 음식물 투여일 뿐, 맛을 음미하는 여유로운 식사는 불가능하다. 마감을 하지 못했을 때의 식사는 볼일을 다 보지 못했을 때의 찝찝함을 선사한다. 밥을 먹으면서도 나도 모르게 '다음 문단은 어떻게 쓰지'라고 고민하게 된다. 입사 초기에는 이러한 '찝찝한 밥 먹기'가 익숙하지 않아 매일 소화제를 달고 살았다.

[도전②] 국밥 한 그릇도 비싼 요즘, 분식에 익숙해져라

밥 먹는 일을 불편하게 만드는 요소는 마감뿐만이 아니다. 천정부지로 치솟은 음식 물가 역시 식사의 질을 떨어뜨린다. 취재기자들은

보통 점심·저녁을 밖에서 해결한다. 집에서 먹고 싶어도 취재 일정 상 두 끼 이상을 밖에서 해결해야만 하는 상황이 많다. 그런데 요즘 한 끼를 제대로 해결하려면 최소 5~6천 원 정도 든다. 하루면 1만 ~1만 2천 원 정도다. 만 원 이상의 비용이 주 5일 동안 규칙적으로 나가는 건 월세 내며 사는 1인 가구인 내게 부담스럽다.

얼마 전에는 점심 먹기 위해 취재처 근처 북어국밥집에 갔다. 세상에, 말린 생선 넣고 끓인 국에 밥 말은 음식 하나가 8천 원이었다. 결국 북어국밥집 옆 분식집에서 2천5백 원짜리 떡볶이로 끼니를 때웠다. 이런 경우는 자주 발생한다. 5천 원 정도의 비용으로 식사 + 커피를 모두 해결하고자 김밥 또는 제과점 빵을 즐겨 먹는다.

"도시락을 싸 가지고 다니면 되지 않냐"는 반론도 있다. 앞서 말했지만 도시락을 싸 온다고 해도 그 도시락을 펼쳐 놓고 먹을 시간이 생길 수 있을지 여부가 불투명하다. 또 취재기자는 수시로 이동해야 하므로 달그락거리는 도시락 통을 가방에 넣고 다니는 게 불편할 수도 있다.

[도전③] 눈앞에 복어가 있으면 뭐 하나…… 젓가락을 들 수 없는데

마감에 쫓기지 않으면서 풍성한 식사를 즐기는 때가 있긴 하다. 취재원과의 식사 약속이다. 인사 또는 대화를 하고자 만나는 것이므로 느긋하게 밥을 먹을 수 있다. 메뉴도 중국요리부터 일식까지 다양하다. 하지만 이 경우에도 문제는 있다. 밥 먹으면서 일을 해야 한다는

점이다. 음식점에 도착하자마자 휴대전화 녹음기를 켜는 건 기본이요, 음식을 먹어 가면서도 질문을 이어 갈 줄 알아야 한다. 특히 정치부 기자들에게 식사 취재는 일상인데, 대화 내용을 까먹지 않기 위해 식탁 밑에 수첩을 두고 메모하기도 한다.

지난해 대선 당시 정치부에 파견 갔을 때의 일이다. 민주당 관계자와의 오찬간담회에 선배들 대신 참석할 기회가 찾아왔다. 메뉴는 복어 요리 코스. 오랜만에 포식하자며 잔뜩 기대하고 갔지만, 그날 내가 먹은 건 복어전골 국물과 그 속에 든 미나리, 반찬으로 나온 복어튀김 한 조각이었다. 관계자가 밥도 제대로 안 먹어 가며 열변을 토하는 바람에, 젓가락을 들 새 없이 식탁 밑에서 받아 적는 일에 집중해야 했기 때문이다.

가끔 이런 생각을 한다.

'평일 식사 시간에 마음 편히 밥 먹고 싶다'

'김밥, 떡볶이가 아닌 한 끼 든든한 식사를 편히 사 먹고 싶다'

'뭘 물어볼까라는 고민 없이 느긋하게 식사만 하고 싶다'

하지만 생각에 그칠 수밖에 없는 게 취재기자의 현실이다. 한 편집국 선배는 이런 고민을 하는 내게 "세상의 아픔을 전해야 하는 기자는 늘 불편할 수밖에 없고, 불편할 줄도 알아야 한다"고 조언했다.

결국 나는 '불편한 밥 먹기'를 숙명으로 받아들이기로 했다. 나의 불편한 식사가 조금이라도 더 편한 세상을 만드는 데 힘을 보태길 바란다(고 쓰고 '그래도 편하게 밥 먹으며 일하고 싶다'라고 읽는다).

건강 위해 시작한 발레…
예상치 못한 성희롱 의혹

　지난 4월 발레를 시작했다. 제2의 진로를 찾아 나선 것은 아니었다. 체력 단련이 목적이었다.

　올해 들어 바닥 난 체력을 실감하게 됐다. 허리통증도 생겼다. 주위에서는 운동 부족 때문이라고 입을 모았다. '살기 위해' 운동을 해야겠다 싶어 체력 단련 효과가 높은 운동 종목을 조사해 봤다.

　보통 직장인 대부분은 헬스나 요가를 했다. 하지만 왠지 이 두 종목은 마음에 들지 않았다. 헬스는 기계에 의존하는 운동이라 싫었다. 사람들이 러닝머신 위에서 같은 동작으로 뛰고 있는 모습이 마치 햄스터가 우리 안 쳇바퀴를 도는 듯했다. 요가는 너무 정적이라 운동 같지 않은 느낌이 들었다.

　운동 종목을 고민하던 찰나, 대학 친구가 발레를 추천했다. 친구는 "재미, 근력 운동은 물론이고 자세 교정 효과까지 보고 있다"고 증언하며 홍대 인근 학원 한 곳을 소개시켜 줬다. 해당 학원 홈페이지에 들어가 발레 효과를 소개하는 게시물을 클릭했다.

　－가장 이상적인 전신 운동
　－스트레칭과 세부적인 근력 운동을 병행해 아름답고 멋진 몸만들
　　기에 안성맞춤
　－불필요한 지방 연소로 비만예방·다이어트 효과 볼 수 있음

　'근력 운동'과 '이상적인 전신 운동'이라는 단어에 시선이 꽂혔다(고 쓰지만 사실 '다이어트'라는 단어에 솔깃했다). 수강료를 확인해 보니 매주 2회에 14만 원이었다. 비싼 가격이었지만 회사에서 체력단련비를 지원받으니 해 볼 만했다. 곧장 학원에 가 기초반 수강 등록을 했다. 발레복, 발레슈즈를 받아 학원을 나서면서 앞으로 우아하게 발레동작을 따라할 내 모습을 상상했다.

　하지만 현실은 달랐다. 스트레칭 전 허리를 90도로 세우고 다리를 일자로 뻗는 자세부터 제대로 되지 않았다. 직각으로 앉은 지 5분도 안 돼 허리 근육은 물론 고관절(골반과 다리 사이)이 당겨 온 몸이 파르르 떨렸다.

　앉는 자세부터 안 되니 '찢는 것'은 아예 불가능했다. 선생님은 "부드럽게 다리를 양쪽으로 벌립니다"라고 말하는데, 내 두 다리는 찢기 동작을 할 때마다 사시나무마냥 경련을 일으키기 일쑤였다.

　문제는 15명의 수강생 중 오로지 나만 스트레칭을 힘겨워한다는 것이었다. 다른 수강생들은 기초반이라는 말이 무색할 정도로 몸이 유

연했다. 아무렇지 않게 다리를 180도에 가깝게 찢었고 표정 또한 편안했다.

누워서 한쪽 다리를 90도로 드는 자세를 할 때였다. '이건 수월하겠지' 하며 한쪽 다리를 번쩍 들었다. 이상했다. 분명 다리 뒤가 아플 정도로 들었는데 내 다리는 약 70도 각도에 머물러 있었다. 반면 다른 수강생들의 다리는 90도로 곧게 뻗어 있었다. 나도 90도까지 올려 보려고 기를 썼지만 소용없었다. 이를 지켜 본 선생님은 한마디를 남기며 내 옆을 지나갔다.

"다리가 90도까지 올라가지 않는 분이 있네요. 안타깝지만…… 90도가 안 되는 분은 몸이 '비정상'인 거예요."

'비정상'이라는 말을 듣는 순간 과거의 기억이 떠올랐다. 열 살 때도 발레를 다닌 적이 있었다. 하지만 수강 한 달 째가 되는 날 발레학원 선생님은 부모님께 전화를 걸어 말했다.

"주영이의 몸은 다른 친구들과 다른 것 같아요, 이 시간에 다른 걸 가르치면 아주 잘하겠네요"

결국 나는 합기도로 갈아 타 발차기와 낙법을 배웠다.

다시 시작한 발레는 육체적 고통과 더불어 상상치 못한 정신적 고통도 수반됐다. 바로 '시선 처리'의 문제였다. 여성의 경우 타이즈, 레오타드(수영복 모양의 연습복)와 함께 스커트 혹은 바지 차림으로 발레를 해야 한다. 동작을 정확히 확인하게 위해 몸에 달라붙은 옷을 입는다고 한다.

동작만 확인하면 좋으련만, 몸에 달라붙은 연습복 사이로 삐져나온

다른 사람들의 군살을 마주해야 했다. 혹시 다른 여성 동지들이 내 시선에 상처받을까 봐 걱정됐다. 강의실 정면 거울로는 오로지 나만 바라봤고, 옆을 바라보는 동작을 할 때는 사람 사이 빈 공간을 멍하니 응시하려고 노력했다.

이러한 노력은 다른 성별의 동지로 인해 무너졌다. 우리 반에는 남성 수강생 ㄱ씨가 있었다. 남성 역시 신축성 좋은 연습복을 착용해야 한다는 원칙에는 예외가 없었다. 그의 연습복은 몸의 곡선을 적나라하게 드러내 주었다. 여성 수강생들은 ㄱ씨가 지나갈 때마다 허공으로 시선을 피하기 바빴다.

내 눈동자는 눈치가 없었던 걸까. 처음으로 ㄱ씨를 마주한 순간, 머리는 '보면 안 돼'라고 외치는데 눈동자는 그의 몸을 훑고 있었다. 위아래로 분주하게 움직이던 눈동자는 그의 매서운 눈동자와 마주쳤다. 황급히 시선을 피한 나는 아무 일도 없었던 듯 자리를 잡고 스트레칭 매트를 깔았다.

설상가상으로 ㄱ씨가 내 옆에 자리를 잡았다. 빈자리가 이곳뿐이었기 때문이다. 정면 거울로 나의 후덕한 몸과 함께 그의 몸 가운데 유난히 굴곡진(?) 부분이 함께 보였다. 난감했다. 심호흡을 하고 눈 초점을 풀었다. 속으로 되뇌었다.

'아무것도 안 보인다, 나는 심봉사다……'

그러자 손이 일을 저질렀다. 양 옆으로 팔을 벌려 골반을 비트는 동작을 하다가 그만 ㄱ씨의 배와 가슴 아래에 손을 얹고야 말았다. 손 모양은 Grab과 유사했지만, 분명 움켜쥐지는 않았다. 나도 윤 아무개

씨처럼 "'열심히 살아, 성공해'라는 의미에서 툭 쳤다"는 식으로 변명해 보려 했지만 마땅히 이야기거리가 없었다. 황급히 사과했지만 그의 눈빛은 탐탁지 않았다. 옆을 지나던 선생님도 의심스러운 눈초리였다. 의도치 않게 성희롱 의혹에 휩싸인 순간이었다.

시간이 지나도 육체적·정신적 고통은 사라지지 않았다. 오히려 극도의 스트레스 때문에 구내염에 걸렸다. 건강해지려다 되레 병을 얻게 된 꼴이었다. 결국 나는 한 달 만에 발레를 그만두었다.

독일의 철학자 스베냐 플라스푈러는 책 〈우리의 노동은 왜 우울한가〉에서 이렇게 말했다.

"나는 통증을 통해서만 나와 세상의 경계를 느끼고, 통증을 통해서만 일이건 사랑이건 운동이건 내가 나 자신에게 너무 과도한 요구를 하고 있다는 사실을 깨닫는다."

지난 한 달의 고통을 통해 발레가 내게 과도한 운동이라는 사실을 깨달았다. 어쩌면 건강하기 위해 쉼 없이 내 몸을 무언가 배우는 데 내던진 자체가 과도했을 수도 있다. 굳이 무리한 무용 동작을 따라하지 않아도 건강할 수 있는 방법은 있을 텐데 말이다.

날이 풀렸으니 오늘 저녁에는 가까운 안양천으로 나가 조깅을 해보려고 한다. 다리 찢기·시선 피하기 등의 고통과 마주하지 않아도 되는 운동이 되었으면 한다.

바퀴벌레마저 죽는 내 집… 이게 다 엄마 때문

한때 '건어물녀'라는 단어가 유행어로 떠오른 적이 있다. 일본에서 만화와 드라마로 제작된 '호타루의 빛'이란 작품에서 유래한 표현이다. 주인공인 호타루는 직장에선 멋진 커리어 우먼이지만, 퇴근만 하면 생활이 180도 변한다. 밥 대신 오징어와 맥주로 끼니를 때우고, 방바닥에 수북이 쌓인 옷가지와 쓰레기 위에서 그대로 잠이 든다. 호타루의 메마르고 지저분한 삶을 '건어물'에 비유한 것이다.

드라마에서 호타루를 연기하는 아야세 하루카만큼 예쁘진 않지만, 호타루의 퇴근 후 모습은 나와 닮았다. 밖에서는 일을 (나름) 열심히 하며 살면서도 퇴근하고 자취방에 돌아오기만 하면 신체의 모든 움직임이 정지한다. 전날 저녁에 벗어 놓은 옷들을 세탁기에 돌리고 먼지 쌓인 방바닥을 닦고 저녁밥을 해 먹어야 하는 걸 알면서도 하염없이 누워만 있다. 이것들도 어쨌든 집안일, 즉 '가사 노동' 아닌가. '밖에서도 진탕 일하고 왔는데 집에서도 일을 하란 말이야?'라는 반항심에 극심한 게으름을 피우게 된다.

그래서 방 청소는 평균 2주일에 한 번 정도 한다. 벗어 놓은 옷들과 읽다만 신문, 다 먹고 버린 과자 봉지(?)가 10평짜리 원룸에 나날이 쌓여가도 생활하는 데 큰 지장은 없다고 느낀다. 2주일째에 접어들면 침대에조차 누울 공간이 없게 되지만 절대 굴하지 않는다. 난지도 버금가는 쓰레기더미 위에 지친 몸을 뉘이며 산다.

청소 파업 2주째에 끝나갈 때쯤 '위기'를 느끼는 순간이 찾아온다. 지구상에서 가장 생명력이 끈질기기로 유명한 바퀴벌레가 바싹 마른 채로 방 한 가운데서 죽어 있는 장면을 마주할 때가 그렇다. 생명체가 살 수 없는 환경임을 깨달을 때 비로소 청소기를 꺼내든다. 최근에는 감귤이 초록색으로 변한 채 화석처럼 딱딱하게 굳은 걸 발견하곤 서둘러 방을 치웠다.

빨래도 2주에 한 번 정도 한다. 방바닥에 널브러진 옷을 안 치우니 세탁기도 별로 쓸 일이 없다. 그러다 보면 같은 옷을 서너 번 입게 되는 상황에 봉착한다. "너 요즘 집에 안 들어가니?"라는 선배의 핀잔에 큰 맘 먹고 세탁기를 돌리긴 하지만, 빨래가 끝나기 전에 잠이 들어 버리기 일쑤다. 다음날도 마찬가지다. 퇴근해서 세탁기에 섬유유연제를 넣고 '탈수' 버튼을 눌러 놓은 채 잠을 잔다. 이런 생활이 평일 내내 반복된다. 일주일 넘게 세탁기에서 구르던 옷들을 주말에 꺼낼 때면 괜히 옷가지들에게 미안함을 느끼게 된다.

상태가 심각한 건 바로 부엌일이다. 음식 조리, 설거지, 음식물찌꺼기 처리가 빈번히 이뤄져야 하는 곳인 만큼 나의 취약점이 적나라하게 드러난다.

가장 기본인 음식 만들기부터 어딘가 삐걱거린다. 분명 밥을 지었는데 밥통을 열어 보면 죽이 돼 있는 게 일상이다. 부침개는 뒤집개를 써서 앞뒤로 뒤집어 줘야 하는데, 내가 만든 부침개는 자꾸 프라이팬에 철석 달라붙어 떨어지지 않는다.

그래도 일본에서 살 때보다는 나아졌다며 스스로를 위로한다. 2009년 일본의 한 대학에서 교환학생으로 공부하면서 자취하던 어느 날, 가스레인지를 잘못 썼다가 한쪽 머리카락 전부를 태워 먹었다. 화기성이 강한 플라스틱 용기에 담긴 즉석 조리 식품을 배고픈 나머지 가스 불 위에 얼른 데워먹으려다가 벌어진 참사였다. (너무 창피해서 같이 살던 룸메이트 언니들에게는 말하지 못했다.) 그 이후로 부엌일이 무서워 한동안 음식 조리법은 '물에 끓이기'로 통일했다. 소시지부터 시작해서 심지어는 비린 날생선도 팔팔 끓는 물에 익혀 먹었다.

나아진 솜씨로 음식을 만들어 놔도 문제다. 잠들기 전 '내일 아침에 먹어야지'라는 생각에 밥을 전기밥솥에 안쳐 놓고 미역국을 끓여 놓지만, 아침만 되면 출근 시간에 쫓겨 그냥 뛰쳐나간다. 뇌리에서 잊힌 밥과 미역국은 나날이 '숙성'돼 간다. 한번은 남자친구가 집에 놀러 왔다가 부엌을 보고 깜짝 놀랐다고 털어 놨다. 가스레인지 위에서 부패하는 냄새가 나 냄비 뚜껑을 열어 봤더니 미역국이 정체불명의 분홍빛 액체로 변해 있었다는 것이다. 밥솥 안의 밥 역시 보라색으로 탈바꿈한 상태였다고 한다.

음식을 만들어도 제대로 먹지 않으니, 아예 집에서 밥을 안 해 먹으려고 했다. 그랬더니 영양 불균형으로 몸에 이상이 생겼다. 이후 '내 몸을 위해서라도 제대로 해 먹고 살자'고 다짐해 보지만, 저녁만 되면 녹초가 된 몸을 이끌고 슈퍼에 들러 컵라면을 집어 드는 자신을 발견한다. 뭔가 먹긴 먹어야 하는데 밥상을 차리긴 귀찮으니 인스턴트식품으로 끼니를 때우게 된다.

곰곰이 생각해 보면 이게 다 엄마 때문 같다. 일과 집안일의 병행으로 늘 고단해하던 엄마는 어렸을 때부터 "넌 손에 물 한 방울 묻히지 말고 살라"고 자주 말했다. 그러면서 내 방 청소부터 요리, 설거지, 빨래까지 모두 도맡아서 처리했다. 이런 엄마의 고집에 집안일이란 걸 제대로 배워 보지 못한 게 아닐까 싶다.

심지어 "나중에 너 집안일 안 시킬 남자 만나라"고도 조언한 적이 있는데, 엄마의 말이 씨가 돼 버렸다. 지금 만나는 남자친구는 집안일에 젬병인 나를 위해 원룸에 들르곤 한다. 애초 담소를 나누려 들렀다가도, 제2차 세계대전 후를 방불케 하는 방의 상태를 보고는 팔을 걷어붙이는 모습이다. 구역질을 참아 가며 썩은 밥과 분홍빛으로 변한 미역국을 치워 주거나 구더기가 알까지 낳은 쓰레기봉투를 버려 준다.

사람이란 원래 간사한 걸까. 처음에는 고마워 어쩔 줄 모르던 나는 점점 받는 데 익숙해지자 "집에 들러 빨래 좀 걷어 줘" "쓰레기 분리수거 좀 해 줘"라며 서슴없이 부탁하기 시작했다. 급기야 남자친구가 내 앞에서 울고야 말았다. 닭똥 같은 눈물을 흘리며 "가사 노동이 너무 고돼"라고 털어 놨다.

남자친구의 눈물을 본 이후로 마음을 고쳐 먹었다. 완벽하게는 못할지라도 매일 평범한 삶을 이어갈 수 있을 정도로는 집안일을 하자고 말이다. 슬로건도 '교과서대로 살자'로 잡았다. 초등학교 때 배우던 '바른생활' 교과서 내용대로만 살면 크게 문제가 되지 않겠다고 판단했다.

그때 교과서에서는 이런 내용을 아이들에게 가르친 기억이다.

- 다음 날 입을 옷을 미리 준비해 둬요.
- 아침에 일어나면 곧바로 이불을 정리해요.
- 먹고 난 그릇은 바로 부엌에 가져다 놔요.
- 엄마를 도와 설거지를 해요.
- 내 방은 내가 닦아요.
- 내 방 쓰레기통을 직접 비워요.
- 내 빨래거리는 직접 세탁기에 넣어요.

위의 일곱 가지 정도를 일주일 정도 실천하고 있다. 처음에는 포기하고 싶은 마음이 굴뚝같았지만, 조금씩 집안일을 하다 보니 더럽던 내 방도 살 만한 곳으로 변해 가는 중이다. 그동안 집안일 자체를 경시하는 인식을 갖고 있진 않았나, 되돌아보기도 했다. 가사노동은 하찮은 것이기 때문에 굳이 노력하지 않아도 된다고 은연중에 생각했던 것 같다. 사실 집안일이란 삶의 기본이 되는 터전을 가꿈과 동시에 스스로의 삶을 아끼는 의식(?)과도 같은데 말이다.

아직 부엌일을 재개하지는 못했다. 다음주부터 '직접 음식 해 먹고 치우기'에 도전해 보려 한다. 분명 어려운 시도일 테지만, 포기하지 않겠다. 밖에서의 노동도 다 '잘 먹고 잘 살자'는 듯에서 하는 것 아닌가. 앞으로는 정말 잘 먹고 잘 살고 싶다.

조금 더 욕심을 내자면, 저녁에 여유 있게 가사노동을 할 수 있는 삶이 내게도 왔으면 한다.

'WORST 3'
고루 갖춘 남자와
결혼합니다

학창 시절, 세 가지 유형의 남자와는 절대 만나지 않겠다는 기준을 가지고 살았다. 키가 나보다 크지 않은 남자, 수염 기르는 남자, 담배 피우는 남자.

신기하게도 지금 만나고 있는 사람은 위의 세 가지를 고루 갖춘 남자다. 키도 나와 같고, 늘 턱수염을 기르고 다니며, 하루에 담배 한 갑 정도를 피우는 애연가다. 게다가 오는 4월, 나는 이런 남자와 결혼식을 올릴 예정이다.

왜 이렇게 됐을까. 보통 어렸을 때부터 꿈꿔 오던 이상형과 사랑을 이루게 된다고 하지 않나. 그런데 나는 무슨 이유 때문에 기존의 이상형과는 거리가 먼 사람과 평생을 살아가겠다는 결심을 했을까.

그를 처음 만난 건 지난 2012년 4월, 지금 다니는 직장에 첫 출근한 날이었다. 일을 손으로 했는지 발로 했는지도 모르게 오전을 보내고 나서 점심을 먹으러 갔다. 1층 식당가에서 메뉴를 하나 시키고는 빈자리를 하나 잡았다. 한 회사 선배가 맞은편 자리에 앉았다. 바로 그였다. '순간 온몸이 찌릿했다'고 보통은 그렇게 시작하지만, 그런 감정은 전혀 없었다. 단지 '음, 수염이 많은 선배군, 국수집 간판 속 캐릭터처럼 생겼네? 담배를 얼마나 피웠으면 냄새가 여기까지 풍길까' 정도였다.

한 달 후, 그와 본격적으로 인연이 닿기 시작했다. 사내 생활 글쓰기 모임인 '난지도 파소도블레^(난파소)'가 결성되면서다. 난파소 결성 기념 파티에서 처음으로 그와 긴 시간 동안 대화했다. 편했다. 그는 사람들의 이야기를 경청하는 능력이 있었고, 유머도 던질 줄 알았다. '국수집 캐릭터'라는 그의 이미지가 '재밌고 편한 선배^(지만 절대 저런 남성과 연애하진 않을 거야.)'로 변하는 순간이었다.

이후로 서로 온·오프라인을 통해 대화를 주고받으며 친분을 쌓아갔다. 같이 닭다리를 뜯으며 시답잖은 이야기를 나누거나 카카*톡으로 농담을 던지며 놀았다.

그런데 어느 날, 친분이 미묘한 '믿음'의 감정으로 진화하는 사건이 일어났다. 친구의 소개로 소개팅을 하게 된 날이었다. 홍대입구 근처에서 '소개팅남'을 만났는데, 어딘가 불편했다. 순간 그가 생각났다. 문자로 SOS를 요청했다.

"선배! 저 소개팅하는데 별로인 것 같아요. 한 시간만 있다 나올 예정인데, 이쪽으로 와서 저랑 저녁 먹어요!"

정확히 한 시간 뒤, 홍대 앞 태평양 약국 쪽에서 기다리고 있는 그와 만났다^{(나중에 들은 얘기에 따르면, 그는 이미 몇 시간 전부터 내가 만나자고 연락하기만을 기다}

.

경직됐던 몸이 스르르 풀리는 기분이었다. 그와 근처 선술집에 자리를 잡고 맥주 한잔을 마셨다. 연애, 사랑, 꿈 등 조금은 진지한 이야기를 나눴다. 대화를 하면 할수록, 그에 대한 신뢰가 커져 갔다. '이 사람만큼은 내 말을, 마음을 이해하고 믿어 주고 있구나'라는 느낌이었다.

점점 서로 연락하는 횟수가 잦아졌고, 만나는 날도 늘어갔다. 그를 향한 신뢰도 깊어져 갔고, 나를 바라보는 그의 눈빛도 점점 음흉(?)해져갔다. 이때부터 서로에 대한 감정이 '호감'으로 변화하고 있다는 걸 감지했고, 조금 있으면 그가 나한테 '사귀자'고 할 것이라 예상하기 시작했다.

동시에 걱정이 밀려 왔다. 그와 만나서 대화를 나눌 때면 참 즐겁고 행복했지만, 눈에 거슬리는 모습들이 분명 남아 있었기 때문이다. 나와 눈높이가 정확히 일치하는 키, 식당 밖 구석에서 담배를 깊게 빨아들이는 모습, 얼굴 주변에 덥수룩하게 붙은 수염 등. 과연 내가 이런 점들을 감수하고 그와 만날 수 있을까 고민됐다. 길 가다가 키 180센티미터를 훌쩍 넘는 남자만 봐도 심장이 내려앉는 나인데, 혹여 나중에 그의 작은 키가 싫다면서 이별을 통보하게 되면 어떡하나 싶기도 했다.

드디어 그날이 찾아왔다. 같은 해 7월 24일에서 25일 넘어가던 시각, 그가 집 앞으로 찾아왔다. 집 근처 펍에서 이름도 모르는 술을 앞에 두고 마주 앉았다. 그가 한참을 망설이다가 '네가 너무 좋다'고 말했다.

사람의 머리 회전 속도가 평소의 20배는 빠르게 굴러갈 수 있다는 걸 이때 체감했던 듯하다. '너무 좋다'는 말을 듣는 순간, 내 뇌는 그와 사귀었을 때의 좋은 점과 우려되는 점을 빠르게 정리해 나가고 있었다. 약 5초 후에 답이 나왔다. 아무리 평소 이상형이 중요하다고 해도, 그와 함께할 때 느끼는 행복을 포기할 순 없다는 것이었다. 결국 나는 그와 연애를 해 보기로 결정했다.

결정은 성공적(?)이었다. 그와는 완벽할 정도로 마음이 잘 통했다. 서로 다른 생각도 대화로 풀어 갈 수 있었다. 함께하는 순간마다 행복했다. "나와 이야기를 나누면 자존감이 생긴다"는 그의 얘기를 들을 때면 뿌듯했다. 무엇보다도, 기자 생활에 적응하느라 정신없는 나를 늘 배려해 주는 그의 모습이 감동적이었다.

물론 간혹 위기는 있었다. 그와 얘기를 나누며 걸어가다 지하철역 광고 속 배우 김수현을 볼 때면 나도 모르게 시선이 김수현에게 고정됐다. 머리는 '빨리 시선을 떼고 그와 하던 얘기를 계속 해'라고 재촉했지만, 내 눈은 목을 90도까지 돌릴 기세로 김수현을 향한 시선을 떼지 않았다. 아직 마음속에는 이상형에 대한 미련이 남긴 남았나 보다. 뭐 아쉬울 때는 '눈요기'라도 하면 되지 않을까.(응?)

만나는 날이 길어질수록 초반만큼의 설렘과 긴장감은 옅어졌지만, 한 가지 감정만은 점점 또렷해졌다. 그를 만나면 '집에 왔다'는 느낌이 든다는 것. 밖에서 여러 사람에게 치이고 나서 그를 만나면, 뭐랄까 하나뿐인 내 편을 만난 기분이랄까. 마치 집에 도착해 가방을 내려놓고 침대에 철퍼덕 누웠을 때처럼 말이다. 그래서 이왕이면 결혼도 해 보자고 결정했다. 언제나 내 '집'이 돼 줄 수 있는 사람이라면 믿고 평생 함께 살아도 되지 않을까 싶었다.

"젊은 시절 마음을 사로잡히거나 사랑에 빠지는 대상은 대개 신기한 것 재미있는 것, 색다른 것들이다. 그리고 보통은 그것이 진짜인지 가짜인지에 대해서는 그다지 신경 쓰지 않는다. 사람이 한층 원숙해지면 젊은이들은 거들떠보지도 않는 진리의 깊이를 기꺼이 사랑하게 된다. 사람은 이처럼 자신의 깊이에 따라 사랑하는 방법을 달리해 간다."

니체의 〈인간적인 너무나 인간적인〉에 나오는 구절이다. "사랑하는 방법은 변한다"는 것이다. 대학 때 이 구절을 읽었을 때는 뭔 소리인가 했는데 이제는 좀 알겠다. 어쩌면 나는 그의 신기한(?) 모습을 너머 그의 깊이를 사랑할 줄 아는 사람으로 변한 걸지도 모르겠다. 앞으로도 그의 또 다른 깊이를 발견할 줄 아는 사람이 되길 바라본다.

덧붙이는 글 : 지금은 그의 세 가지 모습 자체를 좋아하게 됐다. 그와 눈높이를 나란히 맞추고 대화할 때의 기쁨을 만끽하고 있고, 그의 까슬까슬한 수염을 만지며 긴장을 풀기도 한다. 흡연을 바라보는 감정은 조금 다르다. 내 자체가 비흡연자라 좋아하지 않지만, '그가 담배를 피우면서 근심을 덜어 내고 있구나'라고 이해하고 있다(물론 그가 하루빨리 금연을 하기를 간절히 소망한다).